JN084158

新 潮 文 庫

スクイズ・プレー

ポール・ベンジャミン
田 口 俊 樹 訳

新 潮 社 版

11655

スクイズ・プレー

主要登場人物

マックス・クライン…………私立探偵
ジョージ・チャップマン……元メジャーリーガー
ジュディス・チャップマン…ジョージの妻
ヴィクター・コンティニ……イタリアン・マフィアのボス
チップ・コンティニ…………ヴィクターの息子、弁護士
チャールズ・ライト…………ニューヨーク・アメリカンズ球団オーナー
ブルーノ・ピグナート………トラック運転手
ビル・ブライルズ……………コロンビア大学教授
バーリソン……………………刑事弁護士
グライムズ……………………ニューヨーク市警殺人課警部補

1

ジョージ・チャップマンから電話があったのは、五月の第二火曜日だった。私の名前は彼の弁護士ブライアン・コンティニから聞いたようで、依頼したい件があると言ってきた。これが誰かほかの人間からの依頼なら、たぶん断わっていただろう。郊外族の十九歳の娘を捜すのに、とことんうんざりさせられる三週間を過ごした直後だったのだ。そんなときに一番要らないのは新たな依頼だ。その娘の件では、十回は無駄足を踏んだ末、ボストンの歓楽街で娼婦《しょうふ》に身を落としているところをやっと見つけることができたのだが、その娘が私に向かって言ったのはただのひとこと、次のようなことばだった。「とっとと消えな、この腐れマッポ。あたしにはおやじやおふくろなんてものはいないんだよ、わかった？　あたしは先週生まれたの。あんたがちんぽを犬のケツの穴に突っ込んだときに」

というわけで、私は疲れていた。少しのんびりしたいと思っていたところだった。娘が生きていることがわかっただけで、郊外族のパパとママはボーナスまで出してくれたので、ちょっと散財をしてパリにでも行こうかと思っていたのだ。が、チャップマンから電話をもらい、パリ行きは先延ばしにすることにした。彼がどんなことを話したがっているにしろ、それはルーヴル美術館で絵を見るより重要なことに思えたからだ。彼の声音にはどこかしら必死なところがあった。また、電話では言いづらそうにしていることに興味を惹《ひ》かれたところもある。チャップマンは困っていた。私はそれがなんなのか知りたくなった。で、翌朝の九時にオフィスに来てくれるように言ったのだった。

五年まえ、ジョージ・チャップマンはプロ野球選手が一シーズンにできることのすべてをやってのけた。打率三割四分八厘《りん》、ホームラン四十四本、打点百三十七点、さらに三塁手としてゴールデングラヴ賞も受賞した。加えて、ニューヨーク・アメリカンズはその年すべてに勝利した。地区優勝し、リーグ優勝し、ワールド・シリーズも制した。チャップマンは最後にリーグのMVPも獲得した。

ほぼすべてが現実とは思えなかった。新聞を開くたび、チャップマンが見出しを飾っていた。九回サヨナラ・ホームラン！　超ファインプレー！　ゴミ収集労働者のストライキ、政治スキャンダル、それに悪天候の年にあって、チャップマンはニューヨークの街で一番ホットな話題だった。彼の写真を見ない日はなく、誰もが彼の夢を見ただろう。彼の名前はロウワー・イーストサイドのジャンキーでさえ知っていた。地元ラジオ局の調査によれば、国務長官より有名人だった。

チャップマン自身、ありえないほど完璧《かんぺき》なヒーローだった。ハンサムな大男で、記者にはいつも気さくに話し、子供にサインをせがまれても決して拒まなかった。さらに彼は名門ダートマス大学で歴史を専攻し、洗練された美人の妻を持ち、野球以外の分野でも活躍していた。つまるところ、デオドラント商品のコマーシャルに出てくるような男ではないということだ。チャップマンがテレビに出るのは、メトロポリタン美術館の支援だったり、難民の子供のための募金活動だったりといった番組にかぎられた。チャップマンのその偉大なシーズンが終わった冬には、彼と彼の妻はあらゆる雑誌の表紙を飾り、夫妻は何を読み、どんなオペラを見にいき、ミセス・チャップマンはチキンのトマトソース煮込みにどんなレシピを使っているのか、彼らはいつ子供を持つ予定なのか、それらすべてがアメリカ国民大半の知るところとなった。当時、彼は二十八歳、彼女は二十五歳、アメリカ国民すべてのお気に入りカップルだった。

私自身、その年のチャップマンの活躍はよく覚えている。忘れようとしても忘れられないくらいに。私にとってはあまりよくない年だったのだ。結婚生活は危機に瀕《ひん》し、地方検察局での仕事も味気ないものになり、おまけに首まで借金に浸《つ》かっていた。振り向くたび、私を踏みつけようとしている黒い雄牛が見え、その年の春が来て気づいたときには、子供時代に退行していた。まだ人生が夢に満ちあふれて見えた頃にどっぷり浸かることで、自分の世界に秩序を取り戻そうとしていた。そのひとつがまた野球に興味を覚えはじめたことで、自らの現実とかけ離れているところが慰めになった。どうしようもない現実からの逃避であれなんであれ、そんなことはどうでもよかった。ケチな強盗容疑で黒人少年を起訴したり、結局誰もが被害者になるような犯罪に関わって、汗っかきの肥《ふと》った警官と裁判所に出入りしたりすることに、ほとほとうんざりしてしまったのだ。妻との口論にもとことんうんざりしていた。まだやり直せるふりをすることにも。要するに、めだたないことだけを心がけ、船を見捨てる頃合いを見計らっていたということだ。

シーズンが進めば進むほど、アメリカンズを応援するのに没頭した。毎朝、新聞でボックススコアを入念にチェックし、試合もテレビで見られたら必ず見た。ラジオで聞けたら必ず聞いた。選手の中では誰よりもチャップマンに眼がいった。というのも、大学時代チャップマンとは対戦したことがあったからだ。チャップマンは当時からダートマス大学の三塁手として頭角を現わしており、私のほうはコロンビア大学のへぼ三塁手だった。大学通算打率は二割四分五厘、野手としては三年続けてリーグ・ワースト・サードベース・プレーヤーだった。チャップマンが大学のピッチャーをことごとく粉砕し、メジャーリーグとの契約に向けて着々と準備を進める一方、私のほうはプレーはしていたものの、ただプレーしていたというだけのことで、卒業する頃には、ロースクールにたどり着く準備をしていた。チャップマンが大活躍したそのシーズン、私は彼を追いながら、彼をどこか自分の分身のように見ていた。失敗に対してちゃんと予防接種ができている想像上の自分のように。歳《とし》も同じなら体格も同じ、同じアイヴィ・リーグの教育を受けた者同士として。ちがいはただ解剖組織上のものだ。彼は世界を股《また》にかけ、私は世界にタマを握られてしまっていた。だから、彼がバッターボックスに立つと、自分でも恥ずかしくなるほど彼を応援したものだ。彼の成功が私を救ってくれる。私的ないくつもの願望をそんなふうに他人に託しており、それに自ら気づくと自らぞっとした。しかし、まあ、その年、私はいささかおかしくなっていたということだ。一方、チャップマンのほうは来る日も来る日も絶好調だった。ある意味ではもしかしたら私は彼の活躍にほんとうに救われたのかもしれない。彼のおかげで崖《がけ》からぎりぎり落ちずにすんだのかもしれない。と同時に、彼のことをたぶん心底嫌悪《けんお》してもいたのだろう。

結局のところ、その年が彼のメジャーリーグ最後の年になった。私がひそかにどんな嫉妬《しっと》を彼に覚えていたにしろ、そうした思いは春季トレーニングが始まる直前、二月のある夜に雲散霧消した。ニューヨーク市の北で開かれた晩餐会《ばんさんかい》からポルシェで帰宅途中、彼はトレーラートラックに頭から突っ込んでしまったのだ。当初、助からないと思われた。が、彼は生き延びた。ただ、その代償に左脚を失《な》くした。

その事故のあと一年か二年、あまり彼の話は聞かなくなった。〝チャップマン、義足をつける〟とか〝チャップマン、身体障害者施設を訪問〟とか――聞くことがあってもその程度のことだった。表舞台からはもう永遠に去ろうとしているように思われた。そんなときに本を書いた。自らの経験を綴《つづ》った『自ら立つ』という本で、これが大当たりして、彼をまた人々の眼のまえに引き戻した。アメリカがただのセレブ以上に崇拝するものがあるとすれば、それはカムバックを果たしたセレブだ。才能ある者や美しい者は常に賛美される。が、彼らはわれわれとはいささかかけ離れた存在だ。リアルとは言えない世界の住人だ。が、悲劇はスターを人間にする。われわれと変わらない傷つきやすい存在に変える。そんな存在が自らに役を割り振り、ステージにまた戻ってくると、われわれはその者のための特別な場所を心に用意する。チャップマンはそうしたわれわれの心を捕らえるこつを心得ていた。それは誰も否定できない。が、彼の失った脚を新たなキャリアに生かすことができる人間はそう多くはいない。

場合、カムバックしたときからもうすでにライムライトの中にいた。身体障害者の権利のきわだった支持者であり、パラリンピックのスポンサーであり、議会聴聞会《ちょうもんかい》の出席者であり、テレビの特別番組の制作者だった。そして今、ニューヨーク州の上院議員の席がひとつ空いており、チャップマンは民主党の重鎮たちから次期候補に強く推されていて、今月中にも立候補を表明するだろう、というのが巷《ちまた》のもっぱらの噂《うわさ》だった。

彼は数分早くやってきた。こわばった足取りで、銀の把手《とって》のある杖《つえ》をついていた。彼の握手は外交官並みに形式ばっていた。私は椅子《いす》を手で示した。彼はにこりともせず坐《すわ》り、背中を完璧なほどまっすぐに伸ばし、杖を脚のあいだにはさんだ。幅広で、男っぽい顔、インディアンのように少し吊《つ》り上がった眼、自分の見栄《みば》えを真剣に考えていることを思わせる、きれいに調《ととの》えられた砂色の髪。今でもまだトップクラスの見てくれだった。もみあげがいくらか白くなっているところを除くと、若さもいささかも失われておらず、体型もいかにもアスリートのそれだった。ただ、そうした表面の裏側にあるもの、表情の何かが私を警戒させた。たとえば茶色の眼に反応が見られなかった。何かを固く決意しすぎて、どこか凝り固まっているように見えた。どんなに些細《ささい》で自然な露呈もすまいとしているようにも。一ミリも譲らない。こっちのルールでプレーできないなら、そもそもプレーなどするな——そんな雰囲気を醸《かも》していた。野心を抱く政治家はそんな雰囲気をまとわない。眼のまえのチャップマンはなにより私にブリキの兵隊を思わせた。

私のオフィスにいることを愉《たの》しんでいないことをはっきりと示し、椅子に坐って部屋を見まわすと、真夜中、物騒な地域にたったひとりはいり込んでしまい、そのことにあとから気づいた者のような顔をした。だからと言って、それが気になったわけではないが。私のオフィスにやってくる人の大半が居心地悪そうにする。チャップマンにはそうなる理由が大半より多くあるのだろう。それでも時間は無駄にしなかった。やってきた理由を単刀直入に言った。どうやら何者かに命を狙《ねら》われているらしい。

「ブライアン・コンティニによると、きみは頭がよくて仕事が速いということだった」と彼は言った。

「チップ・コンティニは昔から私の頭脳を過大評価してるんですよ」と私は言った。

「でも、それは私のほうは彼の半分も勉強しなかったのに、ロースクールの成績は彼と変わらなかっただけのことでね」チャップマンは愉しい昔話にはなんの興味もないようだった。杖を弄《もてあそ》びながら、ただじっと私を見た。「電話をもらったのは光栄だけれど」と私は続けた。「でも、どうして警察に届けないんです？　彼らのほうが私なんかよりはるかにいろんなことができる。おまけにできるかぎりのことをしてくれると思いますよ。なんといっても、あなたは重要人物なんだから、ミスター・チャップマン、特別扱いしてもらえる」

「私はこのことを公《おおやけ》にしたくないんだ。よけいな世間の注目を集めるだけだからね。私への関心がもっと大切なことから馬鹿《ばか》げたことに移ってしまう」

「命に関わることなんでしょ？」と私は言った。「命より大切なものなどありませんよ」

「こういう問題に対処するには、正しいやり方とまちがったやり方があると思うんだが、ミスター・クライン、私としては正しいやり方でやりたい。自分が何をしているのか、それはわかっているつもりだ」

私は椅子の背にもたれ、沈黙がただ延びるままに任せた。いささか居心地の悪い空気になるまで。チャップマンの態度が気に入らなかった。自分が今どういうことになっているのか、彼に正確にわからせたかった。「人が誰かに命を狙われているなどというのは、ミスター・チャップマン、誰かに窓から突き落とされそうになったりとか、誰かに銃で撃たれそうになったりとか、飲んでいるマティーニに砒素《ひそ》でも盛られるのを見たりしたときに言うものだと思いますがね」

「こういう手紙が届いたんだ」とチャップマンは落ち着いた口調で言った。「月曜に。一昨日《おととい》に」

そう言って、黄褐色のカシミアのジャケットの内ポケットに手を入れた。彼の服装はカジュアルでエレガントだった。金持ちだけが装《よそお》えるカジュアルさとエレガントさをまとっていた。野球選手の多くは独身者向けハワイアン・バーから出てきたような恰好《かっこう》をしているものだが、チャップマンは純然たるマディソン・アヴェニューだった。チャコールグレーのズボンも高級靴も。下着にも靴下にも毎年金をかけているのだろう。私の全衣装代より多く。

ビジネスサイズの白い封筒を取り出して、机越しに私に手渡した。宛名《あてな》にはイーストサイドにある彼の自宅の住所が書かれ、消印はニューヨークの中央郵便局のものが押されていた。宛名は電動タイプで書かれていた。たぶんＩＢＭの〈セレクトリック〉だろう。私は封筒を開けて中にはいっていた手紙を読んだ。宛名を書いたのと同じタイプライターで便箋《びんせん》一枚に書かれていた。

親愛なるジョージ

五年まえの二月二十二日を覚えてるか？

このところのおまえの行動を見るかぎり、どうやら忘れてしまったようだが。あの夜は運のいいことに生き延びられたかもしれないが――どうにか助けてもらえたかもしれないが――次も同じことが起こるとはかぎらない。

おまえは賢い人間だからいちいち言うまでもないだろうが、われわれは約束をした。おまえはそれを守らなきゃならない。守らないとどうなるか。

選挙に出るそうだが、見るかぎり、冷たくなる人間を決める選挙だけがおまえの出られる選挙になりそうだ。

友より

私は顔を起こしてチャップマンを見た。彼は手紙を読む私を鋼鉄のようなまなざしで見ていた。

「これが脅迫状であることは何も天才じゃなくてもわかると思うけれど」と私は言った。「誰かに金をせびられてるんですか？」

「そこだよ、わからないのは」と彼は言った。「いったいその手紙で何が言いたいのか、さっぱりわからない。私が何か約束をしたみたいに書かれているけれど、思いあたるふしがまるでないのさ」

「ほんとうは事故じゃなかったと言いたがってるようにも見えるけれど」

チャップマンは首を振った。そうすれば、頭をすっきりさせ、五年まえの夜に思いを馳《は》せられるかのように。その一瞬、急に老《ふ》けて見えた。どこかしら燃え尽きてしまったようにも。過去を思い出すのが辛《つら》そうだった。それまで隠していた苦悩の色が顔ににじんでいた。

「信じてほしい」と彼はおもむろに言った。「あれは事故だった。落ちていた木の枝をよけようとして凍結した路面をすべり、反対車線のトラックに突っ込んでしまったんだ。そんなことをどうやったら計画できる？　そもそもどうして自分からそんな真《ま》似《ね》をしなければならない？」

「トラックに乗っていた運転手は？」と私はただ思いついたことを口にした。「その運転手の名前は？」

「パパーノ……プロゼッロ……」彼はそこでいったんことばを切って、また続けた。「正確にはどうも覚えられない。Ｐで始まるイタリア系だったことは確かだが。いずれにしろ、あの事故に何か裏があったなどとても考えられない。その運転手は、病院に運び込まれた人物が私であることがわかったときには、心底動転していた。病室の私のところまで来て、私の赦《ゆる》しを請《こ》うてきたほどだ。彼のほうは少しも悪くないのに」

「事故があった場所は？」

「ダッチェス郡。四四号線。ミルブルックの近くだ」

「しかし、パーティがあったのはオルバニーだった。なのにどうして高速道路か、そう、少なくともタコニック・パークウェーを使わなかったんです？」

チャップマンはそこでいきなり戸惑ったような顔をした。「どうしてそんなことを訊《き》く？」

「オルバニーからニューヨークまではかなりある。なのに、どうしてそんな狭い郡道にしたのか。ただの好奇心です」

「まあ、実際のところ」と彼はぎこちなく平静を取り戻して言った。「ひどく疲れてたんだよ。それで高速を走るより田舎道のほうが楽に運転できると思ったんだ」そのあと彼はいかにも感傷的にことばを切ってから、つけ加えた。「それがまちがいだった」

話の最初から寄り道はしたくなかったので、こうした些細な記憶に関することはあとまわしにすることにした。「この手紙にはどこかインチキくさいところがあるような気がします。何かを強く訴えているようで、全体としては漠然としているというか。あなたが言うとおり、言及されている約束についてなんの心あたりもないということなら、この手紙はまるで意味を持たない。誰かの悪ふざけとか、あるいはどこかのいかれ頭が書いたとか、友達の悪趣味なジョークとか、そんなふうには思わなかったんですか?」

「これを悪ふざけと思ってたら」とチャップマンは言った。「そもそも昨日あんたに電話などしないよ。今日の九時にこのあんたのオフィスに会いにくることもなかっただろう。そりゃあらゆる可能性を考えたよ。でも、結局のところ、考えているだけではなんの意味もない。この手紙は現実だ。現実のものであるかぎり、現実のものとして考えるのが唯一《ゆいいつ》の道だ。ただの悪ふざけと思って無視した挙句、そのあてずっぽうがまちがっていて、どこかの路地で死体となって見つかるなどということにだけはなりたくないからね」

「だったら、私にわかる範囲で別の可能性も考えてみましょう。あなたはこれまで多くの人たちに愛されてきた成功者だ。なのに、あなたのことを憎んでいる人間——あなたがいなくなればそのぶんこの世がよくなると考えているような人間——がいるんですか?」

「その問いかけはここ二日ずっと自分にしていた。でも、正直なところ、ひとりも思いつかない」

「だったらもうひとつ別の可能性かな。結婚生活はどんな具合です? 奥さんとの性生活は? 経済状態は? あなたが今してる仕事は——?」

彼は私のことばをさえぎって言った。「そういうくだらない話はやめてくれ。私はあんたに私生活を話しにきたわけじゃない。私を殺したがってるやつを突き止めるのにあんたを雇うためにきたんだ」

「よく聞いてもらいたい、チャップマン」と私はぴしゃりと言った。「私はあんたの依頼を引き受けるかどうかまだ決めてない。しかし、引き受けた場合、あんたの全面的な協力が要る。人はただの気まぐれで殺人の脅迫状を書いたりはしない。何か理由があるはずだ。それも遊びじゃすまない理由がね。でもって、たいていの場合、セックスとか金とか、あまり他人にはしゃべりたくない秘密がその理由になる。だから、この手紙を書いたのが誰なのか知りたければ、私生活を洗いざらい話してもらわなきゃならない。なぜなら、そこに答が埋もれている可能性が一番高いからだ。あんたにとっちゃそれは避けたいことかもしれないが、それで命を守ることはできるかもしれない。それが今一番に考えるべきことなんじゃないのかな」

普通、私は依頼人にこのような話し方はしない。が、ときにそれが必要なことがある。最初からスムーズでなかった場合は特に。犯罪がそもそもそうであるように、探偵稼業《かぎょう》というのは汚れ仕事だ。助けが得られたからといって、無傷ですまされると決まったものでもない。そういうことは依頼人にまず伝えておかなければならない。いわば誰も勝たず、誰もが負けるゲームみたいなものだと。ただ、そうしたゲームであっても、ちがいがないでもない。負けが多いか少ないか。そういうちがいだ。

チャップマンは態度を改め、期待した程度には真面目《まじめ》に詫《わ》びてくれた。といって、彼自身が演じているほどにはちゃんと自分のことを話してくれたわけでもなかった――自分を守ろうとするところは一貫して変わらなかった。それでも気づいたときには、私はもう彼のことを不快なやつとは思わなくなっていた。彼はずる賢さと愚かさの混合体だった。物事を驚くほど明確に見る眼を持ちながら、百の死角のある男だった。私はそこにいささか興味を覚えた。自信満々の見てくれの奥に、ほとんど哀れと言えそうな何かが隠れていた。彼はその何かといまだに折り合いをつけられないでいる。友達になりたいとは思わなかったが、助けてやりたいとは思った。気づいたときには、この依頼を引き受けたがっている自分がいた。

「申しわけない」と彼は言った。「まったくもってきみの言うとおりだ。この二日というもの緊張もして、自分じゃなくなっていた。基本的に私はとても幸せな男だよ。信じられないかもしれないが、脚を失くしたことはいろんな意味で悪いことではなかった。そのおかげでよりいい人間になれたとも思っている。今の私には現実的な目的がある。自分にとって大切なことのために努力している自覚もある。事故のあとの辛い時期、妻はずっと私を支えてくれた。すばらしい女性だよ。私は彼女を深く愛している。だから浮気などする気もしない。経済状態も良好だ。仕事にも満足している――きみの質問に答えれば、今言ったようなことになる。だからよけい知りたいんだ。いったいどうしてそんな私を殺したがるやつがいるのか？」

そう言うと、彼は困り果てたような眼を私に向けた。その顔には真剣さと怯《おび》えがはっきりと見て取れた。チャップマンというのは達者な役者なのか、それともほんとうに一点の曇りもない人生を送っているのか。どう判断すればいいのか、なんとも言えなかった。彼は私にヤワな身の上話を信じさせようとしている。ただ、そのやり方が真剣すぎ、熱心すぎた。彼のことばを初めから疑いたくはなかったが、何か引っかかるものがあった。彼を信じることを私の心の何かが拒否していた。実際、彼の身の上話が百パーセントほんとうなら、調査のとっかかりも何もない。誰かが彼の死を望んでいる。ただそれだけのことになってしまう。

「政治的な部分では?」と私は尋ねた。「おたくを上院議員にならせたくないと思っているやつがいるとか?」

「しかし、私はまだそんなことをひとことも公表してない。まだ候補でもない人間をどうすれば脅迫できる?」

「しかし、選挙には出るのでは?」

「来週末までには結論を出そうと思っていた。そこへこんなものが舞い込んできた。それですべて白紙に戻った。これから何をどうすればいいのか、自分でも判断がつきかねている」

「だったら野球のほうは?」と私はまた別の可能性を提示してみた。「野球選手というのはいろんないかれた連中と関わり合いになりやすい——ギャンブラーとか、ペテン師とか、いわゆる望ましからざる連中とね。もしかして自分じゃ気づかないうちにそういうやつらと関わりになってしまったとか?」

「私が野球選手だったのはもう何年もまえの話だ。私が野球選手だったことを覚えている人などもうほとんどいないよ」

「それはどうかな。あなたみたいにバットを操った男はそう簡単に忘れ去られはしませんよ」

そこでチャップマンは私のオフィスに来て初めて笑みを見せた。「お世辞は嬉《うれ》しいけれど、それでも同じことだよ。何もない。野球とは関係がない。きみがさっき言ったような輩《やから》と関わりを持ったことなど一度もないよ」

こんな調子で時間が過ぎた。私がチャップマンに質問をすると、そのたびに彼のほうは何もない、何も思いつかない、脅迫状に結びつくものは何もないと繰り返した。私が感情をあらわにしたことで、彼の態度が変わっていた。愛想よくなっていた。ことばづかいも丁寧になっていた。しかし、それは彼の側の戦術変更かもしれなかった。私には彼が私を相手にどんなゲームをしているのかわからなかった。脅迫状に動揺していることに嘘《うそ》はないようなのに、彼のただひとつの目的は、私に何もさせないことなのではないか。そんなふうにしか思えなかった。私に依頼したいと言いながら、同時に私からその依頼を取り上げようとしているとしか。高価な腕時計をプレゼントにもらったのはよかったが、その時計には針がついていないことに気づいた男の気分だった。

いずれにしろ、質疑は落ち着くべきところに落ち着き、私は彼からいくつかの名前と住所と電話番号を訊き出し、それを手帳に書きとめた。ことさらそれが役に立つとも思えなかったが、楽をしようとも思わない。少なくともそれでやるべきことは見えてきた。足を使う仕事だ。それだけは山ほどありそうだった。

「一日百五十ドルプラス経費だけれど」と私は言った。「三日分を最初にまとめてもらえればありがたい。経費は仕事が終わったら、リストアップしてまとめて請求します」

チャップマンは小切手帳を取り出すと、机に置き、モンブランの万年筆で記入しはじめて言った。「振出先はマックス・クライン。ミドルネームはなし？」

「マックス・クラインだけで」

「額は千五百ドルにした。これで最初の十日をカヴァーできるはずだが、遅くともそれまでに解決してくれることを願ってる」彼はそこで机越しににやっと笑ってみせた。「それより早く解決できたら、差額は取っておいてくれ」

金をつかうときの人間のご多分に洩《も》れず、彼も妙に陽気になっていた。たぶんそれだけの金を私に払うことで、何か行動が取れた気分になったのだろう。自らの命の保全政策計画に署名でもしたような。金がものを言う、とはよく言ったものだ。私はまだ一ドル紙幣が弾丸《たま》を止めたところを見たことはないけれども。

「ちょっとしたあてがいくつかあるんで」と私は言った。「進展があれば明日の朝電話します。たぶんまた話し合わなきゃならなくなるでしょう」

彼は小切手を切ると、私に手渡した。そして、立ち上がると、杖を持ち、慣れた様子で体重を杖にあずけた。その一連の動作は、それがすでに機械的な動作になっていることをうかがわせた。ドアまで送り、握手を交わし、杖をつきつき廊下をエレヴェーターまで歩くうしろ姿を見送った。彼が私のオフィスにいたのは四十五分たらずのものだった。

大学時代、お互い野球で対戦したことがあるとはあえて言わなかった。それはこの時点でさして意味のあることとも思えなかったので。彼の弁護士の父親、ヴィクター・コンティニは東海岸のマフィアのボスのひとりだということもあえて言わなかった。ブライアン（渾名《あだな》はチップ）・コンティニが育ったのがダッチェス郡ミルブルックだということも。脅迫状にあったとおり、ジョージ・チャップマンは賢い男だ。そんな情報はたぶん先刻承知だったことだろう。

2

私のオフィスは地下鉄のチェンバーズ・ストリート駅から二ブロック南、ウェスト・ブロードウェーに建つ古色蒼然《そうぜん》たるビルの三階にある。ほぼ四・五メートル×六メートルの広さのワンルーム。ダンスホールには狭すぎるが、私がひとり息をするぶんには充分の広さだ。立てつづけに煙草《たばこ》を吸っているときは別だが。天井は高く、格《こう》子《し》模様で、格子ひとつひとつの中に渦巻きが浮き彫りされている。配管の下はところどころ漆喰に気泡が出てきて、それを見るたび私はアルカセルツァー錠の溶け残りを思い出す。

東側にあるふたつの針金入りガラス窓を通じて陽が射すことはない。その窓ガラスはもしかしたらこれまでスポンジに一度も触れたことがないのではないか。〈ミスター・クリーン〉の魔法のスポンジなど言うに及ばず。だから一日じゅうずっと天井の明かりをつけている。家具は、ストーンヘンジの巨石ほどにも固い、疵《きず》だらけのオークの机、椅子が数脚、縫い目から中の黄色い詰めものが出かかっている、黒い模造皮革のソファがひとつ、ファイリング・キャビネットがふたつ、古い冷蔵庫、コーヒーをいれるための小型のホットプレート。これは買ったばかりのものだ。

すぐ上の階の住人はデニス・レッドマンというアーティストで、数年まえ、彼は壁に飾るといいと言って、まだ若かった頃の自作を何点かくれた。おかげで半年ばかりわがオフィスは見ちがえるほどよくなった。ところが、ある日、嫉妬に狂った誰かの妻がやってきて、その絵のひとつに四発の銃弾を浴びせ、穴をあけてしまった。その翌日、今度は夫が現われ、別の絵をハンティング・ナイフでずたずたにした。現代芸術を用いた新たなストレス発散法というわけだ。私は絵をデニスに返し、かわりにブリューゲルの『バベルの塔』の大きな複製を壁に掛けた。アップタウン寄りの近所の本屋でもらったものだ。その店で二冊以上本を買うとついてくるのだ。その後、二ヵ月のうちにそれが九枚に増え、その全部を壁に飾った。後知恵ながら、それがなんともすばらしい壁の飾り方になった。それらの絵が喜びの尽きぬ源泉のように思えてきたのだ。まずオフィスのどこからでも見られる——坐っていても立っていてもソファに寝そべっていても。だから暇な日にはよくそれらを鑑賞して過ごす。その絵には天に向けて伸びる完成間近の塔が描かれており、人間の驕《おご》りから建てられたものの中で最も巨大なこの記念碑的建造物の建設に、多くの人馬が精を出し、汗を流しているところが描かれている。この絵を見るたび、私はニューヨークを思い出さずにはいられない。この絵を見るたび、われわれのいかなる汗も奮闘も最後には無に終わることを思わずにはいられない。それが私の人生哲学だ。

チャップマンの小切手と脅迫状を机のうしろの壁金庫にしまうと、コロンビア大学の社会学部に電話して、ウィリアム・ブライルズにつないでくれるよう頼んだ。

「申しわけありませんが」と電話の向こうの女性は言った。「ブライルズ教授はまだ出校されていません。伝言がおありでしたらお伝えしますが。のちほどご本人から折り返しの電話を差し上げることもできます。いずれにしろ、十一時から十二時のあいだはご自身の研究室におられると思います」

「マックス・クラインという者ですが」と私は言った。「教授は私のことはご存知ありません。ただ、重要なことなんで、今日じゅうにご本人と会って話がしたいんです。十一時半に会えるよう手配してもらうことはできませんか？」

「申しわけありませんが」と彼女は言った。どうやらそれが唯一彼女の知っている枕詞《まくらことば》のようだった。「先生方との面会をこちらで手配することはできません。それに今は学期末なので、たぶんその時間には、ブライルズ教授は学生と面談をなさっておられると思います」

「それは残念」と私は言った。「きみに申しわけありませんと言われたところが特にね。それでも、ブライルズ教授にはこう伝えてもらえるとありがたい。これは人の生死に関わる問題で、十一時半に私の訪問を受ける気が教授にないというなら、私がそっちに行くまえに研究室のドアの鍵《かぎ》を取り替えておいたほうがいい。そう伝えてください」

しばらく相手は無言だった。そのあと聞こえた声は拗《す》ねていた。「ご自分の行動には充分気をつけるほうがいいと思いますけど。いいですか、うちは大学なんです、ビリヤード屋じゃなくて」

「だったら伝言だけ伝えておいてほしい。きみの可愛《プリティ》い頭を悩ませることはないから」

「伝言は必ず伝えます。でも、〝プリティ〟なんて二度と言わないで。そんなことを言う権利はあなたにはないんだから」

「すまん、いや、ほんとうにすまん。千回でも謝るよ。二度と〝プリティ〟なんて言わないよ」

彼女は受話器を叩《たた》きつけるようにしてわれわれのおしゃべりを断ち切った。私のほうはわけもなくうきうきしていた。早く調査を始めたくてうずうずしていた。ウィリアム・ブライルズはチャップマンの友達で、以前『スポーツと社会』とかなんとかいう本をふたりの共著として出したことのある男だから、わが依頼人について面白い話が聞けるかもしれないと思ったのだ。マイクロフィルムのファイルが見たかったので、どっちみちコロンビア大学には行くつもりだった。一度ですむ道行きをわざわざ二度にすることはない。

私のオフィスのある建物を上がったり降りたりするのには、ふたつ方法がある。ひとつはワーグナーのオペラと同じ速さで進む老いぼれエレヴェーター。もうひとつは洞窟《どうくつ》探検への市の返答であるところの階段。私はたいてい上がりはエレヴェーターで下りは階段にしている。二階にはシルヴィア・コフィンという名の四十がらみの元ビート族が経営するヨガ教室がある。その階まで降りると、シルヴィアが九時のクラスの指導をしている声が聞こえてきた。自分が地球という惑星に住んでいることを忘れ、些細な心配事はうしろに放り投げ、宇宙と一体になるのだと生徒に言っていた。さらにすべては正しく呼吸することにあるのだとも。そのことは忘れないようにしよう、と私は自分に言い聞かせた。

一階まで降りると、戸口にしばらく佇《たたず》み、細めた眼を通りに向け、眼が陽射しに慣れるのを待った。気持ちのいい、まぶしいほど明るい五月の朝で、顔に触れる外気がぴりっとして冷たかった。突風が時折吹いていて、あちこちで紙くずが舞っていた。そんな様子を見ていると、世界にはなにやら目的があるような気がしてくる。

地下鉄の駅まで二ブロック歩き、角のニューススタンドで〈ニューヨーク・タイムズ〉を買い、また薄闇《うすやみ》に戻った。地下鉄のトークン売り子は愛想の悪い黒人で、トークン売りのボックスの中で、背中を丸めて競馬新聞に見入っていた。その顔を見るかぎり、ここ六年か七年は当たり馬券から遠ざかっているようだった。電車が来ると、隅の座席に坐り、大した熱意もなく新聞に眼を通した。今の私に関心があるのは唯一チャップマンに関することだけだ。この件が片づくまではほかのどんなニュースにも関心が向かないだろう。

百十六丁目のコロンビア・バーナード駅で降りた。モーニングサイド・ハイツ地区に戻ってきても少しも嬉しくなかった。私はそこで人生のうちの七年を過ごしたのだが、七年というのは、どれほど甘い関係であれ、壊れてもおかしくない年月だ。施設というのはよくてことごとくおぞましいところだが、コロンビア大学もその例外ではない。狭いキャンパスに似非《えせ》古典様式の堂々たる建物を詰め込んだそのさまは、テニスコートでカクテルパーティを開こうとしているゾウの一群のようで、この十五年から二十年のうちに建てられた新しい建物もお粗末そのものだ。たとえばロースクールの建物。まるでトースターだ。学生は焼きたてのパンの姿でその中にはいり、三年後には一パックのパンくずとなってそこから出てくる。

〈ニューヨーク・タイムズ〉のファイルはバーナード図書館に保管されていた。私は丸まった〈デイリー・ニューズ〉を膝《ひざ》にうとうとしていた制服の警備員に、同窓生カードを見せ、階段を上がって二階のメインルームにはいった。部屋の中央の長い読書テーブルに数人の女子学生がついて坐っていたが、この時間帯、がらがらといってよかった。私は五年まえの二月からの新聞が収められている箱を取り出し、フィルムリーダーのまえに坐り、スプールにフィルムを入れた。そして、手早くハンドルをまわして三週間分の出来事が眼のまえを疾走していくのを眺めた。読むことまではしなかった。二十二番目のフィルムにチャップマンの事故のことが載っていた。第一面の一番下に。それは最終版で、どうにかぎりぎり間に合い、短い記事になったのだろう。

マイクロフィルムを見つづけていると、そのうちたいてい奇妙な感覚に襲われる。すべてが反対なので。黒は白、白は黒。X線写真を思い出させ、時間の内側をのぞき見ているような気にもなる。過去というものは、仕掛けと鏡を使っておびき出さないかぎり、もとに戻すことはできない秘密の次元にあるもののような感覚だ。それは化石の発見にも似ている。数百万年まえに絶滅したシダの葉が眼のまえに現われたような感覚。それはそこにありながらそこになく、永遠に失われながらまだ発見すらされていない。そんな感覚。

野球のスター選手、自動車事故

（ニューヨーク・タイムズ特報）

オールスター・ゲームにも出場したニューヨーク・アメリカンズの三塁手、ジョージ・チャップマンが今朝未明、ニューヨーク州ミルブルック、四四号線で自動車事故を起こし、負傷した。怪我《けが》の状態はまだ公にされていないが、重体であるとの情報もある。

彼の栄誉を讃《たた》えてオルバニーのＹＭＣＡ会館で開かれたパーティに出席し、その帰宅途上での事故で、救急車でコネティカット州のシャロン病院に搬送された。ニュージャージー州アーヴィングヴィル在住のトラックの運転手、ブルーノ・ピグナートは軽症とのことである。

目的はその記事だったが、さらにクランクをまわしつづけ、その月の最後まで後追い記事も読んだ。彼がもうプレーできなくなることが明らかになるとすぐ、スポーツ記者総動員で書いたのではないかと思われるほど、彼に関する記事が続き、彼の短いキャリアのハイライトが伝えられ、彼が人間としてどれだけすぐれていたか、野球のグラウンドにいかに優雅さと特別なスタイルを持ち込んだか、みな一様に賛美していた。彼のプレーはもう二度と見られないということに対して、記者が戸惑いつつ書いている記事が多かったが、私の眼を惹いたのは数字だった。選手として活躍した五年間で、打率は平均三割一分二厘《りん》、ホームランは通算百五十七本、打点は五百三十六点。どの数字も毎シーズンよくなっており、このあと六年から八年続けていたら、さらにすぐれた成績を残していたことが容易に想像できた。

私はマイクロフィルムを箱に戻すと、階下《した》に降り、ロビーにあった公衆電話で地方検察局のデイヴ・マクベルに電話した。マクベルは検察局勤務が私と同期で、今でも強引なものでないかぎり時々私の頼みを聞いてくれ、検察局で今でも私のことを人間と思ってくれている唯一の男だ。

「デイヴ、マックス・クラインだ」

「デイヴ本人だ」とデイヴは往年の映画俳優W・C・フィールズの物真似をして言っ

た。

「ちょっとした情報が欲しい。手に入れるのがそんなにむずかしいものじゃない」

「相変わらずいきなり用件か」と彼も相変わらずの口調で言った。「こっちとしちゃ、調子はどうだい？　とか訊いてくれてもかまわないんだがな」

「調子はどうだい？」

「げっ」彼は最大限効果的に間を置いてからそう言った。「訊かないでくれ」そのあと自分のジョークに馬鹿笑いした。

「悪くない。ジャマイカでこの次開かれる〈キワニス・クラブ（米国の社会福祉団体）〉の会合のときのために覚えておこう」

「どういう用だ、マックス？」

「五年まえの事故を覚えてるかな——ジョージ・チャップマンが脚を失くした事故だ」

「よく覚えてる。彼の三塁ぎわのゴロの処理は誰にも真似できなかった」

「チャップマンが突っ込んでいったトラックの運転手を捜してるんだ。ブルーノ・ピグナートというやつだ。五年まえにはニュージャージーのアーヴィングヴィルに住んでいた」

「何が知りたい？」

「主なところは、彼にはなんらかの犯罪履歴はないのかどうか。ヴィクター・コンテイニとなんらかのつながりがあるやつなのかどうか」

「そういうことならなんとかなるだろう。二、三時間経《た》ったらまた電話してくれ」

「ありがとう、デイヴ」

「いいとも、いいとも。あんたもいつかおれに同じことをしてくれるのがわかってるから」彼はそこでことばを切った。「でかい仕事なのか？」

「まだわからない。とりあえずあちこち掘り起こしてみようと思ってるだけだ」

「お宝につまずいたら、マクベルをお忘れなく」

「心配するな。それにそもそもあんたが忘れさせてくれるとも思えない」

「なあ、マックス」

「ええ？」

「去勢されたお巡りの話、聞いたことあるか？」

「あるよ、ちょっとまえに、あんたから」

「くそ」

3

　これまで会った中で一番細い女のひとりと言えた。自分の机のデスクマットの上に積んだ中から、ニンジンのスティックをつまみながら、おつにすました顔で〈プリヴェンション（米国の健康志向雑誌）〉を読んでいた。歳《とし》は二十五といったところか。容姿を見るかぎり、いつかは誰かのクロゼットの中で、骸骨《がいこつ》を演じることになるのが運命づけられているような女性だった。全身骨だらけで角ばっており、裾《すそ》の長いブルーと赤のワンピースを用済みのコート掛けに掛けられたシーツのようにまとっていた。雑誌の表紙の見出しのひとつには〝喫煙者は犯罪者〟と書かれていた。私はその日五本目のゴロワーズを取り出し、火をつけて言った。

「ハイ。マックス・クラインという者だけれど、ブライルズ教授に会いたい」

彼女は読書を邪魔されたことにあからさまに嫌な顔をして、氷のような視線を私に向けると、低い声でひとりごとを言うように言った。

「タフガイ登場――少しお待ちください。教授に時間がおありかどうか訊いてきます」

　彼女の机は小さな受付室の中にあり、彼女のうしろの三つの壁に教授たちの研究室のドアが並んでいた。ドアとドアのあいだにはファイリング・キャビネットが置かれ、大学の連絡事項が書かれた掲示板も掛けられていた。彼女は口をすぼめ、さも嫌そうに立ち上がった。まるでチョコレートケーキを食べることを強制されでもしたかのように。猫背ながら百八十センチは優にある長身で、眼の高さが私と同じになった。研究室のひとつのドアを手短にノックすると、顔だけ中に入れた。そして、数語のやりとりのあと、ゆっくり机に戻ってくると坐《すわ》り、私にはひとことも発することなく雑誌をまた読みはじめた。

「で？」と私は尋ねた。

「〝で〟ってなんですか？」彼女は雑誌から顔を起こすこともなく言った。

「会えるのかな？」

「まだです。学生がいます。あと数分」

「教えてくれてありがとう。うっかり鉢合わせするところだった」

彼女はわざとうんざりしたように雑誌を置いてわざとらしくため息をついた。そして、悲しい茶色の眼——さっきの氷のような視線——をまた私に向けて言った。

「あなたのようなタフガイの問題点はこらえ性のないところよ。どうしてそうなるか知ってる？　ビタミンBが足りないの。もっと穀物を食べると、もっとおだやかになれるはずよ。そんなに厚かましくならなくなるし。物事には順序があるということがちゃんと理解できて、あなた自身、流れに身を任せることができるようになるはずよ」

「流れ？」

「自然の流れ」

「それって宇宙と一体化するみたいな話？」

「必ずしもそうでもない」と彼女は急に真剣な口調になって言った。「そんな大仰なことじゃなくて、むしろ自分の体と触れ合う感じね。自分の体の器官とか機能とかと」

「私は自分のじゃなくて他人の体に触れるのが好きなんだけどね」

彼女はとくと私を見ると、苛立《いらだ》たしげに首を振って言った。

「あなたみたいな人って、大切なことについて話しはじめても決まり悪くなると、軽口を叩いてごまかそうとするのよね」彼女はまた首を振った。「あなた、病んでる。とっても病んでる」

この男に宗旨替えは望めないと見たのだろう、私にはもうまったく興味をなくしたようで、また雑誌を読みはじめた。右手でニンジンを手探りして口に入れながら。彼女がニンジンを嚙《か》む音だけが室内に響いた。

ブライルズの研究室のドアが開き、格子柄のワークシャツにジーンズという恰好の若い男が出てきた。小脇《こわき》に本とノートをいっぱい抱えていたが、余命半年と宣告されたばかりの重病人のような顔をしていた。

「心配するな」と私はそいつがそばを通り過ぎると言った。「道はほかにもある」

彼は顔を起こし、私がそばに立っていたことに驚き、そのあとなんとか笑おうとした。「ブライルズ教授にはそういうことは言わないほうがいいですよ」

彼は頭を垂れて出ていった。たぶん夏期講習のことでも考えながら。

ブライルズが研究室の戸口に現われた。歳は四十ぐらい、背は百八十五センチぐらいで、最近また流行《はや》りだした薄い鼈甲《べっこう》ぶちの眼鏡をかけていた。その名は洗練された多作のノンフィクション作家として知られ、社会の周辺を生きる人々――売春婦や泥棒やホモセクシャルの男やギャンブラーなどなど――を取り上げたシリーズが有名だった。現代のヘンリー・メイヒュー（十九世紀の英国のジャーナリスト）といったところだ。私も何冊か読んだことがあるが、なかなか面白かった。ぎゅう詰めのクラス――うっとりしたり、くすくす笑ったりしている学生たち――のまえで堂々たるパフォーマンスを演じるめだちたがり屋の教授。一語一語慎重に話す男。さきほど研究室から出てきた学生が何かを意味しているとしたら、たぶん暴君。学術界のスーパースター。どこの大学にも常に何人かはそういう教授がいるものだ。

「ミスター・クライン？」そう言って、彼は私に研究室にはいるよう身振りで示し、中にはいると、ドアを閉め、そこに坐るよう背もたれの高い木の椅子《いす》を指差した。部屋は書類と本だらけで、壁は隙間《すきま》なく本棚で埋められていた。窓から陽射しが明るく注ぎ、眼鏡のレンズに反射し、私には彼の眼が見えなかった。そのせいで彼があまり人間らしく見えなかった。まるで視力を持たずに生まれてくる生物か何かに見えた。建物の五階下では学生たちが外で昼食を食べようとキャンパスの真ん中に集まりはじめていた。半分開けられた窓からフリスビーに興じる者の歓声と犬の鳴き声と暖かい日のざわめきがかすかに聞えていた。

「私はきみを存じ上げないのだが」と彼は机の向こうの椅子に坐ると尊大な口調で言った。「まあ、それはいいとしよう。それでも、これはミス・グロスから聞いたことだが、今朝のきみの電話での話しぶりについては釈明を聞かねばならない。われわれは教養と礼儀を備えた人々に慣れているんで、今のところ、きみはあまり歓迎されない訪問者としか思えないんだが」

「釈明も何も」と私は言った。「ミス・グロスはなかなかストレートに言ってくれなかったんで、こっちとしては大声をあげざるをえなかっただけのことです。あなたも私の立場ならおんなじことをしたんじゃないかな」

ブライルズはまるで社会学的に興味深い種《しゅ》でも見るような眼つきで私を見て、いささか不快げに言った。「で、用はなんなんだね？」

「ジョージ・チャップマンのことで訊きたいことがあります」と私は言って、探偵許可証を取り出して見せた。「彼は危険にさらされている。そう信じるに足る理由があるんです」

「ジョージ・チャップマン？」ブライルズは心底驚いたような顔をした。「ジョージ・チャップマンについて私に何が訊きたいんだね？」

「あなたは七年か八年まえに彼のことを書いておられる。なので、彼の印象とか教えてもらえないかと思いましてね」

「まず言っておくと、ミスター・クライン、私はここ十二年のあいだに十一冊の本を出している。そんな中で『社会におけるスポーツ』は私の代表作でもなんでもない。正直なところ、それほど面白い本でもない。ダートマス大学で教えていた頃、彼はあそこの学生だった。そのあと彼がメジャーリーガーになって一年が過ぎた頃、向こうから連絡があって、プロスポーツがアスリートに及ぼす影響というテーマで共同執筆しないかと持ちかけられたんだ。彼にはコネがあったから、何人かのアスリートとインタヴューを取りつけた。そのインタヴューをもとに私はあれこれ私見を述べた。彼はいろんなアスリートに対して、真面目な質問をぶつけ、私は彼が集めた題材をまとめた。それでも突貫工事のやっつけ仕事にならざるをえなかった。版元が急いだんだよ。チャップマンの名前が注目されている次のシーズン中に出したいということで。結果として営業的には大いに成功した。でも、大した本でもなんでもない。それ以来、彼とはさして親しくしてはいない。年に一度か二度会う程度のものだ」

「ほんとうに？」と私は皮肉をにじませて訊き返した。

「きみの来訪の目的がどうにも気になるんだが、ミスター・クライン。ジョージ・チャップマンの粗探しをしているのなら、そんなことに手を貸すつもりはない。何がしたいんだね？　上院議員候補になるのを阻止しようとでもしてるのかね？　でなければ、ただ彼の名前を傷つけることそれ自体に興味があるのか。彼はもう充分苦しんできてると思うけれど、きみはまだ足りないと思うのか？」

一気に彼の警戒心が高まったのが感じられた。率直に話したつもりだったが、彼には端《はな》から私のことばが信じられないようだった。しかし、ここで引き下がるわけにはいかない。今彼から何も得られなければ、開きかけた道が永遠に閉ざされてしまう。そんな気がした。会うことさえもう二度とできなくなりそうな。私は戦術を変えることにした。

「そう、ジョージ・チャップマンはすでに充分苦しんできたというのはそのとおりでしょう。そんな彼が今ちょっと面倒なことになっている。私は彼を助けるのに最善を尽くしたくてきたんです」

「と言われてもね」

「彼にはあなたの助けが要るんです。私はジョージ・チャップマンのことを大して知らない。みんなが新聞で読んで知る程度のことしか知りません。だけど、今の苦境から彼を救い出すには彼のことをもっと知る必要がある。問題の核心に近づける情報が要る」

「で、彼がどんな苦境に陥っているのか話すつもりはないんだね」とブライルズは言った。「信じてほしいんだが、ミスター・クライン、私は昔からジョージのことが好きだ。だから力になれるならなんでもするよ。しかし、いったいどういうことなのかわからなければ、協力のしようがない」

「おわかりと思うけれど、教授、職業倫理というやつで、話したくても話せないんです。私はただ背景調査がしたくてあなたに頼んでるんです。最初からもたもたして、時間を無駄づかいしたくないんで。とっかかりを早く見つけたいんです。でも、これだけは言っておきましょう。あなたから得られた情報が表に出ることは絶対ありません。それは信用していただきたい」

「だったら、こう言えばわかってもらえるだろうか、ミスター・クライン。ジョージ・チャップマンはこの市《まち》の、この州の多くの人にとって重要人物だ。重要人物というのは、公的にも私的にもどれほどまともな暮らしを送っていようと、傷つけられやすい人たちだ。きみはまだひとことも言っていない。きみのことを信じられるようなことばはまだひとことも。きみは何者で、誰のために仕事をしているのか。きみにはジョージを攻撃するつもりなどさらさらないのかもしれないが、どうすればそれが信じられる？　ただ信じてくれと言うだけの相手をどうしたら信じられる？　きみはそもそも私の研究室にはいったときから嘘をついているのかもしれないのに」

「私の信用度を調べたいのなら、地方検察局のデイヴ・マクベルに電話してください。

われわれは昔一緒に仕事をしていて、彼なら私がこの五年どんな仕事をしていたか知ってるから。私が正直な男であることも」

「ミスター・クライン」と彼はとっておきの講義口調で言った。世間知らずの学生の発言を正すように。「きみが過去の数々の仕事において、賞賛に値する仕事をしてきたことに疑義をはさむつもりはないよ。しかし、そのことと目下の案件とは別問題だ。きみのような仕事をしている人たちはあらゆるプレッシャーと誘惑にさらされている。金であれ、権力であれ、なんであれ、きみたちが価値を置くものによく転ぶ。悪いが、そういうことだ、ミスター・クライン」そう結論づけると、彼は椅子の背にもたれ、さも侮蔑《ぶべつ》したような表情を浮かべ、両手の指先を合わせた。「残念ながらこの話はもう終わりにしよう」

厳密なところ、ブライルズの言っていることは正しかった。私は自分がチャップマンのために仕事をしている証拠となるものをまだ何ひとつ提示できていなかった。また、チャップマンがその政治的野心から現在傷つけられやすい立場にいるのも事実だ。が、一方で、私はブライルズに何か特別な頼みごとをしているわけではなかった。彼の信用を危うくするようなことを訊き出そうしているわけでもなかった。人は自分の知っている人間がトラブルに巻き込まれていると聞くと、普通はすぐに助けようと思うものだ。なのに、ブライルズは最初から渋っている。私の来意を問い質《ただ》すことばかりで、チャップマンから話を逸《そ》らそうとしている。ただ話したくないだけでなく、彼は嘘をついている。それもきわめて下手に。

ディテール、偶然、たまたまの仕種《しぐさ》、無意識に語られることば。それらがすべて意味を持つ。だから一瞬たりとも気を抜いてはならない。どんな些細《ささい》な不調和も見逃してはならない。物事は見た目どおりとはかぎらない。そのどんな微妙なヒントも見過ごしてはならない。ひとつの何か小さなものを探してひとつの方向に向かったところ、別な小さなものが見つかり、それがまた別の方向を指し示してくれることがある。注意散漫だと、他人の人生の迷宮にはいり込んだあと、出口が見つからなくなることがよくある。しかし、それは端から覚悟しなければならないことだ。他人の人生と関わりながら、まっすぐな道を望むのはそれは望みすぎというものだ。

「あなたは立派な方です、ブライルズ教授」と私は言った。「あなたの研究分野ではトップを走り、十一冊の著作の著者で、キャンパスの中心人物だ。それでも忘れておられる、私はこの研究室にマックス・ウェーバーの〝ピューリタンの労働倫理〟について恐る恐る訊きにきた学部生ではないことを。この十五分、あなたはその椅子に坐ってずっと猫とネズミの追いかけっこをするだけで、なにより単純な質問を避けている。そんなことはしなくてもいいのに。私はただあなたに協力してもらえないかと思って来ただけです。なのに、今ではもう何か思いがけないことにぶちあたってしまったんじゃないかと思いはじめてる。六〇年代によく言われたことだけれど、人というのは解決の一部にもなれば問題の一部にもなる。見るかぎり、私に解決を示すのにあなたはあまりにうしろ向きだ。はっきり言うけれど、教授、あなたほど嘘の下手な人にはこれまで会ったことがない。あなたとジョージ・チャップマンが親しい友人同士というのは、秘密でもなんでもないのに――週末にはチャップマン夫妻と郊外で過ごしているのも秘密でもなんでもないのに。彼らとはオペラをよく聞きにいくこともあるんですよね？ つい二、三ヵ月まえにはチャップマンを招いてここコロンビア大学で講演もさせている。なのに、あなたはチャップマンとはただの知り合いだなどというふりをした。話したくないのであれば、ただそう言えばすむのに。そう言われていたら、私はたぶん引き下がっていたでしょう。なのにまず嘘をついてから、話したくないと言う。それじゃ辻褄《つじつま》が合わない。あなたが何かを隠しているのでないかぎり」

ブライルズは表情も変えず、感情のかけらも見せず、じっと坐っていた。そして最後に言った。「それで終わりかな？」機械のような声音《こわね》だった。

「終わりです。今日のところはね」そう言って、私は立ち上がった。「送ってくれなくてもけっこうです」

私は陽光の燦々《さんさん》と降り注ぐ部屋に彼をひとり残して辞去した。

4

ブロードウェーでタクシーを拾うと、西七十一丁目まで行くよう告げた。運転手はJ・ダニエルズという男で、前世は下手な荒馬乗りだったのではないかと思われるような運転だった。歳は五十がらみで、乱杭歯《らんぐいば》で、小さな森のようなふさふさした眉《まゆ》をしていた。ダウンタウンに向かうあいだずっと急発進と急ブレーキの連続で、私としては朝食を軽めにしておいたことを自画自賛した。

百十丁目の交差点の信号で停まると、彼は言った。「おれに訊《き》かないのかい？」

「何を？」

「おれのこの車に乗ったお客の十人中九人が訊くことだよ」

「なるほど。ただ、今のあんたのことばからわかるのは統計だけだけど」

「J・ダニエルズのJだよ」と彼はどんな馬鹿《ばか》でもわかることだと言わんばかりに言

った。「誰もが知りたがるんだよ、J・ダニエルズのJはなんの略かって。知りたくない？」

「特には」

「おいおい、当ててみてくれ。それで暇つぶしになるだろ？」信号が青になり、タクシーは何度目かの急発進をした。

「わかった。降参だ」

「駄目、駄目。真面目《まじめ》にやってよ。真面目にやってくれなきゃ面白くない」

そうすんなりとはあきらめてくれそうになかったので、つきあうことにした。ブライルズのときにもこの程度の忍耐心を発揮できればよかったのだが。

「ひとつ明らかすぎる答があるよね」と私は言った。「でも、それじゃない。〝ジャック〟じゃないとすると、ちょっと変わった名前だろう」私は間《ま》を置いた。「ジェレマイアはどう？　きみは不満をいっぱい抱えた男みたいだし」

「はずれ！」と彼は大声で言い、けたたましく笑った。「お客さんの負けだね。なんの略でもないんだよ！　おれの名前はただの〝J〟なのさ。おれの親はそれ以外の名を思いつかなかったんだよ」声音が急に哲学的になった。「でも、それでなんの問題もない。なんでそんなこと気にしなきゃならない？　呼びたけりゃ〝ジャック〟って呼べばいいんだから。実際、そう呼ぶやつは何人もいる」

そのあとわれわれは無言のうちに過ごした。私は彼をなんとも呼ばなかった。ニューヨークのタクシー運転手の神話は長くは続かない。私はそのことを経験から知っていた。タクシー運転手も人間だ。口を開けば、ほかの人間と同じように馬鹿な話もする。J・ダニエルズのオリジナルの与太話をオチまで聞いてこのあと、彼のほかのレパートリーまで聞こうとは思わなかった。七十一丁目でタクシーを降りると、ダニエルズは開けた窓から首を出し、オリジナルの馬鹿っ話におまけをつけた。

「お客さん、おれはもう二十三年もタクシーを運転してるけど、これまで〝J〟がただの〝J〟だってわかった人はひとりもいない。ひとりもだ」そう言ってまた馬鹿笑いをすると、次なる獲物を探してニューヨークの交通ジャングルにまたもぐり込むべく東に走り去った。

私はウェストサイドの例の古典的な建物のひとつに住んでいる。ニューヨークに存在するほぼすべての種《しゅ》を集めたノアの方舟《はこぶね》のような建物だ。白人がいて、黒人がいて、黄色人種がいて、そのそれぞれのハイブリッドがいる。家族がいて、男と女の夫婦者がいて、男のカップルが二組、女のカップルが一組、さらにひとり暮らしが何人かいる。それぞれの職業のプロと呼べる人たちがいて、賃金労働者たちがいて、失業者たちがいる。さらにさらに詩人がひとり、ジャーナリストがひとり、体重百三十五キロのソプラノ歌手がひとり、ジュリアード音楽院でオーボエを習っている学生がふたり、黒人の美術商がひとり、ドライクリーニング屋がひとり、郵便局の局員がひとり、ソーシャル・ワーカーがひとり、それに私立探偵がひとり。思いつくだけでそれだけいる。これら全部隊はアーサーという小肥《こぶと》りのプエルトリコ人の管理人の指揮下にある。アーサーは四人の子持ちで、ねじ曲がったユーモアの持ち主で、自分の仕事のことをいたって真面目に考えている。でもって、いつもそこらにいる。ロビーやドアのすぐ外に。右手に野球のバットを持って、見知らぬ来訪者を待ちかまえている。精査するために。そうしてクリスマス・シーズンにはチップでしこたま稼ぐ。

私はロビーの郵便箱のまえで立ち止まり、請求書とどうでもいいダイレクトメールを取り出し、茶色と白のしみのあるぎしぎし軋《きし》むエレヴェーターで九階まで上がった。私のアパートメントは、中庭を見下ろせる日あたりの悪い部屋が二部屋に、息をひそめて身を縮こまらせないと、はいることも出ることもできない目一杯狭いキッチン。このキッチンはキチネットという触れ込みだが、実際にはただの隙間だ。この数年、来週こそもっといいアパートメントを探そうと自分に言いつづけているのだが、まだ実現できていない。もしかしたら、離れられなくなるほどこのねぐらになついてしまったのかもしれない。

ハイドンに捧《ささ》げられたモーツァルトの四重奏曲のレコードをかけ、ハムチーズ・サンドウィッチ——ライ麦パンにグリュイエールチーズを二枚、ボストンレタスを一枚、それに〈プポン〉のマスタードを小匙《こさじ》一杯——をつくった。そして、冷蔵庫からベックス・ビールを取り出して、居間の丸テーブルまで運んだ。

その十分後、デイヴ・マクベルに電話した。

「遅いよ」と彼は言った。「今ランチを食べに出ようとしてたところだ」

「あんたにランチは必要ないのに」と私は言った。「ランチというのは人間に必要なものなんだから。地方検察局じゃ機械しか働いてないんだから」

「だったらこの機械には給油する必要と、汚れを落とすためのビールが二缶ほど要るんだよ」

「何かわかったか?」と私は尋ねた。

「ああ。おまえさんのピグナートも舞台には上がってるが、主役じゃない。要は端役《はやく》だな。詳しく調べれば何か出てくるかもしれないが、暴力沙汰《ざた》の前科はない。ここ四、五年のあいだ精神科病院を出たりはいったりしてる。女房がいて、子供も三人いる」

「コンティニのほうは?」

「そう焦《あせ》るなよ。コンティニはこの次だ。ピグナートはチャップマンの事故のあとはずっときれいなもんだ。仕事は基本的に運転手で、最後に逮捕されたのはトラックの無灯火運転だ」

「逮捕されるような罪でもないと思うが」

「ああ。だけど、トラックの積み荷を調べたら、二千ドル相当の不法煙草《たばこ》が出てきた。出所はノースカロライナで、こっちの闇市でさばくつもりだったんだろう。それでも、もちろん起訴はされなかったが。コンティニのもとで働いてたからな。コンティニからはもう十五年給料をもらってる」

「それ以前は？」

「よくあるやつだ。車両の窃盗とか。何件か強盗で運転手役もやってる。子供の頃は矯正施設にいて、お務めは三度。だけど、どれも数ヵ月の刑だ」

「住所はわかるか？」

「以前と変わらない。アーヴィングヴィルの十七丁目通り八一五番地。女房の名前はマリー」

「助かったよ、デイヴ。調査の役に立ちそうだ」

「そりゃよかった。これでおれもここをおん出ることができそうだ。体から這《は》い出てきた胃袋に首を絞められるまえに」

「カロリーには気をつけろよ」

「ああ。あと調査には気をつけろよ、マックス。コンティニも歳を取ったが、だからといってヤワになったとはかぎらないからな」

「おれのことは心配要らないよ」と私は言った。「おれはユダヤ系ハードボイルドの最後の生き残りなんだから」

私はしばらく椅子から離れなかった。坐ったまま、二羽のハトが窓の外に飛んできたり飛び去ったりするのをただ眺めた。二羽のうちの一羽、オスのほうは、男のプライドで体を目一杯ふくらませ、メスに何度も乗っかろうとするのだが、オスが近づくたびメスは巧みに逃れていた。それでもオスの欲望は執拗《しつよう》でロボットみたいだった。死ぬまでひとつのことを何度も何度も繰り返すことを強いられていながら、彼らはいったいなんのためにそんなことをしているのか、まるで気づいていないようだった。スズメにはある真の愛が彼らにはない。ハトはニューヨーカーの典型で、まさにニューヨークそのものだ。魂のないセックスに暴飲暴食に卑《いや》しさに病気。フランスでは手厚く育てられ、ごちそうとして食べられる。フランス人はわれわれより人生の愉《たの》しみ方をよく心得ている。

上々のすべり出しだった。ひとつ手がかりが見つかり、それは悪くない手がかりだった。大切なのは結論を急がないことだ。チャップマンの事故は、実は彼を殺そうと目論《もくろ》まれたものだった。そんな考えをずっと弄《もてあそ》んでいたのだが、今はそれもひとつの小さな可能性としか思えない。探偵の勘は証拠にはならない。具体的な証拠はまだ何ひとつない。それでも、チャップマンがくれた金に見合うだけの仕事はしなければならない。

チャップマンから得られた名前と住所を書いたメモを取り出し、チャップマンを議員候補に推した民主党幹部のひとり、エイブ・キャラハンに電話した。見てくれも行動もにおいも守旧派にしか見えない進歩派のひとりだ。秘書によれば、彼は今ワシントンにいて、月曜日にならないと戻らないということだった。私は名前を伝えて、またその頃電話すると言った。

次にアメリカンズのオーナー、チャールズ・ライトに電話すると、秘書を通じて明日の午前に会えることになった。それほど簡単に面会予約ができたことには、実のところ、いささか面食らったが、電話越しにも私の内なる魅力がにじみ出ていたのだろうと思うことにした。今日は私のラッキー・デーになりそうだ。

留守番電話応答サーヴィスに電話して、電話があったかどうか確かめると、ひとつだけあった。ミセス・ジョージ・チャップマンからで、急ぎの用件なので、二時半に私のオフィスで待っているということだった。オフィスはいつも開けてあり、秘書はいないので、留守電サーヴィスには面会予約はいつでも受け付けてくれてかまわないと指示してある。腕時計を見ると、二時近かった。慌《あわ》てて家を出ればぎりぎり間に合いそうだった。

ランチプレートをキッチンに持っていき、流しに置いた。ほかの汚れた皿と一緒に。そして自分に言い聞かせた、帰ったらちゃんと片づけよう。ゴキブリはこんな私が大好きなはずだ。私のほうも同居人と仲よくするのは嫌いではない。

バスルームに行って顔に冷たい水をかけ、ネクタイを直し、グリーンのコーデュロイのジャケットの埃《ほこり》を払い、髪に櫛《くし》を入れた。鏡を見ると、顔が火照《ほて》っていた。ホットなデートに出かけるティーンエイジャーの顔をしていた。ジュディス・チャップマンに会えるのがそれほど嬉《うれ》しいらしい。しかし、これも調査のうちだ。その調査もまだ始まったばかりだ。なのに、みぞおちのあたりがきゅっと縮こまっているのが自分でもわかった。アドレナリンがどっと出ているのだ。

家を出ようとしたところで、ドアをノックする音が聞こえた。塩でも借りにきた隣人が鳴らす丁重でひかえめなノックではなかった。どんなに急いでも二時半の約束は守れそうにない、執拗で乱暴なノックだった。私が中にいることがわかっているのだろう。さらに私に待たされたくないのだろう。ドアを開けるまえに最後に思ったのは、どうして階下《した》のアーサーのまえをすんなり通れたのかということだった。

決まってそうであるように、相手はふたりだった。そのうちひとりはとてつもない大男で、もうひとりはただの大男だった。超大男のほうはブルーと赤の〈マドラス〉のスポーツジャケット、紫色のネクタイ、ノーアイロンの黄色のシャツ、淡いグリーンのダブルニットのズボン。まさに悪夢のような取り合わせ、頭のいかれたサーカスの客引きが選んだような身なりだった。おまけにラップアラウンドのサングラスをしており、肉づきのいいつるんとした顔に、その馬鹿は仕事が好きでたまらないといった笑みを浮かべていた。ただの大男も負けてはいなかった。〈シアーズ〉の売り場でほんの一分か二分考えて買ったような、化学繊維の茶色のスーツを着て、パウダーブルーの〝アメリカ建国二百年祭〟の記念ネクタイをしていた。彼が何者であれ、愛国者であることだけはまちがいなさそうだが、私には彼の眼が気に入らなかった。ネクタイと同じ色で、すべてを見ながら飽くことを知らず、何度も求めたがる者の飢えて鋭い眼をしていた。何が起こるにしろ、展開が速すぎる。そのことに私は恐怖を覚えた。この手の輩《やから》がただの表敬訪問にやってくるわけがない。彼らは常に目的を持ち、目的に適《かな》うものが得られないかぎり帰ってくれない。なんとも危険な状況だった。おまけにこっちは虚を衝《つ》かれた。落ち着け。私は自分にそう言い聞かせた。

最初に口を開いたのはただの大男のほうだった。「マックス・クラインか?」ニュージャージー州のニューアークからプラスキ・スカイウェー経由でやってきて、十番街のどこかで車の波に呑《の》み込まれたような声だった。

「すみません」と私は言った。「あたしは洗濯女なんです。ミスター・クラインは休暇でヨーロッパを旅行中です」

「面白いことを言うじゃねえか」と超大男が言った。ほんとうにうけたようだった。わざわざやってきた甲斐《かい》があったとでも言いたげだった。

「申しわけないが、おふたりさん」と私は言った。「すでに約束に遅れていてね。三年経ったらまた来てくれるかな? そのとき話し合おう」

そう言って、私はドアをすり抜けようとした。が、ふたりは表情ひとつ変えることなくそこに突っ立ったままだった。イースター島の像のように。

「そんなに時間はかからないよ、ミスター・クライン」とただの大男が言った。選択の余地など一ミリもないことをはっきりと相手に伝える、ビジネスライクそのものといった口調だった。

「わかった」と私はしかたなく言った。「はいってくれ。ただし煙草の吸い殻を床に捨てたりはしないでくれよな」

「おれっちは吸わねえよ」と超大男が超真面目に言った。

私はふたりを中に入れた。ただの大男はカウチに坐り、私はテーブルについた。超大男は部屋を歩きまわり、本やレコードを眺めていた。そんな彼はハンドルを切りそこなって博物館に突っ込んでしまったトラック運転手を思い出させた。

「おれたちにはあんたが誰かわかってる」とただの大男が言った。「だからおれたちとよけいなゲームはしなくていい。あんたはバンクスの件で何年かまえに検察局でへまを打った。それも知ってるから。検察局を辞めるときにはなんでもかんでも新聞社にぺらぺらしゃべったこともな。それにあんたにはこの市《まち》にあんまり友達がいないことも」彼はカウチの背にもたれ、3インチ×5インチのインデックスカードに書かれたスピーチ原稿を読み上げるような調子で言った。

「私のことをあれこれ知ってくれているのは嬉しいかぎりだが」と私は言った。「別にあんたの秘密を聞かせてもらおうとは思わない。それより今の話がブロンクスのピザの値段と何か関係があるとも思えないんだがね」

「おれたちにはおまえよりもっといっぱい友達がいるんだよ、クライン。だから、おれたちに協力しないと、おまえは馬鹿を見るってことだ」

「だったら聞くよ。こうして話をじらされるというのはもうたまらないね」

ただの大男はカウチの背にもたれると、疾走しているトラさえぴたりと立ち止まらせてしまいそうな視線を私に向けた。その効果は覿面《てきめん》だった。トラでなくてよかった。私はそう思った。

「ジョージ・チャップマンには関わるな」と彼は抑揚のない口調で静かに言った。

「なるほど」と私はわざとらしく言った。「おたくはいきなり私の家にやってきて、私に話があると言い、そのことばに大人しく従ったら私は正しい道を歩むことになるから、それについちゃおたくに感謝しろというわけだ」

「まあ、そうだ」と彼は言った。

ステレオのそばでは、私がさっきかけたレコードを超大男が見ており、モーツァルトの肖像画が描かれたレコードジャケットを手に取って言った。「誰だ、この野郎は？　このオカマみたいな野郎は？」

「おたくが言うその野郎は」と私は言った。「もう二百年近くまえに死んだ野郎だ。で、三歳のときにはもう、おたくのゴリラ脳全体の賢さをはるかに超える賢さを膝小僧《ひざこぞう》に秘めていた」

「けっ。口先だけは達者なんだな」と超大男は言って、レコードをジャケットから出すと、両面を慎重に見てからふたつに割った。そして、面倒くさそうにふたつに割れたレコードを床に放った。

「今の行為によって」と私は言った。「おたくは千年のあいだ地獄の第九の輪をさまようことになる」

「すまん、すまん」と彼は開いた両の手のひらを見て、わざと申しわけなさそうに言った。「手がすべっちまった」

「いいだろう」と私はただの大男に言った。「おたくもおたくの友達もそろそろ帰ったらどうだ？　メッセージはちゃんと受け取ったよ。これ以上話し合うこともないだろ？」

「ああ、そうだな」とただの大男は言った。「メッセージはちゃんと伝えた。だけど、まだ返事を聞いてない」

超大男は本棚のところまで行くと、本を何冊かつかんで床に放った。そして、できた隙間に長い腕を入れると、ただの一振りで残っていた本すべてを振り落とした。それらの本の一部は、レコードプレーヤーの透明のプラスティックのカヴァーの上に落ち、そのあと弾んで床に落ちた。ただの大男はそういうことにはまるで興味がないようだった。面白がるでもなく、不快そうにするでもなかった。彼には彼の仕事があり、彼の相棒にはまた別の仕事があるというわけだ。

「たまげたぜ」と超大男は言った。「今日のおれはどうしちまったんだ？　すごく不器用になっちまってる」

超大男には室内装飾家になる夢があるのだろう。で、暇な夜には新たなアイディアを求めて〈ハウス・ビューティフル〉の最新号を隈《くま》なく読み漁《あさ》っているのだろう。彼が私の居間全体を根こそぎ改装するのには数分とかからない。そして、そのときには彼としても大いに満足のいく出来になっているのだろう。いわゆる〝ばらまきスタイル〟というやつで、これをやると、理想の居間にしか見られない、ある種のくだけた魅力が部屋に備わる。

彼らのやりたいようにやらせた。私はいかなるものにも自分の邪魔をさせるつもりはない。しかし、今日は私のラッキー・デーだ。人は誰しも運命に逆らってはいけない。私はただユダヤ人に生まれついたのではない。ユダヤ人は幼い頃に悪《あ》しきものの中に善きものを見つける術《すべ》を学ぶ。また数を数える術も。眼に映るものがなんであれ、二対一というのは議論の余地のない問題である。

「こう言えばいいかな」と私は超大男が二番目の本棚に取りかかったところで、ただの大男に言った。「どうして私はおたくに言われたとおりにしなきゃならない？　おたくは私が引き受けた案件を捨てろと言う。こっちは調査を今朝始めたばかりなのに。おたくたちが何者なのかも知らないのに。おたくは私も食っていかなきゃならないことを忘れてるよ。受けた案件を受けるなり捨てて、次もやめるなんてことをしていちゃ食っていけない。私の口からパンを取り上げるなら、かわりにケーキでもくれなきゃ」

ただの大男はにんまりとした。どうやら彼にも理解できる言語で話ができたようだった。ふたりともプロだ。たぶん私とは相対する側について仕事をしている。それでも社会に対して同じような皮肉な考えを持っている。決定的な判断をするのに同じ哲学を持っている。

「あんたが賢い弁護士タイプだってことは初めからわかってたよ」と彼は言った。「あんたがこんなおいしい申し出を受けること自体は、こっちとしちゃあんまり嬉しくないことだよ。だけど、おれはただのメッセンジャーだからな」彼はそこで間を置いた。私の幸運をほんとうに羨《うらや》むように。「チャップマンに関わらなけりゃ、あんたには五千ドル手にはいる。質問はなしだ」

「その金はどこから出るんだね？」

「言っただろ? 質問はなしだ。五千ドルというのは質問なしに充分見合った額だと思うがな」

「わかった。質問はなしだ。だったらその金はどうやってもらえるんだね?」

「現金で。すべてもう手配済みだ」

「その申し出を私が拒否したら?」

「そんな選択肢はないんだよ。言われたとおりにすりゃいいんだ。おれの言ってることはわかりにくいか?」

「すごくわかりやすいというわけでもない。私としてはやはり知りたいね。私がおたくをこのままおたくのボスのもとに帰して、ボスには、そんな五千ドルなんぞケツの穴に突っ込んどけって伝えてくれって言ったらどうなるか」

「あんたとしても両脚の骨を折られてまでして、そんなことは言いたくないと思うがな」

「でも、まさにそれが私の言ってることだ」

ただの大男は怪訝《けげん》な顔をした。そういう申し出を拒否する人間がこの世にいるなど想像できないのだろう。プロとしての片時の共通意識はすでに雲散霧消していた。彼には自分が今どこにいるのかわからなくなっていた。彼にとって私はまるでわけのわからない相手に逆戻りしていた。

「要らないってか？　おまえ、要らないって言ってるのか？」彼の声はまるまる一オクターヴ上がっていた。

「そうだ。要らないって言ってるんだ。それと私からのボスへのメッセージも忘れないでくれ。ケツの穴に突っ込むってやつ。五千ドルをね」

私は大きなリスクを冒していた。それはわかっていた。こういうことには代償がつきものだということも。しかし、誰がこの申し出の背後にいるのか、それは五千ドルを拒否することでしかわからない。誰かが私をチャップマンから引き離しておくことに多大なる関心を寄せている。ということは、最初に思ったよりはるかに事態は切迫しているということだ。手早く行動しないと、チャップマンの命はもう消し印のある切手ほどの値打ちさえなくなってしまいかねない。

「おまえはもう死んだも同然だな」とただの大男は言った。「おまえは今、愉しい狩り場行きの片道切符を買っちまったのと変わらない」

超大男はそれまでの破壊行為をやめて、期待に満ちた攻撃犬みたいな眼でただの大男を見ていた。合図を待っていた。

「帰るぞ、エンジェル」とただの大男は言った。「このクソはニューヨーク一の馬鹿たれらしい」
「ああ、わかってる」とエンジェルは言った。「こいつは面白いやつだ。ここに来たときそう言っただろ、テディ」エンジェルは私に向かってにやりと笑い、私が坐っているところまでやってきた。「こいつはおれにでっかい赤鼻のピエロを思い出させるよ。おれの言う意味わかるか、テディ？　正真正銘のヌケ作だ」超大男は警告も何もなく、私をつかんで椅子から立たせると、本が散らばっている部屋の反対側まで放り投げた。ビーチボールみたいに。「こういうエテ公はいっぱいいるだろ？　テレビで見かけるスタンダップ・コメディアンだ。ただ、こいつはうまく立って《スタンド》られないみたいだが」

息をつこうとしたときには超大男はもう私のところにやってきており、またぐいと立ち上がらせられた。私は逆に身を屈《かが》めようとしたが、超大男の動きはすばやかった。肩で体当たりすべきだと思ったときにはもう、とてつもない右のパンチを腹に叩《たた》き込まれていた。腸《はらわた》で急行電車が脱線したような感じがした。床に倒れた。息ができなかった。動くこともできなかった。世界が真っ暗になった。残っている明かりはただぽつぽつと灯るだけで、実に頼りなかった。あまつさえ、雨の中のキャンドルのように愉しくなかった。

「ずらかろう」

「もういいよ、エンジェル」とテディは言った。

「おれはこの馬鹿に教えてやりたかっただけだよ、テディ、こういうことはまたあるぞって」と超大男は私の上に仁王立ちして言った。まだ拳《こぶし》を握りしめていた。「こいつが次に軽口を叩きたくなったときに思い出すと愉しくなるようにな」

ふたりが出ていったのもわからなかった。海底のどこかに沈んで、必死に鉄の肺を探していた。ようやく息ができるようになったときには、ふたりはもう車に乗って走り去り、ブルックリンに戻る途中、どこかで遅いランチを食べていたのではないだろうか。戻るのがブルックリンにしろどこにしろ。

5

オフィスに着いたときには三時半を過ぎていた。ジュディス・チャップマンはまだ待っていた。これにはいささか驚いた。家を出るまえにオフィスに電話をしても誰も出なかったので、電話応答サーヴィスに確かめたところ、電話は一本もかかってきておらず、だから私はもう彼女はあきらめたものと思っていたのだ。

「わたしのほうも遅れたから」と彼女は椅子《いす》に坐《すわ》ったまま私のほうに体を向けて言った。その椅子には今朝、彼女の夫も坐った。「だからわたしのほうもあなたを責めるわけにはいかない」そう言って、少しばかり皮肉の交じった笑みを浮かべた。お互い有罪でもお相子だからお互い無罪、とでも言わんばかりに。

私は机の奥に坐って彼女に笑みを向けた。互いに平等な立場にいるという彼女の意思表明をありがたく受け入れた。

「で、どういうご用件でしょう、ミセス・チャップマン？　私の留守番応答サーヴィスによれば緊急の案件だとか」

私はジュディス・チャップマンの顔が気に入った。古典的な尺度で言えば可愛《かわい》くはない。端整な顔だちというのでもない。が、どこか抗しがたい魅力のある顔だった。眼を向けたらそのまま眼を離せなくなるような。鼻は少し大きすぎた。顎《あご》は広すぎた。唇はちょっと豊かすぎた。それでいてすべてのバランスが取れていた。のぞき込むと、深い知性と洗練されたユーモアのセンスが感じられ、はっとするような丸い茶色の眼をしていた。自分と世界、このふたつに巧みに折り合いをつけている珍しい女性だった。ある夜バレエを見にいけば、その翌日の夜には男たちとポーカーに興じ、そのふたつを等しく愉しめる女性。ソフィスティケイトされていても冷たくはない。加えて、ウェーヴのかかったその黒髪が彼女をとても官能的に見せている。それは金持ちの女性にはとても珍しいことだ。着ているのは襟元にカラフルな刺繍《ししゅう》のあるシンプルなニットの白のワンピース。宝飾品は指と手首にほんの少しだけで、化粧も眼のまわりにほんの少し。大きな茶色の革のバッグの中に手を入れると、メリットのパックを取り出し、私にマッチをする暇も与えず、細いゴールドのライターで火をつけた。その機械的な動作は日に一箱か二箱吸っている者のそれだった。

「わたしの夫、ジョージのことです」と彼女は言った。「彼が今朝こちらに来たのは知ってるわ。何か深刻なことが起きたんじゃないかって心配なんです」

「深刻なことなど何も起きていません。今のところは。私とご主人はそういうことが起きないようにするにはどうすればいいか、話し合ったんです」

「ということは、何か心配しなければならないことがあるということにまちがいはないわけね」彼女がどんなことを心配しているにしろ、その心配事は今朝よりずっとまえからあったような口ぶりだった。

「ご主人はそのことをあなたには何も話していないんですか？」

「どんなことであれ、夫もわたしもあまり話し合うことはないんです、ミスター・クライン」その声音《こわね》に苦々しさはなかった。ただ事実を淡々と述べるような口調だった。

「ご主人とは話し合いをあまりなさらないということなら、どうしてご主人がここに来たことがわかったんです？」

彼女はいっときためらった。どう答えたものか、すぐには判断がつかなかったのか。今になって私のオフィスにきたことが正しい判断だったのかどうか、迷いが生じたかのように見えた。

「ビル・ブライルズが教えてくれたんです」

私は椅子の背にもたれ、天井を見上げた。そして、私としてはとびきり無邪気な声をつくって尋ねた。「そのブライルズという人はまさかウィリアム・ブライルズ教授のことじゃないでしょうね？　コロンビア大学の社会学部の教授で、十一冊ほどの著書がある人のことじゃないでしょうね？」そう言って、椅子から身を乗り出し、彼女に向けてにやりと笑ってみせた。

「皮肉を言ってくれなくてもけっこうよ、ミスター・クライン」と彼女は会って初めて不快さを顔に出して言った。「あなたも彼のことはご存知でしょうよ。ほんの数時間まえに本人に会ってるんだから」

「正確なところ、ブライルズ教授はあなたになんて言ったんです？」

「今日のお午頃《ひる》、すごく興奮して電話してきたんです。あなたがジョージに関することで何か調査してるって。あなたに脅されたとも言ってたわね。あなたにこのあとつけまわされることになるとも」

「彼はあまり協力的じゃなかったんです。だから、私としては何か隠してるんじゃないかと思った。私は好奇心の強い男でね。どうして人はそういう真似《まね》をするのかということに興味があるんです」

「彼はきっと怖かったんだと思います」声はとがっていたが、同時に防御的にもなっていた。

「私はただ彼の友達を守るのに必要と思われる質問をしただけなんですがね」

「それこそ彼が怖がった理由よ。ジョージに関わることはどんなこともビル・ブライルズにとって対処するのがむずかしいことなんです」

「それはまたどうして？」

彼女はまたためらった。まちがったことを言ってしまうのを恐れるように。

「簡単には説明できません」

「それでかまいません。別に急いでるわけじゃないんで。あなたのやり方で説明してください」

彼女は勇気を奮い立たせるように深く息を吸った。それから身を乗り出し、机の上の灰皿で煙草の火を揉《も》み消した。話しだしても灰皿を見ていた。私にではなく灰皿に話しかけているようだった。煙草の吸い殻に話しかけても批判は返ってこない。

「わたし自身は大したことではないと思うけれど」と彼女は言った。「話せば、あなたの調査の役には立つかもしれない」そこで体の緊張を解こうとするかのようにまた息を吸った。車が行き来する午後の低音が外から聞こえた。階上《うえ》のデニス・レッドマンのスタジオからは水の流れている音がした。そこここの窓辺にいるハトの鳴き声も。

市《まち》の静寂に内在するあらゆるささやかな音が聞こえた。「ご存知と思うけれど」と彼女は続けた。「ビル・ブライルズとわたしはけっこう長いこと恋人同士でした。それで彼が今日慌てた理由はわかると思うけれど。でも、彼は単純にわからなかったんだと思うわ。あなたの狙《ねら》いがなんなのか。わたしたちの関係が公《おおやけ》になることはないよう、わたしたちなりに努力してきたつもりよ。でも、こういうことを完全にこなすことはできない」

「あなたとあなたのご主人は人も羨む仲睦《なかむつ》まじい夫婦だと思ってました」と私は言った。「理想的なカップルだと」

「それってひどいことよ。ほんとうに」と彼女は言った。「自分のことが救いようのない偽善者だとわかりながら、嘘《うそ》の人生を送るというのは。わたしとジョージの結婚はたった三年で駄目になった。それでも続けたのよ。まるで何事もなかったようなふりをして、公の場にもふたり一緒に顔を出して、その実、まるで別々の暮らしを送っていたのよ」

「ブライルズとの関係はいつから始まったんです？」

「ジョージの事故の二年ほどまえ」

「事故のあともそれまでと変わらずに続いた？」

「まあね。さすがに事故の直後は会うのをやめたけれど、だからと言って終わったわけじゃなかった。中休みみたいなものだった」

「でも、今はもう終わった」

「ええ、半年ほどまえに。完全に。ジョージが新しくやり直すことを決めたから。彼のほうから、わたしを死ぬほど取り戻したかったって言ってくれた。わたしはそのことばを信じることにした。それでしばらくはうまくいっていた。でも、またいきなり変なことになってしまった。ミスター・クライン、ジョージ・チャップマンというのはどこまでもつきあいにくい人よ」

「今朝ご主人も言ってました、あなたのことを深く愛してると。また、あなたこそ自分の人生の支えだと」

「それはいかにも彼が言いそうなことよ。彼はいろいろな問題を抱えている人だけれど、自分の感情をさらすかわりに、期待されていることや、もっともらしいことを言うのもその問題のひとつね。昔からずっとそう。でも、事故以来、それがひどくなった気がする。こういうことについてわたしはあまり客観的には話せないかもしれないけれど、わかってほしいのは、ジョージと結婚したとき、わたしはまだほんの子供だったということよ。歳《とし》は二十一で、大学を出たばかりで、彼はそんなわたしがそれまでに会った中で誰より特別な人だった。ただ、わたしは野球のことも知らず、プロ野球選手の妻になるというのがどういうことなのかもわかっていなかった。だいたいシーズンが始まると、ほとんど会えなかった。いちいち言うまでもないと思うけれど、アスリートが遠征に出るとどんなふうになるか。ジョージにもあらゆる市《まち》に女がいた。そのことがわかるまでには数年かかったけれど、いずれにしろ、彼はほんとうには妻を必要としていなかったのよ。彼が欲しかったのは見栄《みば》えのいい展示品みたいなものだった。自分をよく見せるための道具みたいな。彼にとってわたしは道具だったのよ。去年の冬になってわたしとよりを戻したくなったのもそのせい。政界入りするには必要な道具だったから。可愛い妻というのは政治家の必需品みたいなものだから。そもそもわたしとビルの関係を誰かに嗅《か》ぎつけられたら、政治家にとっては大変なスキャンダルになる。それを避けるためにもよりを戻したがったのよ。波風をできるだけ立てないようにする。それが彼のやり方よ。できるだけ危険を冒さないのが」

「詮索《せんさく》するつもりはないけれど」と私は言った。「離婚しようとは思わなかったんですか？」

「もちろん考えたわ。ビルとわたしと彼の三人で話し合いを持とうと思ったこともあった。でも、そのたびに彼はわたしたちを殺すって言った。わたしには彼のそのことばを疑わなくちゃならない理由がなかった。ジョージというのは暴力に関して大変な能力を持っている人よ。実際、どんなことでも何かよくない感情が心に溜《た》まると、定期的にすさまじい怒りとともにそれを必ず発散させてきたのがジョージ・チャップマンという人よ。でも、ビルとわたしが愛し合っているということについては理解していた。だから、わたしがビルと会うことについても文句を言わなかった。そのことを誰にも知られないかぎりは。普通じゃないのはわかってる。でも、それがジョージ・チャップマンという人なのよ。でも、彼を邪悪な人間みたいに言うつもりはないわ。とても複雑で、とてもむずかしい人だけど。彼なりの奇妙な方法で彼は今でもわたしを愛しているんだと思う。程度はあるにしろ、彼は人を愛することができる人よ。ついでに言えば、これまであれこれあったけれど、わたしのほうも彼に対する気持ちがなくなったわけじゃない。憐《あわ》れみ……愛着……その気持ちをなんと呼べばいいのか自分でもわからないけど。わたしたちはいろんなことをふたりで経験してきた。そのせいで、わたしたちのあいだには絆《きずな》みたいなものができたんだと思う。それでも、わたしにはもっと何かが必要だった。そう、わたしは今でももっと何かを必要としてる」

私は椅子から立ち上がり、部屋の反対側まで歩き、窓敷居に腰かけた。頭がいささか混乱していた。彼女はどうしてこんな打ち明け話をする相手に、見ず知らずの私を選んだのか。ブライルズとの関係は長いこと秘密にしてきたと自分で言っておきながら、それをこれほど軽々しく私に明かすのが、私にはまるで解《げ》せなかった。同時に、彼女のそうした開けっぴろげなところはありがたくもあったが。チャップマンに関する情報はどんなものであれ欲しかった。そんなときに、私ひとりで探していたら見つけるのに何週間かかっても不思議のない情報がほんの数分で得られたのだ。私はとりあえずすべては私の運のよさのおかげと思うことにした。

「あなたは聞き上手ね、ミスター・クライン」と彼女は言った。「それと、そう、わたしはこのことをずっと誰かに話したかったのね、たぶん」彼女はいささか決まり悪そうな笑みを浮かべた。「で、その誰かというのがあなただったのね」

「〝マックス〟と呼んでください。みんなそう呼ぶんで。私の本名は〝クズ《マッド》〟だと思ってる人たちも含めて」

「そういうことなら」と彼女は笑みを浮かべて言った。今度のは裏のない笑みで眼が温かく躍っていた。「わたしのほうは〝ジュディ〟で」

そこで改めて私たちは互いに互いを吟味した。初対面の人間が必ずやるやり方で。それで部屋の雰囲気が一気に変わった。ことばではうまく伝えられないが。私たちは赤の他人ではなくなった。なぜか急に互いに親しい気持ちになった。

私は彼女の眼をしばらく見つづけてから言った。

「教えてもらえるかな。事故のあともご主人には愛人がいたのかどうか」

彼女は首を振った。「いなかったと思うわ。少なくともわたしの知るかぎりは」

「事故の怪我《けが》の影響は事故後も続いたんですか……つまり、脚を失《な》くした以外にも何か影響はなかったんですか？」

「あなたが訊《き》こうとしているとわたしが思う質問に答えれば」と彼女は言った。「答はノーよ。ジョージは今でも完璧《かんぺき》にセックスができるわ」

「だったらどうして彼にはいないんです？　いや、誰かと本気でつきあうとかということはなくても、欲求を満たす相手もいないというのはどうしてなんです？」

「ジョージの欲求というのは普通の男の人とはちがうのよ」と彼女は声を落として言った。「事故のまえから、彼にはセックスは喜びというよりむしろ義務だった。彼はセックスを怖がってた。セックスによって惹《ひ》き起こされる感情を」

私は彼女が言ったことをいっとき考えた。徐々に頭の中でできあがりつつあるチャップマン像に、彼女のことばをあてはめてみた。必ずしもうまくあてはまらなかった。しかし、彼女の言ったことは嘘ではないのだろう。無視するわけにはいかない。チャップマンのことをもっと理解しなくてはならない。もっと親身になって。

私は言った。「ご主人が今朝私のオフィスに見えたのは、殺人をほのめかす脅迫状が届いたからなんです」

ジュディ・チャップマンはまるで私がいきなり中国語でも話しはじめたかのような顔で私を見て言った。「なんの話かわからないんだけれど。いったいなんの話をしてるの？」

「何者かからご主人に手紙が送られてきたんです。で、その手紙にはご主人があることをしないと、ご主人はもはや生きていけなくなると書かれていた。ただ、問題はご主人にもそのあることというのがわからないことです。だから、相手の言うとおりにやろうと思ってもやりようがない。それでも用心をしないわけにはいかない。そういうことです」

「なんてこと」と彼女は言った。ほとんど聞き取れないような低い声だった。「なんてこと」

「今のところ、明らかなことは何ひとつありません。それでも何か手がかりになりそうなものを追うしかない」私はそこでことばを切って、彼女が落ち着くのを待った。

「ひょっとしてヴィクター・コンティニという名に心あたりはありませんか？」

「ジョージの弁護士のブライアン・コンティニの父親でしょ？」

「会ったことは？」

「ないわ。一度も」

「ジョージがその父親に関して何か言ったことは？」

「覚えているかぎり、ないと思うけれど」彼女は顔を起こし、もの問いたげに私を見て続けた。「ヴィクター・コンティニというのはギャングか何かよね？」

私はうなずいて言った。「それも極悪の」

彼女はしばらく私をただ見つめた。私がいきなり笑いだし、今のはジョークです、と言うのを待つかのように。私の表情が変わらないことがわかると、彼女は言った。「こんなことが現実に起きてるなんて信じられない。とてもほんとうのこととは思えない」

彼女を安心させられるようなことは私には何も言えなかった。最後にはすべてうまくいくなどと言ったら、どう考えても嘘になる。いい加減な約束はするものではない。これは現実で、現実である以上、どんなことでも起こりうる。

「ジョージの経済状態について教えてください」と私は言った。「稼ぐ以上に使ってるなどということはありませんか？」

「ありません。むしろその逆ね。お金は自分では使い方がわからないほど持ってるわ。

本はとてもよく売れたし、その印税が今でもはいってくる。それにあちこちから呼ばれる講演料もあるし、投資もしているし、アメリカンズからは今でも給料をもらっているし。ご存知かもしれないけれど、事故のまえに長期契約を結んでたのよ」

「ええ、知っています。確か八年契約でしたね」

「それだけでも充分すぎる額よ。それがだいぶ貯《た》まっていて、すでにたいていの人が一生で手にする額を超えてるわ」

「年に二十五万ドル、ぐらい？」

「そこまではいかないけれど、それに近い数字ね」

「それを球団オーナーのチャールズ・ライトはどう思ってるんだろう？　なんの見返りもないのにそれだけの額が毎年出ていくとなれば、そのことをあまり喜んでいるとは思えないけれど」

「それはそうね。でも、それが契約だから、彼としてもどうすることもできないんでしょうね。さすがに最初の何年かは契約の再交渉の申し入れがあったけれど、ジョージは頑として引き下がらなかった。それでチャールズとしてもあきらめざるをえなかったんだと思うわ」

「ライト以外にジョージに恨みつらみのありそうな人間は？」

「彼のことを嫌っている人は大勢いると思う。なにしろ癖のある性格で、人の神経を逆撫《さかな》でするようなことを平気でする人だから。でも、だからと言って、彼を殺したくなるほど嫌っている人がいるかと言えば、また話がちがってくる」

「ウィリアム・ブライルズは？」

彼女は何かを言いかけ、そこでやめると私をしげしげと見た。「それはありえないわ。ビル・ブライルズはそんな人じゃないわ。まず第一に、彼は暴力そのものを嫌悪《けんお》してる。第二に、むしろ彼はジョージのことを怖《おそ》れていて、彼を殺すなんてとてもとても」彼女は私の疑念を払いのけるようにことばひとつひとつに力を込めて言った。それはブライルズのことなどもう永遠に自分の人生から退場させたいという思いからなのか、それともまだブライルズには未練があって、それとなく彼を庇《かば》おうとしているのか、どちらとも取れたが、今はまだそういうことを確かめるときではなかった。

「最後にひとつ」と私は言った。「ジョージは事故のあった夜、どうしてあんな山道を走っていたのか、そのわけをあなたに話したことは？」

彼女はとことん戸惑ったような顔をした。何を訊かれているのか、見当もつかないとでもいった顔だった。「彼があの夜どの道を走っていたかなんて、それにどういう意味があるの？」

「いや、どこかしっくり来ないところがあるんで。そういうときには、できるかぎり精査するのがわたしの仕事なんでね」

「でも、そんな五年まえの事故が今起きていることとどんな関係があるの？」

「それはわからない」と私は答えた。「だから調べようと思ってるんです」

ジュディ・チャップマンは深く考えにふけるような顔つきになり、ゆっくりと頭を前後に揺らした。そのあとようやく状況が呑み込めたように言った。「可哀《かわい》そうなジョージ」ほとんど自分に言い聞かせるかのようにそうつぶやいた。「可哀そうな、可哀そうなジョージ」

「お宅に電話をしてもかまいませんか？」と私は尋ねた。「何かわかったらあなたに連絡したくなるかもしれないんで」

「ええ、家に電話してくださってかまいません。もしわたしがいないようなら電話応答サーヴィスにメッセージを残してください」

そう言って、彼女は立ち上がった。細身の体を動かす彼女の所作が気に入りはじめている自分に気づいた。彼女が着ているのは、一部の魅力的な女性が身にまとう服には見えなかった。鎧《よろい》のようには見えなかった。彼女の存在そのものを高めているだけのものにしか見えなかった。彼女には自らを男に望まれる存在にするために自らを誇示する必要がない。そのことを私に思い出させた。そういうことを彼女はいともたやすくやってのけていた。彼女のような人にこれまで一度でも会ったことがあるだろうか。気づくとそんなことを考えていた。

オフィスのドアをエレヴェーターのほうへふたりで出かかったところで、彼女は振り向き、オフィスの壁に掛けられている九つのバベルの塔を見た。

「あなたのオフィスの内装についてひとこと言ってもいい？　あの絵は全然合ってないわ」まったくの無表情でそう言った。

「あんまりあれこれオフィスに置きたくはないんだけれど」と私は言った。「ただ気に入ったものがあれば、それを掛けるようにはしてる」

私と彼女は省略されすぎた奇妙な暗号で話し合っているかのようだった。ほとんどヴィクトリア朝時代のように繊細に。額面どおりのことばはひとつもなく、どんな些《さ》細《さい》なことばにも二重の意味や隠された意味があるかのような。そこで彼女がいきなり裏表のない笑みを私に向けた。私はそれまで彼女に敬意をもって接していた。彼女はその私の敬意だけは額面どおりに受け取ったのだろう。彼女の笑みはその証《あか》しだったのだろう。私はお互い同じ波長にいることを嬉《うれ》しく思った。

ともに黙ってエレヴェーターを待った。エレヴェーターがようやくやってくると、彼女は私の腕に手を触れて言った。「気をつけて、マックス」
わかりました、と私は答えた。

6

ルイス・ラミレスは通りの向かいのビッグ・アップル駐車場の昼間の係で、私はその駐車場に一九七一年型のサーブをここ五年停めていて、そのあいだに彼をよく知るようになった。歳は三十代前半の小柄で痩《や》せた男で、いつもブルーのフード付きスウェットシャツを着て、暇なときには電話ボックスほどの大きさの壊れかけた木の詰所の中で、出版されていることがわかっているあらゆる野球雑誌を読んでいる――〈スポーティング・ニューズ・トゥ・スポート〉から〈ベースボール・ダイジェスト〉から〈ベースボール・マンスリー〉から〈ベースボール・クォータリー〉から〈ストリート&スミス・ベースボール・アニュアル〉まで。動かさなければならない車があるときにはいつでも車のエンジンの回転をあげ、エンジン音を鳴り響かせ、バックでタイヤを軋《きし》らせ、砂利を蹴飛《けと》ばし、早送りされた昔のサイレント映画の一コマのようにてきぱきと用意する。この五年のあいだに彼には三人の息子がいることがわかったのだが、それぞれ異なるヒスパニック系の野球選手に因《ちな》んだ名がつけられている。ルイス・アパリシオ・ラミレスにミニー・ミノソ・ラミレスにロベルト・クレメンテ・ラミレス。彼と会うと、いつも野球の話をする。野球に関する彼の知識はまさに驚異的だ。野球におけるラミレスは、美術界におけるバーナード・ベレンソン（リトアニア出身の米国の美術評論家）、音楽界におけるドナルド・フランシス・トーヴィー（英国の音楽学者）と変わらない。

「やあ、ビッグ・ガイ」と彼は顔を起こし、私を見上げて言った。それまで〈スポーティング・ニューズ〉の裏ページに載っているパシフィック・コースト・リーグの打撃順位表を見ていた。「車、出す？」

「頼む」と私は言った。「傷をつけないで。でも、サンドウィッチ状態になって停められているところを見ると、きみにしても出すのに二十分はかかりそうだな」

「からかってるのかい？」そう言って、彼は嬉しそうに私の挑戦を受けた。「三分だね。見ててくれ。三分以上はかからない」

彼はそう言って壁のハンガーボードからキーを取った。私はサイレント映画で警官がちょこまかと動くシーンさながら、彼がまずフォード・マスタング、次にフォルクスワーゲン、最後にクライスラーの新車を動かすのを眺めた。土埃《つちぼこり》が収まったときにはたっぷり四分半が過ぎていた。

彼は私のサーブのドアを開け、笑って言った。「言っただろ、親分？ 四分って。自分から時間を言ったときには必ず守るんだよ、おれは。ばっちり四分半だ！」

私は車に乗り、窓を開けて言った。「今夜はどっちが勝ちそうだい、ルイス？」

彼は急に真剣な顔になった。「むずかしいね。ミドルトンを投げさせれば、アメリカンズにもチャンスがある。ミドルトンは今日みたいな天気の日が好きだから。彼のスライダーはまだまだだけど。ロペスを投げさせるようじゃ、もう忘れたほうがいい。あいつのストレートじゃデトロイトのバッターを抑え込むのは無理だ。まあ、デトロイトが勝つだろうね。ただ、クロスゲームにはなるだろうね。6対4とか、7対5とか、そんな試合になると思う」

ルイス・ラミレスが賭《か》け屋なら、人生の残りをたぶん南カリフォルニアのゴルフ場で、電動カートを乗りまわして過ごしていることだろう。しかし、彼は純粋主義者で、野球で金儲《かねもう》けをするなど考えるだけでおぞましいことなのだ。芸術の域にまで高められているものをビジネスに変えてはいけない。なにより大切な愉《たの》しみが殺《そ》がれる。そういうことだ。

私は駐車場から車を出して、リンカーン・トンネルのあるアップタウン方面に走らせた。四時半、ニューヨークの交通事情に満足するには不向きな時間帯だ。市《まち》から出る場合はなおさら。しかし、明日まで待ちたくなかった。できるだけ早いうちにピグナートを捕まえたかった。

道路が混んでいなければ、アーヴィングヴィルまで三十五分か四十分ぐらいのものだろう。私はニュージャージー育ちなので土地勘はある。トンネルを出ると、ハイウエーに乗った。ニュージャージーが西側世界で最も劣悪な場所としての名声を保てているのは、この手のハイウエーのおかげだ。ニュージャージーのセコーカスにもう豚はいないが、工場から排出される悪臭がハイウェー沿いにずっと漂っている。十九世紀のイギリスにタイムワープしてしまったかと思われるほど。巨大な工場の煙突から太くて白い煙が噴き出し、グロテスクな沼地や廃屋と化した煉瓦《れんが》造りの倉庫を汚染している。何百羽ものカモメが、ゴミの山と焼かれて骨組みだけになった何千という車体の上を飛び交っている。気分が落ち込んでいるときには見ただけで、メイン州の森の中の小さな小屋に住んで、木苺《きいちご》や木の根を食べて暮らしたくなるような光景だ。しかし、これをもって文明社会の行き着く先の予告編とするのはまちがっている。これこそ文明社会そのものなのだから。われわれがわれわれであることと、われわれが欲しがっているものの代償なのだから。

ガーデン・ステート・パークウェーに着いたときには、さらに混んでいたが、それでも確実に動いてはいた。ラジエーターがオーヴァーヒートしたり、つるつるのタイヤがパンクしたりするほど季節はまだ暑くなっておらず、むしろ気持ちのいい天気がドライヴァーを駆り立てているように思えた。たいていは春の午後の残りを裏庭でトマトの苗を植えたり、ビールを飲んだりして過ごすために家路を急ぐ人たちだ。あるいは、単調な日々から逃れ、まだ生きていることを確かめるための試みに向かう者たち。アーヴィングヴィル方面の出口にたどり着いたときには六時二十分まえになっていた。

ニュージャージー州ニューアークのまわりの小さな市のご多分に洩《も》れず、アーヴィングヴィルもみすぼらしい労働者階級の共同体だ。栄えた日も過去にあったのだろうが、その繁栄はそのときでさえ熱弁しなければならないほどのものではなかった。ただ、近隣の市のすべてが、ここ二十年で黒人居住者が多数を占める市になったのに対して、アーヴィングヴィルは今でもほぼ白い市だ。変わりゆく世界の只中《ただなか》にあって、歴史に執拗《しつよう》に反抗しているようなところだ。一九三〇年代のアーヴィングヴィルにはナチの団体があり、市警察は郡で一番野蛮な警察として知られた。当時はポーランド系やイタリア系が多く、彼らの大半がへとへとに疲れる仕事と、へとへとに疲れる絶望的な人生以外何も持たない工場労働者だった。福祉事務所の世話になるまであと半歩、黒人の貧しさに落ちるまで同じくあと半歩といった人々だった。そのどちらに向かうとも知れない恐怖から、彼らの多くがことさら激しい人種差別に安らぎを覚えた。アーヴィングヴィルというのはことほどさように荒っぽくて気が滅入《めい》り、なんとしても行かなければならない理由がないかぎり、行きたくないところだ。

十七丁目通りは、落ちぶれながらも勇敢な笑みを忘れない二戸建て住宅が建ち並ぶ通りだった。くすんだ栗色《くりいろ》か緑がかった黒の羽目板の家が大半で、多くの家の窓敷居に鮮やかな赤のゼラニウムを植えたプランターが置かれていた。老人たちがポーチの椅子に坐り、歩道でゲームに興じてなにやら叫んでいる子供たちを眺めていた。

ピグナートの家も同じ通りのほかの家と変わらなかった。よくも悪くもなかった。私はぐらつく玄関階段をのぼり、左側に蝶番《ちょうつがい》のあるドアの脇《わき》の黒いブリキの郵便受けに書かれている名前を確かめてから、ドアをノックした。三十秒間、何も起こらなかった。もう一度ノックした。今度は少し強く。中からくたびれた女の声がした。「今開けるから。今開けるから」近所の子供がお菓子をねだりにきたのではないかと思ったような声音だった。

スリッパを履いた足音が近づいてきて、ドアが勢いよく開いた。マリー・ピグナートは黒い髪に黄ばんだ顔をした四十代前半の女性だった。背は百六十センチばかりで、たっぷりとふくらんだ腹と尻《しり》をタイトな黒いストレッチパンツに包んでいた。ふわふわした素材のピンクのスリッパを履き、スモックのような黄色いブラウスを着て、小さな十字架のついた鎖のネックレスを首からさげていた。自分の船がやってくるのを待つことをとっくの昔にやめてしまった者特有の生気のない顔をしていた。もう何年もぐっすり眠れていないのではないか。眼の下のたるみとくすみに私はそんなことを思った。

「ミセス・ピグナート？」

「はい？」ためらいがちで自信のかけらもない声だった。知らない人間が自分の家の玄関先に立っていることそれ自体に、いささか驚いているようにさえ見えた。

「マックス・クラインといいます。グレイモア保険の代理人です」そう言って、私は法曹界の人間であることを示す古い名刺を差し出した。「ミスター・ピグナートにお会いしたいのですが」

「保険なんか別に要らないから」と彼女は言った。

「私は保険を売りにきたのじゃありません、ミセス・ピグナート。私は保険会社を代表して来たのです。どうやらご主人はご幸運を手になさったようで、それをご本人にお伝えにきたのです」

彼女はしげしげと私の顔を見てから名刺に眼を落とし、また私の顔を見た。「あなたはなんなの、弁護士か何かなの?」

「そうです」と私は笑みを向けて言った。「弁護士です。ほんの数分ご主人にお会いできればいいんです。そのことであなたを失望させるようなことは絶対にないと思います」

「でも、ブルーノはいないのよ」と彼女は言った。まだ疑い深げではあったが、態度はだいぶ軟化していた。

「いつ戻られるかわかりますか?」

彼女は肩をすくめて言った。「そんなこと、どうしてわたしにわかるの? あの人は家にいたりいなかったりだけど、ずっと見張ってるなんてできないでしょ? あの人、身障者なのよ。だから働かなくてもいいのよ」仕事こそ男を毎晩家に帰らせることができるこの世で唯一《ゆいいつ》のもの、とでも言わんばかりの口ぶりだった。

「今日はおられたんですか?」

「そう。いたわ。でも、出てっちゃったのよ」彼女はそこでことばを切り、首を振り、むずかしい子供のふるまいに対処するようなため息をついた。「ときには何日も帰ってこないことがある」

「ご主人はお加減があまりよくないと聞きましたが」

「そう、ずっとよくない。事故以来、四年も五年もずっと。あれから時々休養を取らなくちゃならなくなっちゃったのよ」

「事故というのはどんな事故だったんです?」

「乗ってたトラックの事故よ。彼は全然悪くないのに、それ以来精神的におかしくなっちゃって」

「どこに行けば見つけられるか、わかりませんか、ミセス・ピグナート? これはとても重要なことなんです。ご主人にお会いしないと、私のほうは仕事にならないんです」

「グランド通りと十五丁目通りの角のアンジーの店に行けばいいかも。時々そこでビールを飲んでるから」

「そうしてみます」と私は言った。「教えてくださってありがとう」

私は彼女に背を向け、立ち去りかけた。

「ちょっと、あんた」と彼女は言った。「名刺、忘れてるよ」そう言って、私の名刺を差し出した。それをどうしていいのかわからないようだった。名刺などというのは外国のもので、何かよくないものを受け取ってしまったような顔つきだった。

「いいんです。取っておいてください」

彼女はまた眼を落として名刺を見ながらどこか恥ずかしそうに言った。「ひょっとして、これってわたしたちにお金がはいるかもってことなの？」高望みをするつもりはないけれど、と顔に書いてあった。

「ええ、お金に関することです」と私は言った。「大金というほどではないと思いますが、そこそこの額にはなるはずです」

私はもう一度彼女に笑みを向けた。彼女はまだ名刺を見ていた。なにやら名刺が彼女に魔力を発揮し、なぜか私より現実的なものに見えているようだった。

グランド通りと十五丁目通りの角はほんの数ブロック先のようだったが、私は車で行くことにした。ニューヨークのナンバープレートをつけた車を放置して、十七丁目通りの悪ガキを誘惑したいとは思わなかった。窓を開けて走った。二戸建て住宅の列がさらに連なっていた。雑草と野良犬《のらいぬ》の群れの空地があり、学校の校庭が見えた。校庭ではピックアップ・ソフトボールの試合をやっていた。ちょうどピッチャーがボールを投げ、バッターがスウィングしかけたところだったのだが、その結末はわからなかった。学校の校舎の煉瓦に邪魔された。時間がそこで凍りつき、宙に放たれた白球のイメージだけが私に残った。永遠の期待を背負って。

グランド通りは商業的な地区で、アンジーの店——〈アンジーズ・パレス〉——は酒屋と〈ガルフ〉のガソリンスタンドのあいだにあった。私はそこから少し離れた美容院のまえに車を停めた。その店の窓には赤と青の手書きの文字で〝ドロレスが帰ってきた〟と書かれていた。彼女のその決断がまちがっていないことを念じた。

名前は〝宮殿《パレス》〟だったが、実態は地元のただのバーだった。何千というこのような通りに何千とあるほかの店と変わらなかった。窓のネオンのビールの広告、剝《は》げかけている壁の緑のペンキ、これまでいくつもの渇いた手によって開けられてきた、くたびれきった赤いドア。ドアの上には、傾けられて泡を立てているマティーニ・グラスがふたつ描かれている。〝LOUNGE《ラウンジ》〟と書かれていたレタリングは今では〝L U G〟(〝のろま〟の意)だけになっていた。

店内は魚の脳味噌《のうみそ》みたいに暗く、眼が慣れるのに少し時間がかかった。店の中で唯一動いているのが、うねうねと波のように動いているジュークボックスの紫色の照明で、流れている絶望と拒絶を歌った悲痛な歌とは裏腹に、その明かりは陽気なダンスを踊っていた。客はたったの五、六人で、そのうちふたりは電話修理工のグレーの制服を着ており、カウンターについて、ビールに覆《おお》いかぶさるように坐り、ＢＭＷとアウディの利点欠点についてぼそぼそと話し合っていた。それ以外の客はそれぞれひとりで木のテーブルについて、〈ニューアーク・スター・レッジャー〉紙を読んでいた。

バーテンダーは白いシャツの袖《そで》をまくり、白いエプロンをつけていた。客と一緒に昔を懐《なつか》しみ、ビールを飲みすぎ、肥《ふと》りすぎてしまった元ディフェンシヴ・タックルといった風情《ふぜい》の男だった。

私はカウンターまで行って、バドワイザーを頼んだ。そして、バーテンダーがビールとグラスを持って戻ってくると、一ドル札を置いて言った。「ブルーノ・ピグナートを捜してるんだけど、奥さんにここにいるかもしれないって言われてね」

「あんた、お巡りじゃないよね?」それはお約束のような質問で、そもそも深く追及するつもりはなさそうだった。私は新顔で、彼には客を守る義務がある。そういうことだ。

「いや、ちがう。私は弁護士だ。で、ちょっと彼と話がしたいだけだ」

バーテンダーはとくと私を見て、自分の眼で品定めしてから、店の奥の隅を手で示した。男がひとりでテーブルにつき、手つかずのビールのグラスをまえにして、ただ宙を見つめていた。

「どうも」と私は言って、自分の飲みものを取り上げ、教えられたテーブルのほうに歩いた。

〝ブルーノ〟という名前から、なんとなくがっしりした体つきの大男を想像していたのだが、実際のブルーノ・ピグナートは競馬の騎手と大して変わらないほど小柄で、体つきも貧弱な男だった。カールした黒髪は頭の三分の一ほど後退しており、顔はとがっていて、眼は出目で、どこか地下生物を思わせた。顎がほとんどなく、そのせいで鼻の長さが実際より長く見えた。全身から不幸のオーラを放っていた。ジョージ・チャップマンが成功のにおいをまとっているのと同じように、ピグナートのほうは失敗のにおいをまとっていた。場所にも本人にも不釣り合いな派手なアロハシャツを着て、入院患者によく見られる、長いこと使われていない、細くて白くて残念な腕をしていた。私は会えたら実行しようと考えていた作戦を捨てざるをえなかった。テーブルにつき、私は言った。

「こんにちは、ブルーノ。私はマックス・クラインといいます。ここにおられるんじゃないかと、奥さんに聞いて来ました」

彼は私を見上げた。まるで関心がなさそうな眼で。「やあ、マックス。まあ、飲めよ」

「手間は取らせません、ブルーノ。ただ、いくつか訊きたいことがあるんです」

「いいとも、マックス。何を訊きたいんだ?」

「訊きたいのは五年まえのことです。事故の夜、いったい何があったのか」

それまでの落ち着いた顔から一気に困ったような顔になった。まるで表情が自動的に変わるボタンを私が押してしまったかのようだった。ノーマルな感覚の持ち主なら、ここで立ち止まり、深追いしたりはしないだろう。しかし、私は今、人の命に関わるかもしれない案件を抱えているのだ。こういう会話がピグナートにどういう影響を与えるかは明らかだったから、つくづく自分の仕事を呪《のろ》ったが、ここでやめるわけにはいかなかった。

「あれはひどかったよ」と彼は言った。「ほんとうにひどかった。ひとりの男がそれはもうひどい怪我をしたんだから」

「そう、知ってます、それはひどい怪我だった」

「そいつが誰だったか知ってるか?」声の調子がもうすでにおかしくなりはじめていた。「ジョージ・チャップマンだ。プロ野球選手の」そう言って、彼はテーブルに眼を落とし、深々と息を吸った。「まったく。あのあともプレーできたらよかったんだが」

「何があったのか、話してくれないか、ブルーノ?」と私は相手との距離を一気に縮めて言った。

彼はしょげ返った様子で首を振った。思い出すことを拒否するように。「話したくないな。もう話すのは嫌だ」

「辛《つら》いのはわかるよ、ブルーノ。でも、これは大切なことなんだよ。ヴィクター・コンティニがまたチャップマンによくないことをしようと企《たくら》んでるんだ。あんたの助けがないと、コンティニの思いどおりになってしまう」

ヴィクター・コンティニという名に反応して、ピグナートの眼が光った。彼はそこで初めて私をとくと見てから、愚痴っぽい声音で言った。「あんたはおれの知らない人だよね？　なんでミスター・コンティニを悪者みたいに言うんだよ？　ミスター・コンティニはすごい人だよ。あんないい人のことを悪く言っちゃいけないよ」

「彼のことを悪く言うつもりはないよ、ブルーノ。ただ、私にはあんたの助けが要るって言ってるだけだ。あんただってジョージ・チャップマンにこれ以上悪いことが起こらないといいと思うだろ？」

「もちろん」と彼はやけに素直に答えた。またどこかしら反応の鈍いモードに戻っていた。「だけど、おれは彼に怪我をさせるつもりなんかなかったよ。だけど、彼はほんとよく打ったよな？」

「その夜、何があったんだ、ブルーノ？　何をしろって言われたんだ？　信じてほしい。これはとても重要なことなんだ」

「何もしろなんて言われてないよ。ほんとに。ただトラックを停めておけって言われただけだ。荷物を積むからって。よく覚えてないけど。あんまり記憶力のいいほうじゃないんでね。だけど、ミスター・コンティニはいつもおれによくしてくれたよ」

「で、荷物は誰かがそこまで持ってきたのかい？」

「荷物って？」

「事故があったところでトラックに荷物を積むことになってたんじゃないのかい？」

「それはどうかな」そう言って、ピグナートは自分の手を見つめた。その手の中に答があるかのように。「だけど、言っただろ、もうあんまり覚えてないんだよ」

長い沈黙が流れた。私は札入れから五十ドル札を取り出して、彼のまえのテーブルに置いた。

「さあ、ブルーノ。これを取っておいてくれ」

彼は金を取り上げると、とくと見た。彼の妻が私の名刺にしたように。そして、しばらく札を弄《もてあそ》んだ。が、最後にまたテーブルに戻すと言った。

「なんでくれるんだ？」

「あんたが私の役に立ってくれたからさ」

　彼はしばらくためらってから札を取り上げ、またとくと見た。考えていた。結論を出そうとしていた。今度はテーブルに打ちつけるようにして札を置き、目一杯手を伸ばして自分から遠ざけて言った。

「おれはあんたから金なんかもらいたくないよ」

「あんたは欲しくなくても、あんたの奥さんは欲しがるかもしれない」

「マリーが？　女房がなんで関係あるんだ？」短気を起こしかけていた。「おれたちはただ話をしてるだけじゃないのか？　男と男で」

「そのとおりだ、ブルーノ。男と男で」

「だったら、なんでこの金をマリーにやらなきゃならない？　おれは女房に金なんかやりたくない」怒鳴り声になっていた。いきなり五十ドル札を取り上げると、それを荒々しくちぎった。小さな紙片になるまで何度も。「おれからマリーに金をやらせようなんて、そんなこと、するなよ」

　私はどうやら意図せず彼の神経を逆撫でしてしまったようだった。彼は自分に対しても、妻に面倒をかけてしまっている自分の病気に対しても、恨みつらみを溜め込んでいた。それは彼にとっては屈辱的な状況であり、彼の妻にとっては耐えがたい状況なのだろう。彼らの日常がどんなものなのか、私はあえて想像するのはやめた。「だったら奥さんにやらなければいい」と私は言った。「したくないことを無理にすることはないよ」

「ああ、そのとおりだ」と彼は言った。「おれは何もしなくていいんだよ」自らの人生を自己弁護するような口ぶりだった。

私は五十ドルで彼の口が軽くなることを期待したわけだが、判断を誤ったのは明らかだった。統合失調症の患者はその多くがすぐれた第六感を持っているものだが、彼もまた私の身ぶりや口ぶりから何かを感じ取ったのだろう。あっというまに殻に閉じこもってしまった。機会を改めたほうがよさそうだ。少なくとも、とっかかりはできたことに今は満足して。

「じゃあ、行くよ、ブルーノ」と私は言った。「今日はもうこれぐらいにしておいたほうがよさそうだ」

彼は怯《おび》えと憎しみが入り交じったような眼で私を見た。唇が震えていた。「あんたは嫌いだ。あんたはいい人じゃない」

私は席を立ち、テーブルを離れかけた。

「あんたは悪い人だ」彼は私の背中にことばを浴びせた。「あんたは嫌いだ！　あんたは悪い人だ！」

カウンターについていた客全員が私を見ていた。人が動物園の動物を見る冷たい好奇のまなざしを私に向けていた。私は歩きつづけてうしろを振り返らなかった。通りに出て車のほうに歩きかけたところで、うしろから足音が聞こえた。ピグナートが私を追いかけて店を出てきていた。

「あんたは悪い人だ！」甲高い涙声でまだ叫んでいた。「あんたは悪い人だ！」

車までたどり着き、ドアを開けて乗り込んだ。首をめぐらせ、最後にもう一度ピグナートを見た。〈アンジーズ・パレス〉のまえに立っていた。もう私に向かって叫んではいなかった。世界に向けて叫んでいた。暮れなずむ中、馬鹿《ばか》げた彼のアロハシャツが風に震えていた。そんな服を着た彼の白くて小さな体は翼のない痩せこけた鳥を思わせた。

7

結婚が破綻《はたん》して五年が経《た》つうち、私とキャシーは徐々にまた友達に戻れるようになった。苦々しさが一度過ぎ去ると、お互いがまだお互いにとってなんらかの意味のある存在に思えてきたのだ。それには時間がかかったが。われわれの結婚生活が潰《つい》えた理由は私にあった。私自身信じてもいない私の仕事に。だから、キャシーが出ていっても私には彼女を責めることはできなかった。出ていくように私が仕向けたところがあったからだ。ひそかに自分から結婚生活を壊したようなところが。私のほうから結婚生活をよくしようとしたときにはもう手の施しようがなかった。そんなことを証明したかったのだろうか。私は自分を憐《あわ》れみたがっており、結局のところ、それだけは実にうまくこなせた。キャシーは私立の女子校で音楽教師の仕事に就き、私からの援助を拒んだ。つまり、われわれは別居手当にさえ結ばれていなかったということだ。

自分はまちがったことはしていないと私は自分に言い聞かせはしたものの、彼女に援助を拒否されたことで、そのぶんさらに傷ついた。もちろん、その時点での私の稼ぎがよかったわけでもなんでもないが。いずれにしろ、離婚は私の人生におけるどん底だった、たぶん。

その後数ヵ月、事態は少しも好転しなかった。法の番人タイプではないことに私がようやく気づき、私立探偵として自立することを考えはじめるまでは。ジョ・ジョ・バンクス事件はそんな私に、地方検事補を辞めるのにもってこいの言いわけを与えてくれた。

ジョ・ジョ・バンクスというのは、ラルフ・ウィンターという三十七歳の白人警官に撃たれ、殺されたハーレムの十二歳の黒人少年だ。ウィンターはバンクス少年が彼に銃を向けたと主張していた。この手のたいていの事件同様、この事件もただそれだけのことで終わっていただろう。ウィンターが短期間停職になるだけで、最後には誰にも忘れ去られていただろう。が、ジョ・ジョ・バンクスの父親は、息子の死を黒人であることと貧しいことの当然の結果として受け入れ、泣き寝入りするような学校の用務員ではなかった。ジェームズ・バンクスは〈アムステルダム・ニューズ〉の記者で、土曜日の午後、息子が酔っぱらった非番の警官に冷酷に殺されたこの事件を世間が忘れるのを許さなかった。ところが、彼の行動による圧力が警察にかかりはじめると、いきなり彼は麻薬の売買で告発される。三万ドル相当のヘロインが彼のアパートメントから発見されるのだ。その件が私にまわってきて、私はバンクスを起訴するよう地方検事に命じられたその日の午後に検察局を辞めた。悪玉はウィンターであり、バンクスははめられたのだ。そんな市警察の偽装工作に加担しようとは思わなかった。だから、その週はマスメディアのインタヴューを受けまくった。それで胸のつかえの大半が取り除けた。市警の連中には蛇蝎《だかつ》のごとく嫌われたが、どうでもよかった。地方検察局には左翼の破壊活動分子と見なされても。自分のルールに従って行動したまでのことであり、おかげで自尊心は保たれた。その半年後、ウィンターは別の不始末で警察を追い出され、最後には建設労働者になり、その一年半後、三番街に建設中のオフィスビルの二十一階の鉄骨から転落して死んだ。仕事中にも飲んでいたのだ。

私の辞職が新聞で報じられると、その日のうちにキャシーが電話してきて、祝福してくれた。そのときの彼女とのやりとりは実に愉しかった。言い争いになることなく話し合えたのは一年数ヵ月ぶりのことだった。いわば感情の休戦状態に達したのだろう。お互い離婚後も引きずっていた恨みつらみがようやく癒《い》えたような気がした。そのときこそやっと過去を忘れ、それぞれの人生にそれぞれ一歩踏み出せた瞬間だったような気がする。これでひとり息子のリッチーがいなければ、たぶんもう二度と会うこともなくなっていただろう。しかし、リッチーはかけがえのないわれわれの息子で、私は毎週彼に会っている。キャシーは私が能力においても情愛においても父親としての資質に欠けると思っており、最初のうちは私がリッチーに会いにいくときにも、リッチーを帰すときにも、いつも彼女の母親がリッチーのそばにいるようにしていた。その後、時間はかかったものの、彼女も今では彼女と同じくらい私がリッチーを大切に思っていることを理解している。その結果、私たちはまた互いに信頼を取り戻せたのだった。

　さらに、ここ八ヵ月から十ヵ月は毎週水曜日、必ず三人で一緒に夕食をとっている。両親がともにいるところを見るのは、リッチーにとっていいことだというキャシーの判断によるものだ。われわれの関係はより温かく、よりくつろげるものになった。キャシーの考えたとおり、ストレスなく共同作業ができるようになった。それはまちがいない。互いに戦争を生き抜いたおかげで、新たに友情が生まれたようなところもある。その友情はお互いにとって大いに意味のあるものだ。今のわたしたちには、ほかの人間にはあてにできないものをあてにすることができる。同時に、ふたりとも今より親密になりたいとは思っていない。多くを望んではいない。また傷つけ合うようになることを怖れている。新たに築くことができた関係が壊れることも。だから、今誰かとつきあっているのかとか、誰と寝ているのかとか訊き合ったりもしない。われわれはあくまでリッチーがいるから——ともに過ごす時間が気に入っているから——一緒にいるのであって、それ以上の関係を望んでいるわけではない。

　リッチーは今九歳で、少しまえまで恐竜にのめり込んでいた。その次は昆虫で、そのあとはギリシャ神話だった。が、去年の夏、私の車でドライヴに出かけ、駐車場に戻ったところで、ルイス・ラミレスと野球の話になった。ルイスはリッチーを詰所に招き入れると、野球に関する本と雑誌をリッチーに見せた。それはまさに深遠な数字と、曖昧《あいまい》な人格と、難解な戦略の神秘的な宇宙への招待のようなものだった。リッチーはそれでいっぺんに野球にはまった。ルイスはかくしてリッチーのウェルギリウスになった。この神々と半神半人と人の世界におけるガイドに。それ以降、私との外出はもはや駐車場でのルイスとの会議なしには完全なものではなくなった。リッチーは私が誕生日に買ってやった〈ベースボール・エンサイクロペディア〉の三分の二を暗記しており、どこへ行くにも野球カードのコレクションを持ち歩くようになった。

　その日、東八十三丁目通りにあるキャシーのアパートメントの呼び鈴を鳴らしたときには、九時十五分まえになっていた。もうパジャマに着替えていたリッチーが出てきた。

「ディナーが台無しになったってママが言ってる」と彼は言った。

「パパを待ったりしてくれてなければいいんだけど」と私は言った。

「ママはぼくには待たせてくれなかった。六時半にハンバーガーとホウレンソウを食べた」

キャシーは居間にいた。ジーンズを穿《は》き、薄いグレーのセーターを袖をまくって着ていた。長いブロンドの髪が肩にかかっていた。ちょっと驚くほど若く見えた。エンジェルに殴られた腹が後遺症みたいに痛みだし、なんだか急に歳《とし》を取り、くたびれきっているように感じられ、一瞬、娘と孫に会いにきた祖父のような気分になった。それでも、彼女が近づいてきて私の頰にキスしたときには、彼女の眼のまわりに疲れが読み取れ、かえってほっとした。彼女の疲れは彼女もまた今日という日を過ごしたしるしであり、お互い同じ場所で人生を旅している証しだった。三十年後、われわれはどんなふうになっているのだろう？　ふとそんなことを思った。

「もうすっかりあきらめていたところよ」と彼女は言った。

「すまん」と私はもっともらしい嘘《うそ》を考えながら言った。「間に合うと思ったんだけど、ガーデン・ステート・パークウェーで大きな事故があってね」

「誰か死んだの？」とリッチーが訊いてきた。彼はまだ、暴力的な死は刺激的ではあっても、テレビの爆破シーンのようにあまり現実のこととは思えない年頃だ。私がいきなり姿を消しても、彼はそのことを魅惑的なことに思うのだろうか？　私はふとそんなことも思った。

「誰も死んでない」と私は言った。「だけど、壊れた車が何台もあった」

「ワオ」と彼は現場を想像しながら言った。「そこにいたかったな」

私は持ってきたボジョレーをコーヒーテーブルに置いて上着を脱いだ。

「食べるものはあんまりないけど」とキャシーが言った。「六時半に食べられるようにつくったものだから。もう全然おいしくなくなっちゃってる」

「おいしくなくなるまえはなんだったんだね？」

「サルティンボッカ（仔牛肉に生ハムを巻き、セージで香りをつけて焼くイタリア料理）」

「きみはそれを復活させないことでおれを罰しようとしているわけだ」

「そう」と彼女は半分笑いながら、半分自分の努力が無駄になったことに怒りながら言った。「この時間からだと、冷凍食品だけね」

私たちはあり合わせをテーブルに並べた。レンズ豆のスープに缶詰のパテにサラダにチーズ。キャシーの言ったとおり、メインのない前菜とデザートだけの夕食になった。リッチーは普段の寝る時間より遅くまで起きていることを許され、ミルクと全粒粉のクラッカーで私たちにつきあった。キャシーも私も互いに何か言い合うのはむずかしい夜になった。その夜はリッチーがワンマンショーを繰り広げることを決めたためだ。私もキャシーもリッチーが司会の野球クイズにつきあわされた。ただ、このショーの難点は彼のクイズには誰も答えられないことだ。アメリカン・リーグの打撃王になったクリーヴランド・インディアンズの最後の選手は誰か？　一九五四年のボビー・アビラ。ナショナル・リーグで盗塁王になったのはどっちが多いか——モーリー・ウィルズか、ルー・ブロックか？　正解はブロック。ブロックは八回、ウィルズは六回。そういうクイズが延々と続くのだ。果てしなく。

「もうあなたは充分証明したと思う」と最後にキャシーが言った。「あなたはこの部屋にいる誰より野球のことをよく知ってる人よ」

「そんなんじゃ自慢にならないよ」とリッチーは謙遜《けんそん》して言った。「ルイスを超える日が来たら、ぼくもきっと自慢すると思うけど」

「きみはもう超えてるよ」と私は言った。「彼には仕事があって養わなきゃならない家族がいるわけだからね。こういうことにきみほどたくさん時間を割くことはできないんだから」

「ぼくだって学校があるじゃないの」とリッチーは言った。「学校だけでぼくの一日はだいぶつぶれちゃってるんだから」

そう言うなり、リッチーも自分のミスに気づいたようだが、もう遅すぎた。今夜はリッチーの寝る時間を少し遅らせるのに寛大だったキャシーも、〝学校〟ということばが出てしまってはもう寛大ではいられなかった。判決はもう出ていた。リッチーも形ばかりの抵抗は示したが——アインシュタインの睡眠時間はたったの四時間だったという抗弁も含めて——それ以上は逆らわなかった。もう十時を十五分まわっていた。

おざなりの歯みがきと洗顔は私が監督した。リッチーは子供が自分のしていることをあまり信じていないときに見せるやり方で、形ばかり水に触れていた。寝室までついていき、『宝島』の続きを読んでほしいかどうか尋ねると、リッチーは読んでもらうあいだが空きすぎ、待ちくたびれたので、もう自分で最後まで読んでしまったと言った。それより別なことを話したがった。土曜の試合のチケットを買ってあり、そのことを伝えていたので、それ以外のことなど何も考えられないようだった。メジャーリーグの試合を生《なま》で見るのは彼にとって初めての体験だった。

「球場に行ったら」と彼は言った。「テレビに映るかな?」

「テレビ中継されるけど、映る可能性は低いだろうね」

「テレビに映るって友達のジミーに言っちゃった。あいつ、ぼくのことを嘘つきだって思うだろうな」

「チケットの半券を見せればいい」と私は言った。「それで球場にいた証明になる。きみの顔がテレビに映らなくてもそれはきみが悪いんじゃない」

それで一安心したようで、さらに訊《き》いてきた。「試合はダブルヘッダー？」

「いや、一試合だけだ。だけど、そのほうがいい。ダブルヘッダーだったら、食べすぎでお腹《なか》を壊して病院に担《かつ》ぎ込まれかねないから。あそこのホットドッグはもう信じられないほどうまいんだよ」

「ホットドッグはママが駄目だって」とリッチーは恨めしそうに言った。「でも、きっとすごくおいしいんだろうね」

「きみのお母さんは賢い人だ、リッチー。だから言うことを聞くといい」

リッチーは眠そうな眼を私に向けて言った。「パパ、パパはママを愛してる？」

「ああ、すごくね」

「だったらどうして帰ってきて一緒に住まないの？」

「このことはまえにも話し合っただろ、リッチー？　それは無理なんだよ。そういうことだ」

「わかってる。ただ訊いただけ」リッチーの眼はもう閉じていた。それが最後に大きく一度見開かれた。「ぼくには大人がわからない。全然わからない」

「おれもだよ、リッチー」

私は坐ったまま息子が眠りにつくのをしばらく見守った。居間に戻ると、食事のあと片づけはもうすんでおり、キャシーはピアノの脇の椅子《いす》に坐《すわ》り、たまに吸う食後の煙草《たばこ》を吸っていた。私はボジョレーをもう一本開けて、カウチに坐った。この部屋の椅子に坐ってくつろぐのが好きだった。キャシーの内装だが、家具も壁も壁に掛かっている絵も押しつけがましくない。どれもどこかそこにいる者がくつろぐのに役立っているように思える。さらに、ワインを切らさないのもキャシーの美点だ。

私たちはその週に起きたことなどを話し合った。キャシーは、今学年は大変だったので、六週間後の夏休みをとても愉《たの》しみにしていると言った。私はパリ行きを計画していたのだけれど、今抱えている仕事のために延期せざるをえなくなったと話した。ボジョレーをふたりで半分ほど空けたところで、彼女は椅子から立ち上がり、カウチにやってきて、体を丸めて横になり、私の膝《ひざ》に頭を休めた。この五年で彼女が初めて示した肉体的な情愛の示し方だった。

「話さなくちゃならないことがあるんだけど、マックス」と彼女は言った。「あることについてあなたのアドヴァイスが要る」

私は彼女の柔らかなブロンドの髪を手で撫《な》でた。一瞬、彼女はびくっとした。そのあと胎児のような恰好《かっこう》になった。夜中、子供が他人の家でするように。

「どうして話し合わなきゃならない？」と私は言った。「おれはきみに膝枕《ひざまくら》をしてやって、ほろ酔い加減でこうしているだけで満足だよ」

「決心しなくちゃならないことがあるんだけど、なかなか心を決められないのよ」

「きみはこの五年でおれの助けなんか得ることなく何度も決断してきた。で、その大半が正しい決断だった」

「今までの決断とはちがうのよ。しかもわたしは自分がまちがった決断をしそうで、それが怖いのよ」

「きみが何かを怖がったのは」と私は言った。「小学校四年のときに芝居の台詞《せりふ》を忘れたのが最後じゃなかったっけ？」

「いいえ、わたし、ほんとうに怖いのよ、マックス」彼女はいっときためらってからことばを続けた。「わかる？　わたしと結婚したがっている人がいるの。でも、わたしにはどうすればいいのかわからないのよ」

十二月のさなかに凍った川に突き落とされたような気分になった。空気を求めて浮かび上がるたびに、浮かんで漂う氷片に頭をぶつけるような気分。心のどこかではひとつの声が必死に叫んでいた。おまえには関係のないことだ、と。彼女の好きにさせればいいではないか、と。同時にこんな声も聞こえた——今おまえがするべきは立ち上がり、この部屋のものすべてを叩《たた》き壊すことだ。

「そういうアドヴァイスを求めるには、キャシー」と私は言った。「おれはそういうことに適した相手じゃないよ」どうにかそれだけ言えた。

「わかってるわ、マックス。確かにそのとおりよ。でも、ほかに話せる相手がいないのよ」

「どういうやつなんだね？　きみもそいつのことを愛してるのか？　そいつは金持ちだったりするのか？　悠々自適の贅沢《ぜいたく》な暮らしを約束してくれるのか？」

「いいえ、お金持ちじゃないわ。その人も先生よ。ニューハンプシャー大学の英語の教授で、わたしのことをすごく愛してる」

「で、きみのほうは？」

「愛してると思う。でも、そう、自信はない」

「そういうことなら、急ぐことはないんじゃないか？」

「でも、呑気《のんき》に構えてたら、すべてを台無しにしちゃうかもしれない。それと、リッチーにとっては、いいことなんじゃないかっていう気がずっとしてるのよ。男の人が常にそばにいるというのは。このニューヨークの狂気と離れて田舎で暮らすというのも」

「リッチーはなんて言ってるんだ?」

「あの子はこう言ってる、〝それでママが幸せになるなら、ぼくも幸せだよ〟って。どこからそんな台詞を見つけてきたのかは知らないけれど。たぶんテレビで見た古い映画かなんかじゃないかと思うけど。でも、ほんとうのところ、あの子がどう思ってるか、わたしにはわからない」

「いずれにしろ、すべてはきみ次第のように思えるけど」

「ええ、わかってる。このままえに進むべきだってこともわかってる。ただ、どうしても考えちゃうのよ……」彼女はそこでことばを切った。私たちは三十秒ばかり何も言わなかった。

「考えるって何を?」私のほうから尋ねた。

「わからない……なんて言えばいいか」彼女はまたことばを切った。また彼女が口を開き、声にしたことばは何千マイルも彼方《かなた》から聞こえてきたかのように思えた。「あなたとわたしはいつかまたもとに戻れるんじゃないか。そんなことを考えちゃうのよ」

「それがきみの望みなのか、キャシー？」

「最近はよくそのことを考えている。心の奥深いところで。ええ、たぶんそうしたいんだと思う」

「きみは五年まえに起きたことも忘れることができると言ってるんだろうか？」

「忘れることは絶対にないわ。でも、わたしたちは変わった。わたしたちはやっと大人になれた」


私たちは私たちの人生で最もむずかしいことを話題にしていた。だからだろう、お互い顔を見合わせるのを避けていた。眼と眼が合ってしまうと、雰囲気が壊れ、自分たちが思っていることをきちんと話し合えなくなってしまうとでもいうかのように。正直に話すこと。それこそ今一番肝心なことだった。すべてがそこにかかっていた。キャシーは私の膝に頭を休めたままで、私のほうはキッチンのドア脇にある照明のスウィッチを見つめていた。そう、そのスウィッチがまるで私の言うべき台詞を教えてくれるかのように。

「キャシー、きみは今おれがやってる仕事のことを考えてない」と私は言った。「毎晩おれの帰りを待つというのがどういうことか。夜中の三時に死体置き場に行って、おれの身元確認をしなければならなくなる日がいつ来るか、そんな心配をしなければならないというのはどういうことかも。そんな暮らしはきみにもリッチーにも向いてない」

「そういうことに耐えている女性もいる」と彼女は言った。「警察官の妻とか。彼女たちと同じことでしょ？　人は誰でもいつかは死ぬのよ、マックス。人生は危険に満ちている。でも、だからと言ってわたしたちが人生を生きてはいけないことにはならない」

「警官と結婚するのとはちがうよ。警官にはお定まりの仕事があり、お定まりの勤務時間がある。だから一日の仕事を終えたら、家に帰って仕事のことなど忘れられる。だけど、おれの場合はいったん事件に関わったら、それは百パーセント関わるということだ。二十四時間ずっと。家にも持って帰る。度しがたい醜さも残忍さも一緒に。きみはそれには耐えられない。で、結局のところ、もうそんなことはやめて、おれにはもっと別なことに関わってほしいと思うようになる」

「いいえ、そうはならないわ、マックス。あなたが何を必要としているのか、それはわかってるつもりよ。その邪魔をしようとは思わない」

「そういうことは今なら言える。でも、一年か二年経ったらまちがいなく重荷になる。

きみが必要としているのは善きものだよ、キャシー。そして確実なものだ。音楽や本やうまい料理や、必要なときにきみのそばにいてくれる男だ。そのどれもおれにはきみに与えることができない。きみはきっとみじめになる」

「あなたはわたしをもう欲しくないって、そう言ってるの、マックス?」

「おれがどれほどきみを欲しがってるか、きみには想像もつかないだろう。でも、おれは一度きみを失った。二度失おうとは思わない。自分が好きなことを見つけるまえにおれは長いこと時間を無駄にした。今の仕事はおれには大いに意味のあることだ。もう抜け出せないくらい意味のある仕事だ。だから、またやり直すとしても、おれは今やっていることを続けなきゃならない。この仕事をやめてしまったら、離婚するまでおれたちが生きていた人生をまた繰り返すことになる。でも、少なくとも今のままならきみを失わなくてすむ。ほんとうに。今の親密さをこれからも維持できる」

最初はあまりかすかでわからなかった。が、彼女は泣いていた。話しながら、手の下に彼女の体の震えが伝わってきた。その震えのひとつひとつがわたしの骨に伝わった。はるか彼方の地核の震動がひとつひとつ伝導するように。私が話しおえると、彼女は起き上がり、私を見た。頬を涙が伝った。

「もう、マックス、どうしてこんなふうにならなくちゃいけないの? わたしたちはどうしてただ愛し合うことができないの？」

そう言って、彼女は私の首に腕をまわし、力いっぱい抱きしめてきた。もう涙は止まらなくなっていた。私も彼女を力いっぱい抱きしめた。さきほど言ったことが自分の人生で最大の過《あやま》ちでなかったことを内心祈りながら。彼女のためを思って言ったことなのか、それともまた彼女に関わることがただ怖かっただけなのか、自分でもわからなかった。それはいつまでも思い煩《わずら》う類《たぐ》いの疑問だった。ほんとうのところ、自分は正しいことをしたのかどうかと。

彼女の唇にキスすると、彼女も返してきた。この親密ささえあれば、今私が自分たちにくだしたひどい決断など打ち消せるのだろうか。私たちは愛し合った。が、それは何かの始まりではなかった。新たな出発を約束するものでもなかった。私たちがともに過ごした過去への必死の訣別《けつべつ》、別れの儀式のようなものだった。キャシーは泣くことをやめられなかった。行為が終わっても、私たちはふたりとも不幸せから逃れられなかった。肉体は解決にはならない。かぎりない悲しみの在処《ありか》にはなっても。

自分のアパートメントのドアの鍵《かぎ》を開けたときには、もう二時をまわっていた。一時間以上、私は今日の午後の来客がもたらした混乱を機械的に整理するのに費やした。心はからっぽで、ひたすら秩序を求めていた。ベッドにはいっても、すぐには眠れず、ようやく眠れるとキャシーとリッチーの夢を見た。ふたりは怒りもあらわな顔をして私の部屋に立っていた。私に向かって叫んでいた。「あんたは悪い人だ、マックス・クライン、あんたは悪い人だ」と。

8

　掘削用の蒸気ショヴェルの中で一晩過ごしたような気分で目覚めた。七時半。部屋の中の暗さが今日の天気は曇りになると告げていた。関節炎を患《わずら》っているタップダンサーばりの熱意でベッドから出ると、バスルームまで行き、シャワーの蛇口をひねって湯気の中に身を投じた。疲れた体に湯が心地よかった。タオルで体を拭《ふ》き、ひげを剃《そ》る頃になると、ヒト役のオーディションぐらいは受けられそうな気分になれた。運がよければ、通行人ぐらいの役はもらえるかもしれない。

　バスローブを羽織り、キッチンに行ってせかせかとモーニングコーヒーをいれた。普段は六号の〈メリタ〉のフィルターを広角フラスクの上にのせる。フィルターは切らさないよう心がけている。が、今日は一枚も残っていなかったので、ペーパータオルを二枚切り取り、かわりに使った。湯を沸かし、冷蔵庫から〈バステロ〉の袋を取り出し、テーブルスプーンできっちり四杯計り、湯が沸くと、まず少しだけコーヒーに注いで待った。大切なのはここで待つことだ。三十秒か、四十秒。いっぺんに湯を注いだりしなければ、コーヒーの粉が湿り気でふくらみ、香りを目一杯放ちはじめる。そこでようやく湯を全部注ぐ。すべて調《ととの》うと、フラスクとカップとスプーンとミルクと砂糖をトレーにのせて居間に運んだ。そして、三杯飲んで自分を説得し、着替えをすることにした。

九時、チャップマンの自宅に電話した。ジュディ・チャップマンが出た。

「こんにちは、マックス・クラインです」

「すぐにわかりました」と彼女は嬉《うれ》しそうに言った。「声を覚えてました」

「起こしてしまったんじゃないでしょうね？」

「からかってるの？　セントラルパークを五マイル走って、クロワッサンを焼いて、『罪と罰』の最後の二百ページを読みおえたところよ」

起きたばかりであることは容易に察せられた。

「まだ早い時間なのは承知なんですが」と私は言った。「今日は忙しい一日になりそうなもんで」

「何か動きがあったんですか？」

「ええ、ありました。でも、それがどこに向かっているかはまだ不明です」

「いずれにしろ、もう仕事を始めてるのね？」

「ええ。このあとも真面目《まじめ》に仕事を続ければ、近々何か判明するかもしれない」

「仕事ばかりしていて遊びがないと、ジャックはぼんくらになるってことわざがあるのは、あなたも知っていると思うけれど」

「ええ。でも、私の名前はジャックじゃなくてマックスなんでね」

「だから仕事ばかりしていても、幸運なことに、あなたはジャックみたいにはならない？」

「その判断は相手によるけれど。私の会計士のミスター・バーンボームに言わせれば、私みたいな馬鹿には会ったことがないそうだ」

「会計士に何がわかるというの？」

「数字かな」

彼女は笑い声をあげた。「こういうのは一日を始めるのにとてもいいやり方ね。毎朝あなたに電話してもらおうかしら。あなたをモーニングコールがわりに雇ってもいいわ」

「次はベッドに朝食を持参しますよ。全部込みの値段なんで。二杯目以降のコーヒーは別料金になるけれど」

「もう今から待ちきれない」と彼女は言った。「ただ、問題は普段わたしは朝食をとらないことね」

「だったらなおいい。手間が省けて」

彼女はまた笑った。「あなたって生まれついての皮肉屋なのね？」

「それは木曜の朝だけです。それ以外の日にはマントラが刻まれたマニ車をまわしてお祈りしてる」

「お祈りならジョージに捧《ささ》げてあげて」と彼女はいきなり真面目な口調になって言った。

「どうしてそんなことを？　何か起きたわけじゃないですよね？」

「ええ。ただ心配なだけ。とにかくすぐに解決して、マックス」

「私もそうしたいと思っています。ずるずると引き延ばしたいとは思わない。時は常に危険を増幅させるから」

「ジョージと話したい？」

「それで電話したんです」

「ちょっと待って。今伝えてくるわ」

彼女は受話器を置いた。彼のいるところへ行ったのだろう。少し経って、別な電話の受話器が取られた音がして、チャップマンの声が聞こえた。最初の電話はそのままになっているようだった。

「もしもし」と彼は言った。「何か報告があるのかな?」

「あるようなないような」

「それはつまりないってことだね」

「とも言えない。考えようによっては大いにあったと言える」

彼の声に不安が交じった。「何かわかったのか?」

「電話ではどうかな。十一時から十一時半のあいだに私があなたのお宅にお邪魔するというのでどうでしょう?」

「かまわない。家にいるよ」

「ただ、ひとつ言っておきますが」と私は言った。「私はあなたが私に何もかも率直に話してくれてるとは思っていません」

間《ま》ができた。今の私のことばに気分を害したのだろう。「それは誤解だよ。そんなことを言われるのは心外だ。私としては私のような立場に置かれた者としてできるだけ正直に率直に話したつもりだ」

「そういうことならまたあとで話し合いましょう、ミスター・チャップマン」と私は言って受話器を置いた。

十時十分まえ、私はマディソン・アヴェニューにある〈ライト・エンタープライズ〉の受付デスクのまえに置かれた、オートミール色のデザイナーズチェアに坐っていた。このときのために弁護士風のピンストライプのスーツを着て、靴までしっかり磨いてきた。数億ドル相当の相手を訪問するからには、それぐらいの敬意は示さねばと思ったのだ。

〈ライト・エンタープライズ〉のオフィスはあまり仕事場という感じのしないところだった。むしろ誰かがイメージした人の魂の行き着き場所のような雰囲気があった。二十三世紀のホテルのロビーとでも言おうか。今にも火星人が現われ、ちょっと階上《うえ》に上がって、超感覚的なチェッカーをしようなどと言ってきてもおかしくないような。何もかもが現実的に見えなかった。ぶ厚いベージュのカーペットがあらゆる音を和らげており、耳が聞こえなくなったわけではないことを腕時計を耳にやって確かめなければならないほどだった。人はみな幽霊のようにするすると部屋を出はいりしていた。二百ドルはしそうな落下傘《らっかさん》部隊の戦闘服みたいな服を着て、長い脚をしたシックな受付嬢が私の名前を確かめたときには、私は彼女が口を利《き》くことができたことに驚いた。それまで彼女も家具の一部のように思っていたので。それは言いすぎかもしれないが、彼女を雇ったのが室内装飾家であることはまちがいない。モジュラー式の机について、四十センチ近く長さのある煙草を吸って、スタイリッシュなところを誇示している以外、彼女が仕事をしているようにはとても見えなかった。机の上には〝受付係コンスタンス・グリム〟というネームプレートが置かれ、それがすべてを語っていた。彼女の頰をつねったら、本物の涙を流したりするのだろうか。気づくと、私はそんなことを考えていた。

チャールズ・ライトは一族の造船会社を三十五年まえに父から引き継いだ。と同時に、多角経営に乗り出し、航空機部品とコンピューターの付属品の製造、雑誌の出版、ファストフード店の経営、石炭採掘と手を広げた。その結果、現在〈ライト・エンタープライズ〉の企業活動は五十州のうちの四十一州に及び、支社がシカゴ、ロスアンジェルス、香港《ホンコン》にある。さらに十二年まえ、ライトはニューヨーク・アメリカンズが地区四位でもたもたしているときにチームを買い、その二年後には地区優勝させた。それ以来、チームは毎シーズン優勝争いができる地位を保っている。そうしてチームが安定すると、彼はここ一年か二年はまた別の趣味を嗜《たしな》んでいる——政治だ。もちろん保守政治。かかる分野で成果を挙げるには、野球以上に時間がかかるだろうが、野球に費やしたのと同じように、今は右翼の政治活動に金を使おうとしている。勝者をつくるために。いずれにしろ、最初のうち見込みはどれほど薄かろうと、彼は欲しいものはほぼ常に手に入れてきた男だ。軽く見てはいけない。歳は六十二歳、フィットネス・フリークで、五人の子供の父親で、十一人の孫の祖父。人の顔を忘れないことには定評があり、記憶術に関するエッセイを〈リーダーズ・ダイジェスト〉に寄稿したこともある。また、彼の切手のコレクションはアメリカ随一とも言われている。

会ってみると、陽気な感じの男だった。背は百七十五センチばかりで、ずんぐりした体型で、ニューヨーク貴族の潤《うる》んだ青い眼をしていた。白髪まじりの髪は、テキサスの保守的な晩餐会《ばんさんかい》やニューヨークの正式の舞踏会の場でもいかにもくつろいで見える、ちょうどいい長さにカットされていた。第一印象とは少し異なる、人を欺《あざむ》く丸顔ながら、これといって特徴のない顔だった。そのせいかどこかしらカメレオンのような雰囲気があった。そして、それは彼の成功の鍵が、さまざまに異なる人々に対処して、さまざまに異なる人々を自分のまわりの環境に静かに溶け込ませる能力にあったことを物語っているかのようだった。力を持つ者たちのご多分に洩《も》れず、彼もまた自らの人生というドラマを演じる役者だった。加えて、自らの内に実に慎重に培《つちか》ってきた演技力を試すどんな機会も愉しもうとしているようだった。彼が与えたがらないものを彼から得るのはむずかしい。私はまずそう思った。

そんなライトのプライヴェート・オフィスは、ロードアイランド州ほどの大きさで、机まで歩く途中、〝ハワード・ジョンソン・モーテルまであと一マイル〟という看板に出くわしそうだった。ただ、このオフィスにはひとつ美点があった。ここは未来ではなく現在に属しているということが強調されている点だ。伝統的な男性優位主義を称揚するような内装で、壁には黒っぽいオークのパネル材が張られ、床にはペルシャ絨毯《じゅうたん》が敷かれ、椅子も机もどっしりとした古めかしいものだった。壁はライト家の先祖が十九世紀に建造した船の絵、〈ライト・エンタープライズ〉が製作した現代の製品の絵、それに数十人のアメリカンズの元選手の写真で埋め尽くされていた。ジョージ・チャップマンの写真はその中にはなかった。

私が机に近づくと、チャールズ・ライトは立ち上がって手を差し出して派手な握手をし、巨大な赤のヴェルヴェット地のウィングチェアに坐《すわ》るよう身ぶりで示した。

「普段はこんないきなりの訪問は受けないんだが、ミスター・クライン」と言って、自分も机の向こうの椅子に坐った。「秘書にきみは私立探偵だと言われてね。十時の約束をキャンセルすることにしたんだ。いったいどういう用件なのか知りたくて。要するに、好奇心が疼《うず》いたのさ」彼はそう言って大きな笑みを浮かべた。

「だったらあなたを失望させたりしないことを祈るばかりです」と私は言った。「実際のところ、些細《ささい》なことなんです。私が今関わっている件はいささか込み入ってるんですが、その件に関わるちょっとしたことなんです。半年にわたる爆破予告に関連したことで、いくつかの証拠から、この件には五年まえのワールド・シリーズのときにジョージ・チャップマンへの脅迫電話をした者につながることがわかりました。その脅迫電話はあなたが受けられた。で、そのことで何か覚えておられないかと思ってお伺いしたんです――脅迫者の声とか、その脅迫者はどんなことを言ったのかとか。今調べていることのどこに穴があるのか、見つけられればと思いまして」

チャールズ・ライトは頭をのけぞらせると、大きな笑い声をあげた。まるで私が抱腹絶倒のジョークでも言ったかのように。「すばらしいよ、ミスター・クライン、実にすばらしい」と彼は言って、眼に浮かべた涙を拭《ぬぐ》った。徐々に笑い声もやんだ。「ここにはいってきて、いったいきみはどんなつくり話をするのか、実のところ、興味津々《しんしん》だったんでね。しかし、そこまで胡散《うさん》臭い話をでっち上げるとは思いもよらなかったよ。それでもきみとしてはずいぶんと考えたんだろうね」

「面白がっていただけたら光栄です」と私は言った。「私としてもあなたにこいつは想像力のかけらもないやつだとは思われたくなかったもんで」

笑い声をあげていたときの温かみが顔から一気に消えた。黒板に書かれた文字が消されたように。表情が険しくなり、声もきつくなった。苛立《いらだ》ちのにじむ皮肉っぽい口調で彼は言った。「いいから、ミスター・クライン、私とゲームをやる必要はないよ。きみが今日どうして来たのかはわかってる。きみについて知りたいことはなんでも知っている。きみがどこで生まれ、どこの学校に行き、どれぐらい稼いでいるのかも。地方検察局での短くて不名誉なキャリアも知っている。どこに住んでいて、どの店で食料品を買っていて、別れた妻がいて、九歳の息子がいることも」彼はそこでいったんことばを切ってから続けた。「要するに、ミスター・クライン、きみはいかにも退屈な人生を送っているということだ」

「あなたが退屈だと思うのは」と私は言った。「それはあなたが私の人生を何も知らないからですよ。私の暗い秘密についてはどうです？　たとえば一日に百ドル使う趣味のこととか。あるいは、十二歳の少女が好みだとか。依頼人自身の名誉を傷つける写真を撮るなどいちいち言うまでもないと思うけれど。リサーチ担当は替えたほうがいい。今雇っておられるやつは仕事中に居眠りしかしていないようなやつみたいだから」

「きみはジョークが好きなようだが、事実はこうだ、クライン、私はきみの数歩先を行ってる。私は接する人間のことを知るのも仕事の一部だと思っている。私を相手にプレーできるなどとは思わんことだ。負けるのは眼に見えてるんだから」

「わかりました」と私は言った。「あなたは鬼軍曹で、私はそのまえでがたがた震えている二等兵みたいなものです。それでもひとつわからないことがある。私のことをすでにそんなに知っているなら、どうして今日私に会うことに決めたんです？」

「それは簡単だ。きみにレクチャーしたかったからだ」

「それはそれは。わくわくしてきました」と私は言った。「ノートは取ったほうがいいですか？」

「その必要はない。私の言うことはいたって単純だから。簡単に覚えられる」

「レクチャーにはタイトルがあるんでしょうか？」

ライトは考える顔つきで眼を細めて言った。「こういうのはどうかな、〝ジョージ・チャップマン研究のための背景データ〟というのは。〝クラインという私立探偵向けの付随資料〟もおまけにつけよう」そう言って、身を乗り出し、私がしっかりと耳を傾けているのを確かめてから続けた。「ジョージ・チャップマンについて私がきみと話したいと思ったのは、きみが彼に雇われたことを知っているからだ。それで私側の話もきみに聞いてほしいと思ったからだ。ミスター・クライン、私は大金持ちで、持っている金をさまざまな目的に使っている。その目的の大半はさらに金を増やすためだが、金の一部は——わずかな一部は——自分の愉しみのためのものだ。もう何年にもなるが、野球のメジャーリーグのオーナーを務めるというのは、今も私の大きな愉しみのひとつだ。私はスポーツの競い合いそのものが好きで、チームの連中から挨拶《あいさつ》を受けるのも好きだ。私のために仕事をしている選手と知り合いになるのも愉しい。選手というのは大きな子供みたいなもので、現実の世界をまるで知らない。だから、スポーツマンとしての能力がなければ、彼らのうちの九割はガソリンスタンドの店員か、農家の下働きかといったような連中だ。ところが、プロスポーツの特殊な経済学は彼らを金持ちに変え、彼らの社会貢献にはおよそ見合わないステータスを与える。しかし、それが人生というものだ。その事実が気になってしかたがなくて夜も眠れない、などということはないよ。いや、むしろ私はそういう社会状況を誰より率先してつくりだしている人間だ、たぶん。きみも知っていると思うが、私はアメリカンズの選手にメジャーリーグの中でもかなり気前のいいサラリーを出している。それは彼らには幸せになってほしいからで、当然彼らとはずっとすばらしい関係を築いてきた。ただ、たまに私を利用しようとする者が現われる。私の信頼につけ入ろうとする輩《やから》だ。

そういう若い選手はたいていすぐにどこかほかでプレーすることになる。クリーヴランドとかミルウォーキーとかで。ジョージ・チャップマンはそういう選手だった。だけど、私には彼をトレードに出すこともできなかった。彼のチームへの貢献度にしろ、この市《まち》での彼の人気にしろ、そういうことを考えたら。彼をお払い箱にしたりしたら、まちがいなく私の藁《わら》人形が吊《つ》るされることになっていただろう。そういうことが私のビジネスにいい影響を与えるわけがない。だから私はプライドを呑《の》み込んで、チャップマンとうまくやることに最善を尽くしたんだ。チャップマンは彼のお仲間の大半とちがって馬鹿《ばか》じゃなかった。これは誰もが知っていたことだが、誰より知っていたのはたぶん私だろう。最初に会ったのは彼が二十一のときだが、そのときから彼にはもう、自分の人生に求めるものがちゃんとわかっていた。スポーツというのはかぎられたものであって、かぎられた職業であることもちゃんとわかっていた。もちろん、こと野球に関しては類い稀《まれ》な才能に恵まれていることもわかっていた。ただ、彼がその野球を心から愉しんでいたとは私は思わんね。むしろ彼は自分にとって野球はさらに大きなもの、さらにいいものへの足がかりぐらいに考えていたんじゃないかな。まあ、それはともかく、うちのチームでの五年が過ぎると、すぐにわれわれは長期契約交渉にはいった。彼の要求は途方もないものだったが、それでも最後には互いに妥協点を見いだした。その妥協点でもチャップマンは史上最高の年俸取りのひとりになった。おまえは馬鹿だという声が聞こえたよ。だけど、私は時々恰好をつけたくなることがあってね——情けない悪い癖だ。いずれにしろ、そんな契約を結んだほんの十二日後のことだ。チャップマンはもう二度と野球などできない大怪我《おおけが》を負う自動車事故を起こしてしまった。みんなそうだっただろうが、私もひどいショックを受けたよ。チャップマンへの個人的な感情は別にして、やはり若者のキャリアがそのような残酷な形で断たれるというのはひどいことだよ。しかし、その最初の衝撃が薄れると、私は自分がきわめてむずかしい立場にいることに気づかざるをえなかった。彼との契約は八年契約だったのさ。ところが、彼はもう二度とプレーできない体になってしまった。それでも私は両手を縛られたようなものだった。契約の中には障害条項も含まれていたからだ。それは予期せぬ事故というのは起こるものだということで、交渉の余地のない条項だった。それでも妥協点を見いだそうと、私は彼にいくつかオファーを提示した。が、すべて拒否された。監督になることも申し出てみた。ゼネラルマネージャーになることも拒否された。球団社長になることまで提案したが、それも拒否された。実のところ、チャップマンは野球をやめられたことをひそかに喜んでたのさ。なのに、あの男には常識人の良識をもって公正に私に接することができなかった。チャップマンほど嫌な男もいない。あの男はペテン師で正真正銘の詐欺師だ。あんな男はどこかでへまをすればいいと思った。そうなることを心底願った。そうしたらそのチャンスがついにやってきたわけだ、ミスター・クライン。私はあの男をつぶすつもりだ。政界入りしたら、ただちに叩きつぶしてやる」

一気にそう言うと、彼はいかにも自分に満足したような笑みを浮かべて、椅子の背にもたれた。今の自分の賢さと自分の〝衒学的《げんがく》な〟ことばづかいに悦に入っているようだった。この世界に関するライト版レクチャーを受けたからには、それなりの反応を示すべきなのだろう。それにしても、大根役者が自分の演技にこれほど悦に入るのを見るのは初めてだった。

「大変興味深いお話ですが」と私は言った。「しかし、今言われたことはどれも私には関係のないことです。百パーセントあなたとチャップマンとのあいだのことです。〝クラインという私立探偵向けの付随資料〟を待ってるんですが」

「今言うよ。ただ、私としてはきみの依頼人がどんな人間なのかまずきみに教えておきたかったんだ」

「あなたのような方にはなかなかおわかりいただけないかもしれないけれど、私は依頼人を選んだりしません。依頼人の道徳観について判断することもありません。みなさんそれぞれ個別の問題を抱えていて、その問題を解決するのが私の仕事です。だから人物証明書を求めたりもしません」

ライトには私の職業事情になど毛ほどの関心もないようだった。私の今のことばをちゃんと聞いていたかどうかさえあやしかった。両手を組むと、計算された声で言った。

「このことは一度しか言わない。だから注意して聞いてくれ、ミスター・クライン。私はジョージ・チャップマンに宣戦布告してるんだよ。布告した以上、勝つまでは満足しない。戦争には負傷者も小競《こぜ》り合《あ》いもつきもので、何もかもが汚いものだ。きみはただの傍観者にすぎないとは思うが、チャップマンに雇われている以上、私はきみを敵と見なさざるをえない。十字砲火の巻き添えを食いたくなければ、今すぐチャップマンとは縁を切ることだ。きみと私のあいだには相容《あいい》れない点がいくつかありそうだが、きみには個人的な恨みは一切ない。きみはなかなか気骨のある人間のようだが、それでもきみとはなんの関係もないことできみが傷つくところは見たくない」

「金の提示はなしですか?」と私は言った。「あなたの話の流れだと、たいていこのあたりで金の話になるようだけれど」

「喜んで五千ドル出そう」

「今のは私が少しまえに聞いた額と同じですね」

「五千ドル。これはただ一度で最後のオファーだ」

「ありがとうございます」と私は言った。「でも、要りません」

ライトは肩をすくめた。「好きにすればいい」

それで終わりだった。われわれの面談はそれで終わった。ライトは角《つの》ぶちの眼鏡をかけると、机の上のさまざまな書類を一心に読みはじめた。芝居の幕は降り、役者もみな家に帰り、私は舞台裏で埃《ほこり》をかぶるだけの気の抜けた書き割りみたいなものだった。立ち上がり、ドアに向かいかけ、そこで振り向いて言った。

「私は脅しに屈するのを趣味にはしていない。これだけは覚えておいてください」

ライトは書類から眼を起こし、眼鏡を下にずらし、ふち越しに私を見た。私がまだ部屋にいたことに驚いたような顔をしていた。

「それはわかってる」と彼は言った。「だからきみを脅すのはやめたんだ。私はきみにただ事実を伝えたまでだ。その事実をどう処理するかはきみの勝手だ。きみがどのような結論を出そうと、私には関係のないことだ」

9

ロビーの煙草売り場で一箱買い、タクシーを探しに外に出た。腕時計を見ると、十一時十分、激しい雨が降っており、戸口にかたまって雨宿りしている人たちが大勢いた。風も吹き荒れ、神の復讐《ふくしゅう》のような、奔流のような土砂降りだった。舗道に落ちて勢いよく撥《は》ね返る雨粒を見ていると、まるで雨が下から上に降っているかのようだった。水しぶきの翼を広げて、バスが歩道沿いにスピードボートのように停まった。

私は湿ったウールと香水と煙草の煙が入り混じった心地よいにおいを嗅《か》ぎながら、ほかの人々とともに戸口で待った。髪は日に焼けて白くなったブロンドで、ピンクのレインコートを着た五十がらみの小柄な女性が、まるで銃弾のような雨だと言っていた。「インドじゃ」と彼女は続けた。「モンスーンの季節に外に出たら、雨に打たれて死んじゃったりするの」彼女の連れの女性――黒いレインコートを着て、透明のビニールの帽子をかぶった小肥《こぶと》りのブルネット――はまずうなずき、こう答えていた。

「わかるわ。インドってひどいところだもの」

私はゴロワーズに火をつけ、二服吸って三服目を吸いかけた。すると、そのとき顔のまえに手が伸びてきて、煙草を叩き落とされた。見やると、昨日からのわが友、エンジェルだった。彼の飼い主のテディも一緒だった。

「煙草なんか吸うんじゃないよ、へらず口」とテディは笑みを浮かべながら言った。

「体によくない」

「これはどうも」と私は言った。「自分のことを気づかってくれる人がいるのがわかるというのは、いつだって嬉しいことだ」

「おれたちのことは忘れてほしくなかったんでな」とテディは言った。「で、ひとこと挨拶しようと思ったわけだ」

「きみたちは自分たちが人に与える印象を過小評価しているよ」と私は言った。「きみたちみたいな人たちの記憶が薄れるわけがない」

そう言って、私は新しい一本に火をつけた。

「今日は腹の具合はどうだ?」とエンジェルが訊いてきた。

「すばらしいよ」と私は答えた。「ゆうべローズヴェルト病院で胃の移植手術を受けたんだが、これが実にうまくいってね」

　豪雨が終わり、急に小雨に変わった。雨宿りをしていた人たちの中には果敢に通りに出ていく人もいた。

「このあともおれたちとは頻繁に会うことになるだろうぜ」とテディが言った。

「それは愉しそうだ」と私は言った。「この次はテニスでもしよう。きみたちのキュートなショートパンツ姿が眼に浮かぶよ」

　エンジェルがガラスのドア越しに外を見て言った。「土砂降りだったな、ええ、へらず口さんよ？」

「花にはいいことだ」

「ちげえねえ。花にはいいこった。これで葬式の花輪がつくれる。だろ、テディ？」

「自分はラッキーなんだって思うことだ、クライン」とテディは言った。「生きてる一日一日が天からのお恵みなんだから」

「今のことばはお祈りするときに忘れないようにするよ」

「そうするといい。でもって、必死こいて祈るといい。おまえには助けがいっぱい要るんだから」

「そうくよくよするなって、探偵さんよ」とエンジェルが言った。「またな」

そう言って、投げキスをしてみせると、テディと回転ドアを抜け、通りを歩いていった。二匹のカバの赤ちゃんさながら。私には彼らの苛立ちがわかった。エンジェルもテディも勤勉な働き手だから、雇い主に手綱を引き締められるのが嫌なのだ。その雇い主が誰にしろ、ふたりは様子をしばらく見るように命じられた。それは要するに、雇い主にはまだ私がどのようなことをしようとしているのかわかっていないということだ。それでもう少し私に遊ぶ時間をくれたのだろう。私としてはその時間を賢く使うしかない。

ふたりと反対方向——アップタウン——に向かい、二ブロックほど歩いて、何人もの乗客を降ろしたばかりのタクシーをどうにか捕まえた。乗り込むと運転手に、レキシントン・アヴェニューから少しはずれた七十丁目界隈《かいわい》のチャップマンの家の住所を告げた。

ジョージとジュディのチャップマン夫妻は、ここ数年のあいだにイーストサイドに建てられた、豪勢な高層アパートメントハウスのひとつに住んでいた。その界隈に住んでいるのはバレエ団の後援をしたり、高級デパート〈ブルーミングデールズ〉を黒字にしたり、よく仕上げられた車——自動車整備工というのは、法のこちら側でも高給を望める職業であることを示す車——に乗ったりしている人たちだ。このような建物が建ち並ぶ一帯は、歩くだけでもニューヨークはまだ儲《もう》かる都市なのだという幻想を抱かせてくれる。

ドアマンは悲しい眼をしたアイルランド系の長身の男だった。去年の戦没将兵記念日から休憩も取らず、ずっとそこに立っているかのように見えた。ポーランドの騎兵隊の制服に似た、赤い線のはいったブルーのぶ厚いコートを着ており、汗をかいていた。そのコートにマッチした軍帽までかぶっていた。その軍帽のまびさしにはその建物の住所が縫い込まれている。両手をポケットに突っ込んで人通りを眺めていたが、そのさまは制服と一緒に持ってこられなかった馬のことを考えているみたいだった。

私が名乗ると、顔を明るく輝かせた。

「ミスター・クライン」そう言って、ポケットから封筒を取り出した。「ご自宅の鍵《かぎ》を渡すようにミスター・チャップマンに頼まれました。おひとりでも中にはいれるように。なんでもお午《ひる》まえにお風呂《ふろ》にはいられるようで、あなたが呼び鈴を鳴らしたときに出られないかもしれないということでした。お部屋は11‐Fです」

なんだか妙な手筈《てはず》で、私は戸惑った。何かありそうだが、なんなのか皆目見当がつかなかった。

「ミセス・チャップマンは?」と私は尋ねた。

「一時間ほどまえに外出なさいました」

「ミスター・チャップマンはわざわざ階下《した》に降りてきて、きみに鍵を直接手渡したのか？」

「いいえ。指示は電話でうかがいました。地下室にすべてのお宅のスペアキーが保管されてるんです」

「ミセス・チャップマンから電話があったのは？」

「ミスター・チャップマンが出られてすぐです」

私は彼に礼を言い、鏡張りのロビーを抜けてエレヴェーターに乗った。腕時計の針はちょうど十二時二十分まえを示していた。十一階の壁にはミロとコールダーの展覧会の色鮮やかなポスターが飾ってあった。私は迷路の中のネズミにでもなった気分で、絨毯の敷かれた長い廊下を歩いた。彼のアパートメントを見つけると、呼び鈴を押した。何度か押して、彼が玄関まで出られないことを確かめた。さらに少し待ってから、鍵を使って中にはいった。

中はひっそりとしていた。私は玄関のドアを閉め、居間にはいった。実に見事なインテリアの居間だった。〈ニューヨーク〉誌で見かけるようなガラスとクロームの代物《しろもの》ではまったくなかった。もっと柔らかで、もっと繊細だった。背後に隠れてはいるものの、明らかな知性を感じさせるインテリアだった。加えて生活感がなかった。画家が何ヵ月もかけて完成させるや、クロゼットにしまった絵のような居間だった。コーヒーテーブルの上には本も雑誌もなく、灰皿には吸い殻ひとつなく、カウチのクッションにもへこんだ跡がない。チャップマン夫妻はアパートメントの奥のスペースで一日の大半を過ごし、共同スペースである居間に来ることを極力避けているのではないか。そのため無人地帯になってしまったのではないか。そんな気さえした。

私はいくつかの部屋を出たりはいったりした。バスルームからの水の音が聞こえてこないかと耳をすましながら。チャップマンが風呂にはいっているところを思い描きもした。今でも手こずっているのだろうか。それとも何年も経《た》った今では造作もない日課になっているのだろうか。明らかに彼の書斎と思われる部屋で、本棚の本をぱらぱらと拾い読みした。たいていは歴史と政治学の本だったが、何冊かウィリアム・ブライルズの本もあった。そのうちの一冊は献辞つきだった――〝善き友ジョージ・チャップマンに――W・B〟。ダンベルのセットが部屋の隅の床に置かれていた。今でもチャップマンがすばらしい体型を維持しているのもむべなるかなだ。机の上の書類をちらりと見やった。上院議員選立候補に向けてのスピーチ原稿らしきものがあった。日付はなかったので、いつ頃書いたものかはわからなかった。が、いずれにしろ、彼の書斎を見てなにより驚かされたのは、野球にまつわる思い出の品が一切ないことだ。トロフィーも写真も飾られていなかった。チャップマンがかつて野球選手だったことを示すものは何ひとつなかった。チャールズ・ライトは、チャップマンはプロのアスリートであることを少しも愉《たの》しんでいなかったと言っていたが、それはほんとうだったのかもしれない。あるいは、野球はチャップマンのすべてだった。だから、野球を思い出させるものは一切置きたくないのか。

私は徐々に落ち着かない気分になってきた。私が来ることがわかっているのにわざわざ風呂にはいるというのはどう考えても妙だ。所詮《しょせん》こっちは彼に雇われた身だ。雇い主が雇われた人間に対して無礼な態度を取る方法などいくらもある、こんな手の込んだことをしなくても。バスルームを見つけて、ドアに耳を押しつけた。何も聞こえなかった。軽くノックしてみても返事はなかった。ドアノブに手をかけてまわし、思いきって中を見てみた。誰もいなかった。誰かが今日バスルームを使った形跡もなかった。ジョージ・チャップマンがこの世で一番きれい好きな人間でないかぎり。ブルーの地にGCという白いモノグラムをあしらったタオルはどれもきれいにラックに掛けられたままだった。バスタブにも床にも水一滴落ちていなかった。

私はもう一度部屋をすべて歩いてまわった。キッチンに初めてはいってやっと彼を見つけた。彼はテーブルの下でうつぶせになって倒れていた。ぴくりともしていなかった。吐物と糞便《ふんべん》の悪臭が漂っており、彼が死んでいることは一目でわかった。死体には一種独特の不活発感がある。ほとんど超自然的な静謐感《せいひつかん》だ。それがもうそこには誰もいないことを教えてくれる。見えているのはただの肉と骨であること、魂のない肉体であることを。私はひざまずき、仰向《あおむ》けにし、脈を調べた。どこまでも静かで、どこまでも死んでいた。

激しい苦痛の中で死んでいた。苦悶《くもん》の表情がそのことを物語っていた。眼は遠くを見ていた。遠くの何かに釘《くぎ》づけになっていた。何もない遠くに筆舌に尽くしがたいおぞましい真実を見つけでもしたかのように。服は血の混じった吐物にまみれていた。まるで腸《はらわた》を吐き出したかのようで、必要以上に見ることはできなかった。死因は毒物に疑いの余地はなさそうだった。

テーブルの上にはふたり分の食事が用意されていた。中央にほぼいっぱいまでコーヒーを入れたポットが置かれ、皿の上に手がつけられないまま冷たくなったトースト、蓋《ふた》の開いたオレンジ・マーマレードの壺《つぼ》、軟らかくなりかけているバター。ひとつのランチョンマットの上のコーヒーカップは空だったが、もうひとつのランチョンマットの上のコーヒーカップにはコーヒーがたっぷり注がれていた。ほぼ二時間まえ、チャップマンは誰か――おそらく妻――と朝食をとっていたのだろう。私はその光景を心に描き、いくつか可能性を考えてみた。が、そのどれもがあまりありそうにないことだった。毒物を誤って摂取したなど論外だろう。毒物がなんであれ、死に至る量を何も気づかず体内に取り込むなどありえない。自殺の線も排除した。チャップマンには生きる目的がありすぎるほどあった――私のオフィスの金庫に収まっている千五百ドルは彼が生きたがっていたことのなによりの証拠だ。加えて、自殺するのにこんなぞっとするような死に方を選ぶとも思えない。たぶんチャップマンは一時間以上苦しんだのではないか。自分から進んでそんな真似《まね》をするなどありえない。となると、残るは殺人。ジュディ・チャップマンが家を出たときには、チャップマンはまだ生きていた。ドアマンが電話で彼と話している。そのすぐあと何者かがここに押し入ったのか。しかし、ドアマンはほかに来訪者がいたとは言っていなかった。それに、それだとチャップマンは彼を殺しにやってきた相手と朝食をとろうとしていたことになる。争った形跡はない。誰かがやってきた跡もない。辻褄《つじつま》が合わない。真っ暗な家の中をよろめき歩く盲人さながら手探りしても、手がかりらしきものは何もない。視力があっても何も見えてこない。

居間に戻り、警察に電話した。警察がやってくるのにさして時間はかからなかった。

すでに死体があるときにはたいていそうだが。私は煙草《たばこ》に火をつけ、すったマッチの燃え殻をコーヒーテーブルの上の新品同然の灰皿に捨てた。何を思っても気が滅入《めい》った。男が依頼してきた。殺される危険から守ってほしい。それが依頼の内容だった。私はそれに同意した。ところが、その二十四時間ちょっとのうちに男は殺された。私には務めを果たすことができなかった。チャップマンは私を信用してくれたのに、私はその信用に応《こた》えることができなかった。このダメージはもう償うことも取り返すこともできない。私は手の中のマッチブックのカヴァーを見た。テレビ修理の通信講座の広告が載っていた。このマッチは取っておいて、私は転職を考えたほうがいいのかもしれない。

殺人課のグライムズ警部補が〝派遣代表団〟を率いてやってきた。彼とはある事件でまえに一度遭遇したことがある。お世辞にも馬が合うとは言えない相手だった。彼の私に対する態度は郵便配達人に対する番犬のそれと変わらない。私にも自分の仕事があることとは彼も理解しているのだろうが、どうしても吠《ほ》えることをやめられないのだ。彼の血に埋め込まれているものがそうさせるのだ。生まれ育った環境のせいかもしれない。歳《とし》は五十前後、がっしりとした体型で、太い眉《まゆ》をし、どこか慢性の不眠症患者のようなくたびれたしわくちゃの眼つきで歩きまわる。が、性格の問題を考えなければ、優秀な刑事なのだろう。私の知らない若い部長刑事をふたり引き連れていた。ふたりとも名前はスミスだったが、ともにひげはなく、兄弟のようにも見えなかった。撮影班と鑑識班が三人のあとに続いて中にはいってきた。

「通報してきたのがおまえさんだって聞いて」とグライムズは挨拶がわりに言った。「おれはまず思ったよ、この件はメトロポリスに任せようって。だけど、そのあとわかったんだ、やつは今、病院で取り込み中だって。脇腹《わきばら》から弾丸《たま》の摘出手術を受けてるんだよ」彼はそこでくたびれきったように親指と人差し指で目頭を押さえた。「ここ一週間、そりゃもう大変だったんだ、クライン。だからおれにはあんまり近づきすぎないでくれ」

「心配は要らない」と私は言った。「車のトランクに折りたたみ式の三メートルの長さのポールがはいってるから、私と話すときにはいつでもそれに摑《つか》まればいい」

「くさい息を吐きかけるなって言ってるんだよ。おれが頼んでるのはそれだけだ。この市《まち》はそもそも汚染されまくってるんだから」

「おたくに言われるとはね。おたくのパストラミ・サンドウィッチの口臭は、おたくがそのドアからはいってくるまえからにおったよ」

「コンビーフだ。パストラミは食わない。嫌いなんだ」

われわれはキッチンにはいり、チャップマンの死体を見た。グライムズは何も言わずしばらくじっと見ていたが、最後に首を振って言った。「彼がアメリカンズでまだプレーしてた頃のことを覚えてる。ここ二十年で一番の生まれながらのバッターだった。なんでもいとも簡単にやってのけた。まるで気にする様子もなく。それがこんな死肉の塊になっちまうとはな」彼はまた首を振った。「妙なことを言うようだが、彼が立候補してたら、おれは彼に一票入れてたよ」

「そう思ってた人間は大勢いるよ」と私は言った。「それが今朝、彼は選挙より大きな問題を抱え込んじまった」

グライムズは特大のため息をついて言った。「これで市《まち》は大騒ぎになるな」

彼は私と話したがっていた。で、私たちは居間に戻った。撮影班、鑑識班の連中はキッチンでそれぞれの仕事を始めた。私はグライムズに、昨日チャップマンが私のオフィスにやってきたこと、死の脅迫状を受け取っていると彼に明かされたこと、今日はドアマンから鍵を受け取り、合法的にこのアパートメントにはいったことを伝えた。ほかのことは何も話さなかった。コンティニのこともピグナートのこともブライルズのこともジュディ・チャップマンのこともエンジェルとテディのこともチャールズ・ライトのことも——一切。彼らは私の手がかりで、これは私の事件だ。その手がかりを追うぐらいはしなければならない。私にはそれぐらい借りがある。チャップマンにも自分のプライドにも。すでに十日分の報酬を受け取っているのだ。せめてその分ぐらいは仕事をしたい。誰も見ていなければこそこそと逃げだすような男にはなりたくない。これは、そう、自分がどんな仕事をしているのか、リッチーの眼を見てちゃんと説明できるかどうかの問題でもある。グライムズはグライムズで捜査すればいい。私がすでに知っていることが彼の捜査に必要になれば、彼も自分で見つけるだろう。そもそも私からのアドヴァイスなど彼が聞きたがるとも思えない。

「その脅迫状とやらを見させてもらおう」と彼は言った。

「私のオフィスの金庫に保管してある。よかったら今から行ってもいいけど」

「まあ、見たところで何がわかるものでもないだろうが」と彼はわけ知り顔に言った。

「それでも今のところ、唯一《ゆいいつ》の手がかりだ」と私は言った。

「チャップマンの女房から話を聞くまではな。なぜってこれが毒殺だとすると——まあ、見るかぎりそれはまちがいないと思うが——女房が第一容疑者になるからな。誰かほかのやつが朝食のテーブルについてたんじゃないかぎり。だけど、それはあんまりありそうにない」

「おたくはチャップマンが死んだのは奥さんが外出したあとだってことを忘れてるよ。

彼は鍵のことでドアマンに電話してる」

「毒がまわるのには時間がかかる。体の異変に気づくまえにドアマンに電話したのかもしれない」

「それでも辻褄が合わないよ」と私は言った。「どうして彼女は自分の皿をテーブルに残したままにしなきゃならない？ 毒を盛っておきながら、自分も同席して朝食をとった証拠を残すというのはなんだかね」

「やってしまったあと、動転したのかもしれない。金持ちの女というのは繊細な生きものだからな、クライン。えげつないことを考えながら、それを実際にやっちまったあとパニクるなんてのはむしろよくあることだ」グライムズはそう言って玄関のほうに向かった。「ここをおん出て、脅迫状を見にいこう。ここでやらなきゃならないことは、おれがいなくてもスミス兄弟だけでこなせる」

われわれはひどいにきび面《づら》の若い巡査が運転するパトカーでダウンタウンに向かった。その巡査はグライムズのことを相当怖がっているようだった。それが運転に表われた。青信号のたびに出遅れ、何度も急ブレーキをかけ、三回か四回曲がる角をまちがえた。そのたびにグライムズは窓の外を見たまま低く不機嫌な声をあげた。

運転手をパトカーに残したまま、私とグライムズはエレヴェーターで私のオフィスのある階までのぼった。オフィスの中にはいるなり、グライムズは新しい物件を見にきたテナントさながら室内を見まわした。

「これはまたゴミ捨て場と見まがうばかり豪勢なところだな」

「大したところじゃないのは言われなくてもわかってる。だけど、こんなふうに言うだろ、心があるところがわが家なんだって」

グライムズはキャビネットに積もった埃に指を這《は》わせて言った。「真面目《まじめ》な話、穴居人にも勧めたくないね。おまえさんはもっとましな暮らしを送ってるんだと思ってたよ。だけど、この穴倉を見るかぎり、貧民院の入居希望を出したら、一番に入れてもらえそうだな」

「あんたは私が責任を負った男だってことを忘れてるよ、警部補。私には養育費を払わなきゃならない元妻と息子がいるんだよ。それと老いた両親と、癲癇《てんかん》持ちの独身の叔母と、大学を出るまで面倒をみなきゃならないティーンエイジャーのいとこが六人。おまけに稼ぎの半分は慈善活動に使うことにしてる。そういうことをしない自分とはどうにも折り合いがつけられなくて」

「誰か一緒に住んでくれるやつがいるといいのにな。毎日おまえさんみたいな顔を鏡で見てたら、おれならいつも顔じゅうに絆創膏《ばんそうこう》を貼《は》って出歩かなくちゃならなくなりそうだ」

私は壁金庫のところまで行って、コンビネーション錠を開けると、金庫の中に手を入れて脅迫状を手探りした。なかった。チャップマンの小切手を取り出し、ほかにも中に保管してあったもの——シーヴァス・リーガルのボトルとパスポートと二枚の卒業証書と、幸運なことにここほぼ一年、持ち歩かなくてもすんでいるスミス&ウェッソンの三八口径——も取り出した。そのひとつひとつを机の上に並べ、改めてまた金庫の中に手を入れた。空っぽだった。

「脅迫状がなくなってる」と私は言った。

グライムズは助けを求めるかのように天井を仰いだ。もちろんわざとらしく。「おれもいい加減学ぶべきだよな」そう言って深々とため息をついた。「この世に単純なことなんてないんだよ。神はいつもおれを苦しめなさるんだよ。おれがすごい美形だから」

私のほうはここしばらく覚えたことがないほど怒りまくっていた。「きのうはここにはいってたんだ！」ほとんど叫んでいた。「昨日の朝、チャップマンは私と話をしたあと置いていったんだ。私はすぐに金庫にしまった。そのあと触ってもいない。誰かが見事な金庫破りをしたとしか思えない。こじ開けられた痕跡《こんせき》はないし、コンビネーション錠の数字の組み合わせがどこかに書かれてたわけでもないんだから」

「もちろんそうとも、もちろん」とグライムズは言った。「おまえさんはおれに脅迫状の存在を信じさせたかった。だからわざわざこんなミシシッピくんだりまでおれを連れてきた。そういうものがほんとにあることをおれに信じさせるために。しかし、そんな脅迫状はどこにもない。それはつまり初めっからどこにもなかったってことだ」

「確かにどこにもないよ」と私は言った。「だけど、嘘《うそ》じゃない。おれのことばを信じてほしい。昨日はあったんだ」

「おまえさんのことばなんか屁《へ》のつっぱりにもならんよ、クライン」

「私のことばの値打ちについてここで一日議論しようとは思わないが、脅迫状があったことを私は知ってる。あんたも知ってる。今、重要なのはそれを取り戻すことだ。その脅迫状がきわめて重要なのは、なくなったという事実からも明らかだよ」

「どうしても見つけたいのは今の口ぶりから充分わかったから、探すといい。そうしてくれてるかぎり、少なくともおまえさんがおれの捜査の邪魔になるようなことはないだろうから」

「だったら私が脅迫状を見つけることを真面目に祈ってるといい。見つからなきゃ、あんたの捜査はビーチに遊びにいった雨の週末ぐらいみじめなものになるだろうよ」

「おれはビーチには行かないんだよ」とグライムズは言った。「山が好きでね。体にもいいし」

10

グライムズが帰ると、私は椅子《いす》に坐《すわ》り、チップ・コンティニに電話をかけた。そもそもチャップマンを私のところに送り込んできたのがチップだ。私はまず彼を通じて彼の父親に会いたかった。ヴィクター・コンティニのような男が知らない相手と電話でアポを交わして面会するとも思えないが、手順を踏んで彼と友情を育《はぐく》んでいるだけの時間がなかった。まわりに雑音のないところでじっくり彼と話したかった。それもできるだけ早く。

チップとはここ数年会っていなかったので、最初の数分は互いの近況報告になった。報告の大半は彼からだったが。何もかもうまくいっているようで、それを私に伝えるのに彼にためらいはなかった。自分に自信の持てない人間の常として、彼もまた自分の人生を肯定する必要を常に感じているのだろう。刺激的で、人も羨《うらや》む人生を送っていると、人に伝えずにはいられないのだろう。生まれてこの方三十数年、彼は父親という重荷から逃れるのにその大半を費やした。そして、そのことに成功したあともまだ、歩道を歩いていると、ビルがいつなんどき自分の上に倒壊するかもしれないと心配せざるをえないのだろう。

「きみが電話してくるのを待ってたよ」と彼は言った。

「どうしてきみはチャップマンを私のところに寄こしたのか、そりゃ誰でも気になるよ」

「きみにしたって仕事はあっても困らないだろ？　月曜に脅迫状を受け取ったってジョージから聞いて、これは誰かに調べてもらったほうがいいとまず思ったんだ。正直なところ、あまり深刻には受け取らなかったんだが、ジョージのほうはだいぶ不安そうだったんで、少なくとも彼を安心させるための行動は取ったほうがいいとね」

「彼には不安になる理由があった」と私は言った。

「理由？　脅迫状は誰が書いたものかわかったのか？」

「いや、まだわからない。だけど、チャップマンは死んでしまった。今朝、自宅で殺されたんだ」

「変なことを言うなよ、マックス」

「言ってない。チャップマンは死んだんだ。もうラジオじゃニュースになってるかもしれない」

「嘘だろ――」

「きみはこれから相当忙しくなるんじゃないかな。ジュディ・チャップマンが第一容疑者に挙がっているところを見ると」

「ばかばかしい。ばかばかしいにもほどがある」

「たぶんきみの言うとおりだと私も思う。でも、そのことは殺人課のグライムズ警部補に言ってくれ。いずれにしろ、彼女に弁護士が必要なのは確かだ」

「おいおいおい」と彼はうなるように言った。「なんてことだ」

「自分を憐《あわ》れむまえに」と私はぴしゃりと言った。「私の手助けをしてもらえないか？」

彼は感情を抑え、気を取り直すようにして言った。「私にできることならなんでも言ってくれ、マックス」

「まずひとつ、きみの親父《おやじ》さんと会えるよう段取りをつけてくれないか？　それもすぐ。今日か明日に」

「なんのために？　親父とジョージの接点などどこにもないよ」

「それがそうでもないんだ。五年まえの事故に関するかぎり明らかな接点がある。だから親父さんとどうしても会いたいんだ」

「ばかばかしい」とチップは急に怒りだして言った。「親父には過去がある。だからなんでもかんでも親父のせいにされる。親父ももう歳だ。それに昔の稼業《かぎょう》とは縁を切ってもう何年にもなる」

「きみは自分にそう言い聞かせて良心と折り合いをつけてるのかもしれないけど、それにきみにはそうする権利もあるかもしれないが、チップ、それがほんとうじゃないことはきみにも私にもよくわかってる。確かにきみの親父さんはもう歳だ。だけど、引退したわけじゃない。昔のように表舞台に立つことは少なくなったかもしれないが。確証がなきゃこんなことは頼まない。すでに人がひとり死んでるんだ。私としては手遅れになるまえに自分にできることはしておきたいんだ」

「わかった。電話して話だけはしてみよう」

「それじゃ足りない。会える段取りをちゃんとつけてくれ。ぐずぐずしてる暇はないんだ」

私は自分の電話番号を教え、電話をくれるまでここにいると言った。煙草二本分とほぼ十五分待つと電話が鳴った。

「明日の十時半、私のオフィスで」とチップは言った。

「話の中身も親父さんに伝えたのか？」

「ざっとね。この週末、親父はわれわれ子供と一緒に過ごす予定になってる」

「助かったよ、チップ」

「私はまだきみの勘ちがいだと思ってるがね、マックス。親父とチャップマンとはなんのつながりもないよ」

「だったら、親父さんは私に会おうともしなかったんじゃないかな。今回ばかりは私が正しいはずだ。世界じゅうの願望を集めてもそれは変わらない」

スミス＆ウェッソン以外すべて金庫に戻した。スミス＆ウェッソンには弾丸《たま》を込め、ショルダーホルスターに収め、臨戦態勢にはいった。今ではあまり携行することもないので、やけにかさばり、やけにつけ心地が悪いように思われた。それでも、敵としか思えない大男をふたりも相手にしているのだ。いくらかでも身の安全を感じさせてくれるものを持っていたかった。わが身ひとつで対抗するしかないのだから。

駐車場に行くと、ゆうべの試合のことでルイスがすぐには解放してくれなかった。アメリカンズは延長十二回で5対6でデトロイト・タイガースに負けたのだが、アメリカンズにはろくなリリーフがおらず、チャンスに打てない打者ばかりだと彼は嘆きまくった。

「二度もノーアウト満塁になりながら、何もできなかったんだからね」と嫌悪《けんお》もあらわに吐き捨てるように言った。

「そう心配するなよ、ルイス、まだ五月なんだから。優勝争いが本格化するのは八月になってからだ」

「いや、八月じゃもう遅すぎる」

熱烈なファンにとっては贔屓《ひいき》チームの勝ち負けがその日の気分を決める決定的要因になる。応援しているチームが勝てば、舗道の隙間《すきま》から顔をのぞかせる雑草も美しい野生の花となる。自然の不屈さを証明するものに。応援しているチームが負けると、とたんに雑草とひび割れた舗道と醜さに取り囲まれることになる。で、ルイスは鬱々《うつうつ》としているのだった。私はたかが野球じゃないかとはあえて言わなかった。

アーヴィングヴィルまでの今回の道行きは楽だった。昼間の道路はすいており、天気もよくなりそうだった。雨は一時間以上まえにあがっており、空はまだ雲に覆《おお》われていたが、太陽がその隙間から果敢に顔をのぞかせようとしていた。これこそ五月だ。太陽の名声もこのような日があればこそだ。

ニュース局にカーラジオのチャンネルを合わせた。三十分ごとに更新されるヘッドライン・レポートになると、チャップマンの死がそのトップを飾った。情報はまだあまりないようだったが。ジョージ・チャップマンが自宅で死んでいるところを私立探偵が発見し、警察は殺人を疑っている。事件の説明はそれだけで、そのあとにチャップマンの野球の成績のこと、上院議員選挙に出馬表明しようとしていたことがつけ加えられた。私はチャンネルを〈ＷＱＸＲ〉局に換えた。シューベルトの『さすらい人幻想曲』をやっていた。ソ連のピアニスト、リヒテルの演奏だった。私はニュース局には戻らず、シューベルトにつきあうことにした。

グライムズには厄介な捜査になりそうな気配だった。著名人が事件にからむとどうしてもそうなるものだが。マスコミは言うまでもなくじっとしておらず、果物に群がるハエさながら狂ったように騒ぎだす。警察は警察でグランドセントラル駅に捜査本部を置いてそこから指揮するようになる。プレッシャーがあちこちで高まる。市長は大衆から圧を感じ、地方検事は市長から圧を感じ、殺人課課長は地方検事から圧を感じ、担当警部補は課長から圧を感じる。そうしたさまざまな圧にグライムズが屈するのにどれぐらいかかるか。彼にしてもいろいろと経験はしているだろうが、彼が窮地をうまく乗り切るところは想像するしかなく、こうしたことが取り返しのつかない事態を出来《しゅったい》させるのはよくあることだ。私としてはジュディ・チャップマンのためにも、グライムズの面《つら》の皮が見た目のとおりぶ厚いことを願った。

二時半をまわっていた。空腹であることに気づき、ハイウェー沿いにあった〈コーチ・ランターン・ダイナー〉という店の駐車場に車を乗り入れた。けばけばしいクロームに大理石に似せたフォーマイカ、まがい物の真鍮《しんちゅう》のランプ——客にカンタベリー—ロンドン間を走る乗合馬車から降りて、十八世紀のイギリスの宿屋に足を踏み入れたかのように思わせたいのだろう——でごてごてと着飾った、最近よくあるダイナーだった。ガラス張りの陳列棚に二十個ほどのパイが並べられていた。そのやけにふくらんだ感じが、シリコン注射を何度も打った結果のように思え、バスケットのボールを見ているのと変わらない食欲になった。

ランチタイムをだいぶ過ぎており、店内はがらがらだった。カウンターについてメニューを見た。やたらと大きくてぶ厚いメニューでミルウォーキー市の電話帳に記帳されている人の数より多い料理が載っていそうだった。糊《のり》の利《き》いた赤い制服を着た、ずんぐりした体型のウェイトレスが跳ねるようにして注文を取りにきた。制服よりいくぶん暗い赤毛で、それが彼女の頭上五十センチぐらいのところに、ニュートン物理学のあらゆる法則に反して浮いていた。つけ睫毛《まつげ》にピカピカの金色のイアリング、ちゃらちゃら鳴るブレスレットをつけた彼女は、なぜか私にスポーツカーを思い出させた。名前はアンドレアといい、私を〝ハニー〟と呼んだ。

私は七面鳥のホット・サンドウィッチを注文した。三分後にはもうその品が眼のまえに置かれていた。グレーヴィーソースが皿に溜《た》まるほどかかっており、一瞬私は水槽を食べろとでも言われたのではないかと思った。が、空腹がそんな思いに勝《まさ》った。最後の数口まで食べてさほど悪い品でもなかったことがようやくわかった。アンドレアは私のような早食いの人を見るのは初めてだと言った。私は彼女に一ドルチップをあげた。それだけでもう私は行く先々で誰をも幸せにする大物になった。〝サンタクロース〟がミドルネームの。メンソール付きの爪楊枝《つまようじ》をくわえてその店を出た。

三時十分、十七丁目通りにあるピグナートの家から数ブロック行った先に駐車スペースを見つけた。子供が学校から帰ってくるにはまだ早すぎ、老人が外に出るには不向きな雨模様だった。あたり一帯、まるで災害に襲われたかのように閑散としていた。ひょっとして私がその災害なのか、実際に災害に見舞われたのか。水滴が木々の枝から垂れていた。それらの木々の下の世界は暗く、木々越しに見える空の明るさがまるで別惑星の明るさのようで、不気味だった。まともに感じられるものが何もなかった。まちがった映画館にはいってしまったときのような感覚があった。バスター・キートンの映画を見ようと思っていたのに、スクリーンにジョン・ウェインが登場したような。

ドアをノックしても誰も出てこなかった。もう一度ノックして待った。いっとき待った。さらにいっとき。もういっとき。それでも誰も出てこなかった。ノブを試してみた。鍵はかかっていなかった。私はゆっくりと開け、中にはいり、ドアを閉めた。ドアは私のために一日じゅう開いていた。が、今のところ私は自分以外に何も発見できないでいる。遅すぎたのがわかった。敷居をまたぐなり、自分が何を発見することになるのかわかった。気づいたときには数時間まえに経験したことを再現していた。残酷な夢に閉じ込められてしまったような気がした。さまざまな死を発見することから逃れられない夢に。

みすぼらしい家で、貧しさのにおいが濃く漂っていた。子供の玩具《がんぐ》が床に散らかり、キッチンのシンクには料理のこびりついた皿が洗われることなく山積みされていた。たいていの部屋に宗教画が掛けられており、居間の壁沿いに置かれたカラーテレビの上のあたりに、赤と白と青の大きなジョン・F・ケネディのタペストリーが掛けられていた。タイムズ・スクウェアのギフトショップで売っているような代物《しろもの》だ。カーテンはすべて引かれていた。この家の不幸が染《し》み出て、近隣を汚染することを防ぐかのように。気づくとこんなことを考えていた。ピグナートの子供たちは父親の死を嘆き悲しむだろうか、それともピグナートの死はこの闇《やみ》から子供たちを解放することになるのだろうか。

彼は寝室にいた。使ったままのベッドの上で伸びていた。顔を半分吹き飛ばされて。枕《まくら》の上に血だまりができ、背後の壁には血しぶきが飛んでいた。ベッドから一メートルほど離れた箪笥《たんす》の上に置かれたポータブル・テレビはつけられたままで、ソープオペラをやっていた。どこまでもひかえめに。囁《ささや》き声の幽霊たちが繊細なティーカップを手に、ちょっと古風な感じのする居間で、神経症や不倫やこの夏の休暇の過ごし方について話し合っていた。ある意味で彼らは死んだピグナートの思いを代弁していた。天国に行ってしまった以上、これからの彼には今幽霊たちが話している人生など、いくらでも好きに送れるだろう。

やれることは何もなかった。キッチンに戻り、警察に通報した。警察への通報はお手のものだ。そのうち警察は私に特別のホットラインを用意してくれるかもしれない。いちいちダイヤルしなくてもすむように。

明らかにプロの仕業に思えた。手ぎわのいいたったの一発でけりをつけていた。ピグナートは信じられないような苦痛を覚えただろうが、それは一瞬のことだっただろう。そのあとは何も感じなかったはずだ。さらに犯人は犯行の時間も慎重に選んでいた。家族のいないときを狙《ねら》ってやってきていた。ピグナートは犯人が来ることを知っていたのだろうか。来るまでベッドに横になり、時間をつぶしていたのだろうか。私に昨日やってこられ、そのあとピグナートがヴィクター・コンティニに連絡を取ったというのは大いに考えられる。理屈として。連絡を受けたヴィクターは、ピグナートがジョージ・チャップマンの事故の秘密を私に明かしたりしないよう、誰かを寄こしてピグナートを始末した。それも考えられなくはない。理屈として。しかし、理屈というのはそういつもいつもあてになるものでもない。

警察がどかどかとやってきた。ローマ帝国に侵入したゴート族みたいに家に突入してきた。私は通報したあとそのまま立ち去らなかったことをすぐさま後悔した。この二日、まちがった判断以外何もしていないような気がした。

捜査責任者はゴリンスキという警部で、歳は四十代前半、ベルトのバックルからいくらか贅肉《ぜいにく》がこぼれ出ているものの、まだまだ逞《たくま》しさを維持している大男だった。酒飲み特有のちょっと妙な眼つきをしており、だらしない服装からもなんらかの問題を抱えているのは明らかだった。こういう人間にはなりたくない。なによりさきに私はそう思った。

ピグナートの死体を見てもことさら何も感じなかったようで、寝室にはいり、死体を見て言ったのは、次のひとことだけだった。「このシーツの上じゃもう誰もファックはできないな」タフガイを気取ったことばだった。爬虫類《はちゅうるい》の心でこの世を見ていると、そういうことばづかいになるのだろう。この男に比べたら、グライムズなどカブスカウトの女性指導者みたいなものだ。

彼は私が何者であり、なぜここにいるのか訊《き》いてきた。私は最初の質問には探偵許可証を見せて答えた。彼は私がまるでポルノ写真でも見せたかのように侮蔑《ぶべつ》しまくった顔でとくと検《あらた》めてから言った。

「大都会のユダ公の探偵さんなんだ」

「そうだ」と私は答えた。「そこらにいっぱいいるラビのひとりだ。長いひげを生やして、変な帽子をかぶってうろうろしている連中はみんな私のいとこだ。夜になると、尻尾《しっぽ》と角が生えてきて、毎年春の過ぎ越しの祭りになると、秘儀に血が要るからキリスト教徒の赤ん坊を殺してる。また私はウォールストリートの億万長者で、共産主義者で、イエス・キリストが磔《はりつけ》にされたときにはその場にいた」

「へらず口を叩《たた》くんじゃないよ、クライン」と彼は噛《か》みつくように言った。「おれにその腐れ首を折られたくなきゃよ」

「私に対することばづかいには気をつけてくれ、警部」と私は言い返した。「あんたが人間らしく振る舞ってくれないかぎり、こっちとしては協力のしようがなくなる」

「おまえらニューヨークのクソはみんな同じだ。自分こそ世界で一番タフで利口なやつだと思ってるようだが、そんなはったりなんぞ屁でもない。すぐに弁護士を呼びたがるくせしやがって。ここはニューヨークじゃないんだよ、ラビさんよ。ここはアーヴィングヴィルだ。おれの町だ。自分の町じゃ好きなようにやる。それがおれのやり方だ」

「だったらお好きに」と私は言った。「ちょっと馬鹿《ばか》げた考えにとらわれたんだよ。ひょっとしておたくはこの殺人事件を解決するのに何かしたがってるんじゃないかって。おたくがそこに立っておたくの美しい町について演説しているあいだも、隣りの部屋じゃ死んだ男が横たわったままになってるんだがね。犯人がどんどん遠くに行っちまってるんだがね」

「甘ちゃん探偵、そこがおまえのまちがってるところだ」と彼はサディスティックな笑みを浮かべて言った。「犯人はどこへも行ってないよ。現におれは今そいつのまえに立ってるんだから」

「これはまたなんとも賢い仮説を立てたね」と私は言った。「つまりこういうことだね。私はこの家にやってきて、ピグナートの顔に一発銃をぶっ放した。そのあと逃げるかわりにキッチンへ行って警察に通報し、協力を申し出た。ああ、なるほど。おたくの言いたいことはよくわかった。それで何もかも辻褄が合うよ。おたくはきっと何かの天才だよ、警部」

「マイク」とゴリンスキはそばで私たちのやりとりを見ていた警官のひとりに怒鳴った。「こっちに来て、この利口ぶったクソの銃を取り上げろ」

マイクは若い警官だった。二十五か六かといったところで自分に割り振られた役を愉しんでいた。ゴリンスキこそシャーロック・ホームズへのアーヴィングヴィルからの返答とでも思っているようだった。実に嬉《うれ》しそうに近づいてきて手を差し出した。

「いいだろう、クライン、銃を出せ」

「この銃はもう何ヵ月も使われてない」と私は言った。「今日も使われてないのはにおいを嗅《か》ぐだけでわかるよ」

そう言って、私がジャケットのまえを開き、銃把《じゅうは》を持ってストラップからリヴォルヴァーを取り出そうとしたのとゴリンスキが突進してきたのが同時だった。側頭部を思いきりぶっ叩かれた。私は折りたたみ椅子《いす》みたいにその場に倒れた。衝撃に耳の中ががんがん鳴っていた。ややあって半分意識が朦朧《もうろう》としたまま上体を起こすと、ゴリンスキがそばに立ってわめいていた。

「警官に銃を向けるというのは法に反するんだよ。知らなかったのか、ええ？　これだけでもおまえなんか長いこと留置場にぶち込めるんだぞ。マイク」彼はそう言って忠実なる部下のほうを向いた。「こいつに手錠をかけろ。このあと署に戻って、いろいろと話し合わないとな」

マイクは言われたとおりにし、私はふたりに引き立てられて家を出ると、外に停まっていたパトカーの一台に押し込まれた。警察署まで十分とかからなかった。私はゴリンスキにニューヨーク市警のグライムズ警部補に電話するように言った。が、返ってきた答は〝くそったれ〟だった。ゴリンスキに関して私の好きなところのひとつがこれだ。この男はあらゆる状況において実に独創性のあるコメントをする。

私は取調室に放り込まれ、そのあとしばらく何度も蹴《け》りを食らった。厳しい取り調べを〝第三度《サード・ディグリー》〟などというが、ゴリンスキの場合は度数で計れるようなものではなく、もはや芸術の域に達しており、ボール抜きでサッカーをやるレッスンのお手本みたいだった。

それがどうやらここでは娯楽になっているらしく、ゴリンスキが私を椅子から蹴り飛ばすたびにマイクが笑い声をあげた。私は抵抗しなかった。なんと言っても彼らは警察官、法の番人なのだ。それに手錠もかけられていたし。心と体を分離して考えるのに努めた。今自分の身に起きていることは実は別の誰かに起きているのだと思おうとした。これは歯医者の椅子に坐《すわ》ったときには効果のある苦痛対処法だ。が、残念ながら、警察署ではあまり効果的とは言えなかった。

しかるのち、彼らは本来の仕事に取りかかった。誰に雇われてピグナートを殺したのか、その報酬はいくらなのか、最近同じような仕事をやっていないかどうか。彼らは私のことをユダ公と呼び、オカマと呼び、アカと呼んだ。私はジョージ・チャップマン殺人事件を調べており、ニューヨーク市警殺人課のルイス・グライムズに電話してくれと何度も言った。グライムズが私の役に立ってくれる保証はどこにもなかったが。それでも、二十一世紀になるまえにここアーヴィングヴィルから抜け出る方法はそれしかないように思えたのだ。

私がなんと言おうとなんの意味もなかった。私がピグナートを殺してなどいないことは百も承知なのだ。なのに下手な芝居を打っているのはただそれが愉しいからなのだ。そうしていれば、自分たちのことを有力者のように思えるから。彼らは血の気の多い善きアメリカ人で、私は彼らのカモなのだ。が、そういうカモはそうそう毎日舞い込んでくるわけではない。それに、そもそも自分たちにこの殺人事件が解決できるとも思っていない。ピグナートが以前コンティニとつながりのあった人間だったということだけで、この件はすでに〝政治〟がらみの事件となる。アーヴィングヴィルのようなところではギャングの処刑は殺人とは見なされない。地元の景色の一部みたいなものだ。七月四日の独立記念日の花火や警察主催のダンスパーティと変わらないのだ。だから解決されることはない。ただ無視される。そもそもゴリンスキのような男がヴィクター・コンティニを怒らせるような真似をするわけがない。ことわざにもある。恩を仇《あだ》で返してはいけない。

私を最後に救ってくれたのはゴリンスキの胃袋だった。同じ茶番が一時間ほど繰り返されて夕食時になった。彼が徐々に私に興味をなくしつつあるのも見て取れた。彼の中で私を挽《ひ》き肉にするより食欲を満たすほうに比重が傾いているのがわかった。ひとり部屋を出ていき、そのあと十五分ばかりマイクの独演になった。ゴリンスキは十五分後に戻ってきて言った。

「おまえ、ついてたな。ニューヨーク市警のグライムズと今、話した。さっさと消えな。もうこのあたりでおまえの顔は見たくない」

「お礼のことばもないよ、ゴリンスキ」と私は言った。「おたくの町での滞在をこんなに愉しいものにしてくれて。もう離れたくなくなったほどだ。またすぐ戻ってこられるといいな。そのときには妻と子供も連れてこよう」

「この次におまえの面《つら》をこのあたりで見かけたら」とゴリンスキは言った。「犬のゲロみたいにどろどろになるまでぶっ叩いてやるよ。とことんみじめになるまで。おまえも病院で生まれたんだろうが、生まれたときその病院が火事になってりゃよかったのにって思いたくなるほどな」

マイクが鍵を取り出して私の手錠をはずした。すぐに血流がよくなるよう試したが、何も感じなかった。肘《ひじ》から指先まで感覚がなかった。

「おたくは勇敢な人だよ、ゴリンスキ」と私は言った。「まさに国じゅうの警察の誉れだね。おたくみたいな人がいないと、私みたいな普通の市民はおちおち通りも歩けない。おたくにはどれほど感謝してるか、これだけは言っておきたい。ほんとうにありがとう。心から感謝するよ」

ゴリンスキはなにやら不明瞭《ふめいりょう》なことばをつぶやくと、背を向け、部屋を出ていった。

マイクが私を受付デスクのところまで連れていって言った。

「これだけは言っといてやるよ。おまえ、パンチの受け方をよく心得てる」

この男にとってこれはスポーツみたいなものなのだろう。で、私がそれなりの対戦相手を務めたことに感謝したくなったのだろう。試合がそもそも仕組まれたものであれなんであれ、どうでもいいのだ。私にはいかなるチャンスも与えられなかったことも。私は彼が差し出した手を無視して言った。

「きみとしちゃ、自分用にすばらしいヒーローを見つけたわけだ。きみは大人になったら私みたいなヒーローになりたいんだね?」

「つきあったらわかると思うけど、ゴリンスキもそんな悪いやつじゃないよ」

「もちろん」と私は言った。「そう言えば、ヒトラーも子供好きだった。こういうことは昔から変わらない。どんな野蛮人も心の奥には人間性を秘めてるものさ」

マイクの眼がまたもとのように険しくなった。「こんなに楽に出られて、そのことを素直に喜んでりゃいいんだよ、クライン」

「忘れないようにしよう。教会に行ったら必ずゴリンスキのためにろうそくを灯《とも》すことを。たぶんついでにきみにも灯すよ」

六時になっていた。公衆電話でタクシーを呼び、車を停めた十七丁目通りに戻る手配をした。体じゅうの痛みはこのあと何日か続きそうだったが、死ぬわけではない。これはジョージ・チャップマンにもブルーノ・ピグナートにも言えない台詞《せりふ》だ。

11

十七丁目通りに停めた私の車のまわりに三人の男が立っていた。私を待っていた。三人ともどう見ても、サーブの一九七一年型について私と意見を交わしたがっているふうではなかった。私はタクシーの運転手にこのまま通り過ぎて、バス停まで乗せてくれるように言うこともできた。市《まち》に帰る方法はほかにもあるのだから。が、私としても好奇心を覚えずにはいられなかった。三人が私から何か得たいと思っているなら、私のほうも三人から何か得られるかもしれない。私は公平な取引きを期待するほどナイーヴな人間ではないが、臆《おく》してチャンスを逃すということもできればしたくない。

奇妙な三人組だった。ひとりはブルージーンズに革ジャケットにバイカーブーツ。ギャングのユース組を卒業したばかりといった雰囲気で、腕組みをして車にもたれ、ガムを噛んでいた。その眼の表情は空き缶にあいた穴ほどにもうつろだった。もうひとりは、歳《とし》は三十代、見事に仕立てられたパウダーブルーのレジャースーツを着て、しみひとつない白いローファーを履いていた。何か考えに没頭しているのか、煙草《たばこ》を吸いながら行ったり来たりしていた。いかにも頭脳派といった風情《ふぜい》。三人目は一番年長そうで、四十代半ば、茶色のスーツに茶色のシャツに白ネクタイといった地味な恰好《かっこう》だった。葉巻を吸い、何度も腕時計に眼をやっていた。体格は三人とも私とほぼ同じサイズで、服装が別々なところを除くと、人の人生のそれぞれのステージを示すセット見本のようであり、ごろつき三世代のポートレートのようでもあった。

私は運転手にタクシー代を払い、車を降り、通りを渡った。三人全員が私の動きを眼で追っていた。

「いい車だろ？」と私は白ネクタイに言った。「値段によっちゃ売ってもいい。スノータイヤをおまけにつけてもいい」

「行くぜ、クライン」とレジャースーツが言った。「これから運命とのランデヴーだ」

「赤毛かな？」と私は言った。「彼女、美人かい？」

「いや、ブスだ」と革ジャケットが割り込んできて言った。「だけど、ブスでも我慢しないとな」

手筈《てはず》はもう整えてあったのだろう。革ジャケットは私から銃を取り上げると、通りを少し行ったところに停めてあった緑のビュイックを取りにいった。残りのふたりは私にサーブの運転席に乗るように言い、そのあとサーブに乗り込んできた。レジャースーツは後部座席に、白ネクタイは私の隣りの前部座席に坐った。

「どんな車も買うとなると」と白ネクタイが言った。「ちゃんと走るか見てみないとな。まがいものをつかまされたんじゃかなわない」

「どこに行くのかだけ言ってくれ」と私は言った。「そこまで送るから」

レジャースーツが後部座席から身を乗り出して言った。「ノース・マウンテン自然保護区を知ってるか?」

「ああ」

「そこだ。言っとくが、妙な真似《まね》はするなよな。うしろからおまえの後頭部を三八口径で狙ってるから。妙な真似をしやがったら、おまえの脳味噌《のうみそ》でフロントガラスを飾ることになるぜ」

私はエンジンをかけ、車を出した。すぐうしろをビュイックがついてきた。少なくとも今はまだ殺されることはない。レジャースーツはああ言ったが、私の運転中に引き金を引いたりはしないだろう。こうして車に乗っているあいだは何も起こらない。状況は明らかだった。こいつらはコンティニの手下で、私を拉致《らち》して、その日ピグナートを殺して始めたことを終わらせようとしているのだ。私はチャップマンの事故に関してよけいなことを知ってしまった人物で、私がいなければコンティニは心おだやかに暮らせる。それでも一番肝心なところが私にはまだどうにもわからなかった。そもそもどうしてコンティニはチャップマンを亡《な》き者にしようとしたのか。私はそこのところを明日直接本人に会って探ろうとしていた。が、今は明日も自分がこの世に存在しているのか自信がなくなってきた。それがどんな明日にしろ。

「今夜どうしてきみたちは私と一緒に過ごしたいと思っているのか、訊いても教えちゃくれないんだろうね。そのヒントぐらいのことにしろ」と私は白ネクタイに言った。

「それはおまえがトラブルメーカーだからだよ」とレジャースーツが白ネクタイのかわりに答えてくれた。「おまえには人さまのことに首を突っ込まないようにしているだけの分別がない。そういうやつは遅かれ早かれ、情けない目を見ることになる。今日がそういう日だったってことだ。今日がな」

「きみはいっぱい答を持っていそうなんで、もうひとつ訊くけど」と私は言った。

「誰に言われてこういうことをしてるんだね？」

「おれの手のひらにはでかい答が六個ばかり乗っかってる」とレジャースーツはにやけながら言った。「でもって、その答のどれもがおまえとのやりとりを即座に打ち切ることができる筈だ」

「きみはことばが達者だね」と私はバックミラー越しに彼を見て言った。「月並みな物言いはもう卒業したんだね、赤ん坊のおむつが取れるみたいに。でも、これからは漫画も卒業するといい」

「黙って運転してろ、三文探偵。今度おまえの意見が聞きたくなったら手紙を書くからよ」

私は黙って運転した。アーヴィングヴィル一番の繁華街を抜けて、スプリング通りを西に数キロ走った。より明るくより栄えている町々が先に見えはじめ、景色が次々と変わった。工場群や倉庫群の一帯を過ぎると、まず中古車置き場と〈デイリー・クイーン（アイスクリーム、ソフトクリームのチェーン店）〉、地味な住宅街、それが徐々に高級化して、広くてよく手入れされた芝生に、三台収納できるガレージに、腎臓《じんぞう》の形をしたプール付きの屋敷が連なる郊外に変わった。山を登るにつれ、あたりは汚れた市《まち》から医者や重役や大家主のネヴァーランドに様変わりした。人々がカントリー・クラブでゴルフをし、お互いの女房と浮気をし、三千ドルの歯列矯正をさせた子供をサマーキャンプに送り出す世界。後頭部を銃で狙われながら、そういった世界に建つ邸宅を横目に車を運転するというのは、なんとも奇妙な感覚だった。馬鹿げた配列と童話の歌詞の論理から成る異次元の世界。そんな世界に放り込まれたような気がした。恐怖は赤信号を無視して走る黒のリンカーン。暴力は整然とツツジの剪定《せんてい》をしている猫背の庭師。死はテラスでカクテルを片手に語られるジョークのオチ。すべてが何か別のもので、まともなものが何ひとつなかった。

ノース・マウンテン自然保護区は数百ヘクタールもある森林で、丘のてっぺんにピクニック・エリアとハイキングコースがある。時刻は七時十五分まえ、どこまでも森閑としていた。白ネクタイがオークとカエデの林の中を這っている細い未舗装路にはいるように言った。緑のビュイックも私たちのあとをついてきた。一キロ近く走ると、右手に広い草地が現われ、レジャースーツにその草地に乗り入れるように言われた。私は指示に従った。彼らから逃れることはほぼ不可能だろう。逃げようとしてもここではばかばかしいほど容易な標的になるだけだ。いくらかでもチャンスがあるとすれば、反対側の森だが、そこまでは二百メートル以上ある。どうして私は十七丁目通りでタクシーを降りたりしたのか。今さらながら自分を訝《いぶか》らざるをえなかった。

停めろと言われたところで車を停め、三人とも車から降りた。革ジャケットもそばにビュイックを停めてエンジンを切ると、われわれに加わった。しばらく全員が無言で、夕暮れのオレンジの光に包まれ、丈のある草の中に佇《たたず》んだ。まるでキリコのぼんやりとした風景画の中に囚《とら》われて、身動きができなくなった、ただの人影になってしまったかのような気がした。

「おまえの車はやっぱり買う気はしないな」と白ネクタイがようやく言った。「加速もイマイチだし、ノッキングもするんじゃな」

「別にかまわないよ」と私は言った。「こっちももう売る気はしなくなったから」

革ジャケットがビュイックのトランクを開けて大きなハンマーを取り出した。そして、サーブを停めたところまで歩いてくると、皮肉っぽい笑みを浮かべ、車を調べるふりをして言った。「この手の外車の問題点は長持ちするようにつくられてないところだ」そう言って、ハンマーを持った手を勢いよく振り上げると、フロントガラスに叩きつけた。フロントガラスは粉々に砕けた。「な、言ったとおりだろ? ちょこっとぶっ叩いただけで全部割れちまう」

「なかなか手ぎわがいいんだね」と私は言った。「刑務所にはいったら採石場の仕事に応募するといい」

「ふん、今の一発なんかなんでもねえよ」と彼は言った。「見てな」

そう言って、またハンマーを頭の上に振り上げて、サーブのほかの窓もすべてすばやく粉々にした。白ネクタイとレジャースーツはにやにやしていた。若者の好きにさせるのが好きなふたり組らしい。

「見たか、クライン」と革ジャケットは続けて言った。「おまえはおれの友達に駄物を売りつけようとした。で、おれとしちゃ友達に教えたかったわけだ、おまえが売ろうとしてたのはゴミ同然だって」

彼のことばは自己満足的な予言となった。世界が始まったとき、このサーブにどんな未来が約束されていたにしろ、その未来は雲散霧消した。十五分で私の愛車は文字どおりゴミ同然になった。彼はドアも破壊し、ボンネットに穴をあけ、ハンドルをばらばらにし、ナイフで内装をずたずたにして、さらにタイヤを切り裂いた。もはや車の原形をとどめていなかった。なにやらエキゾティックなオブジェのようになった。

革ジャケットは汗をかき、仕事を終えたときには肩で息をしていた。勝ち誇ったような笑みを浮かべて。レジャースーツが芝居がかった拍手をして言った。

「今のが第一幕だ。悪くないパフォーマンスだっただろ、クライン？」

「『嵐《あらし》が丘』のローレンス・オリヴィエのほうがはるかにいいね」と私は言った。「きみの友達には大げさな演技のなんたるかがわかってないよ。こういう仕事に向いているとは思えないね」

「だったら思えるようにしてやるよ」と白ネクタイが言った。「アンディ、ちょいとこいつに思い知らせてやれ」

革ジャケットにとって第一幕はちょっとしたウォームアップだったのかもしれない。いつのまにか、その眼に狂気のカミカゼみたいな光が宿っていた。そんな眼で私を凝視していた。もしかしたらラリっているのかもしれない。それならそれでよけい対処しやすくなる。私と向かい合うと、いきなり杜撰《ずさん》な右パンチを繰り出してきた。が、私にはちゃんと見えた。それがピッツバーグあたりから飛んでくるところが。私は左の前腕でそのパンチをガードし、強烈な右を革ジャケットの下腹に叩き込んだ。革ジャケットは馬鹿でかいうめき声を洩《も》らし、体をふたつに折った。その右のパンチは私にこの上ない満足をもたらした。ここ二日は小突きまわされどおしだったのが、やっとやり返せたのだ。自分にあると思っていた以上の怒りによって、体が自然と状況に反応したのだ。それだけで大いに満足できた。革ジャケットがひるんだのは、しかし、いっときのことだった。笑みを浮かべて体を起こした。

「今ので全部か？」と彼は言った。「たった一発で？　今度はおれの番だ」

また自信過剰の放縦さを満載して襲いかかってきた。自分は無敵だとでも思っているのかもしれない。自分には指一本触れられないと。私は今度はダッキングして彼の右パンチをよけ、鋭い左を顎《あご》に叩き込んだ。悪辣《あくらつ》なパンチで、こっちも手の甲から肩まで鋭い痛みが走った。革ジャケットは五歩か六歩あとずさり、そのあと倒れた。それでもノックダウンしただけでノックアウトはされていなかった。私は革ジャケットが体勢を立て直すまえにうしろからの攻撃に備え、すばやく振り向いた。レジャースーツは私の腹のあたりに狙いをつけて銃を構えていた。白ネクタイは悠然と新しい葉巻に火をつけていた。

「時間の無駄だ、色男」と彼は感情のかけらもなく言った。「おまえさんは拳《こぶし》を痛めるだけだ」

「拳を痛める理由としちゃ悪くない」と私は息を切らせながら言った。「あんたのお友達はふたりともこうしてやろう」

そこでいきなり太陽が沈んだ。太陽はそのときちょうどレジャースーツの肩のうしろに見えていたのだが、その赤い火の玉はあっというまにそこから消えた。後頭部を強打され、私はその場に倒れた。ぬいぐるみ人形のラガディ・アンみたいに。そのあと長いこと、私は地中で石炭を掘る炭鉱夫になった。ヘルメットに取りつけられた照明具が三十キロほどの長さの坑道を照らしている。私は歩きつづけなければならず、坑道の一番下にたどり着いたところで、記録に残るかぎり最も大きな石炭の塊を発見し、私の写真が新聞に載る。その写真が高校の卒業アルバムの写真でよかったのかどうか考えていると、もう炭鉱夫でなくなっている。死体になっている。数人の葬儀屋が私の死体を墓地まで運んでいる。私の死を悼《いた》む者は誰もいない。葬儀屋たちは私を貧者向けの公共墓地の墓に入れると、私に石をぶつけはじめる。面白半分に。彼らのひとりが別のひとりに言っている声が聞こえる。「ちゃんと死んでるかどうか、調べて悪いことはないだろ？　また生き返ろうなんて、こいつが考えを変えたらどうする？」

そこで眼を開けた。仰向《あおむ》けに寝ていた。全世界が私の背中の下で震えていた。そのことをいっとき考えた。その振動に合わせてどうやって自分は動いているのか、なのにどうしてじっと横たわっていられるのか。そこでわかった。私は自動車の後部座席の床に寝かされているのだった。それがわかると、その発見に自ら感動した。科学の世界で大躍進を果たしたような興奮すら覚えた。そのあと両手をロープで縛られているのに気づいた。外は暗かった。私がいないあいだに夜になっていた。

「リップ・ヴァン・ウィンクル（ワシントン・アーヴィングの同名の短篇の主人公。『浦島太郎』に似た話）が文明社会に帰ってきた」と後部座席のレジャースーツが言い、白ネクタイが前部座席から振り向いて私を見た。ということは、革ジャケットが運転しているのだろう。

「残念だったな」と白ネクタイが言った。「ドライヴを愉《たの》しめなくて。もうすぐ着く」

私は頭を少しだけ動かしてうめいた。葉っぱをもがれたアーティチョークみたいな気分だった。脳味噌が剝《む》き出しにされているようで、その堅牢《けんろう》さたるやボウルに入れたゼリー並みだった。

「若さと美しさを保つためには睡眠が必要なんでね」と私は言った。

「おまえのいびきを聞いてるかぎりは」とレジャースーツが言った。「醜く歳取るための睡眠みたいだったがな」

「それはあんたの夢を見ていたせいだ」と私は言った。「で、起きてみたらほんとうにそういうことが起きてた。おとぎ話みたいに。なんというおとぎ話かはわかるよね？——そう、『美女と野獣』だ」

「おとぎ話なら別なやつをあとで寝るまえに聞かせてやるよ」とレジャースーツは言った。「それはもう二度と目覚めないお姫さまの話だ」

五分後、車のスピードが落ち、道をそれて砂利敷きの私道にはいった。長い私道で四、五百メートル走って車は停まった。

「さあ、着いたぞ」とレジャースーツが言った。「文無しが全員行き着くところだ」

そう言って車のドアを開け、革ジャケットとふたりで私を車から引きずり降ろした。砂利が背中に痛かった。ナイフでできたベッドの上に寝かされたみたいだった。立つように言われた。私は言われたとおり立とうとした。が、その努力が足りなかったようで、レジャースーツが白いローファーで私の腎臓のあたりを蹴った。そのぶん私の動きは遅くなった。それでもなんとか立とうとし、さらに蹴られたものの、最後にはどうにか立てた。頭がボウリングのボールほどにも重かった。それほど重いものを肩の上に乗せてバランスがちゃんと取れるようになるには、少し時間がかかった。

どう考えても私に有利な状況とは言えなかった。それでも希望もなくはなかった。すでに彼らとは二時間も一緒にいて、私はまだ息をしている。彼らに与えられている指示が私を殺すことなら、私はもうとっくに死んでいるだろう。コンティニは私を殺したいとは思っていないのだろう。ただ、私を脅して私の動きを封じ、チャップマンの一件を警察が捜査しおえるまで、私を事件から遠ざけておきたいのだろう。コンティニ老も歳を取ったのか。歳を取ってヤワになったのか。それとも、彼の決断は私がチップに電話したことと何か関係があるのか。私が死ねば、チップはまず父親の関与を疑うだろう。コンティニはもちろん法律など屁《へ》とも思っていない。私の命など屁にも及ばない。それでも自分のことを息子に人殺しだと思わせたくないのか。人の倫理観というのは思いがけないところに思いがけない形で顔を出す。男というのは息子の尊敬を得られるならほぼなんでもする。そういうことについては私自身、これまで何度も考えてきた。

　われわれ四人は十分ほど歩いた。白ネクタイが懐中電灯で岩場を照らし、レジャースーツが私の背後で銃を構える恰好で。〈カーンズ・クワーリー〉。私はそう見当をつけた。七年まえに閉鎖された古い採石場だ。自然保護区からは二十キロばかり離れていて、人をしばらく隠すにはたぶんもってこいのところだろう。砂利の斜面をのぼり、採石場のへりを歩きはじめ、見当が当たっていたのがわかった。実にささやかな達成感ながら、これで少なくとも自分がどこにいるのかはわかった。

　今は使われていない小屋のまえまでやってきた。たぶん現場監督の詰所か何かだったのだろう。白ネクタイがドアを開けて言った。「ここがおまえさんの新居だ。一、二週間もすれば、ここにもなじめるようになるだろうよ」

「すばらしい」と私は言った。「ピアノはいつ送ってくれる？　指を錆《さ》びつかせたくないんでね」

「おれがおまえならジョークなんか言ってる場合じゃないと思うがな」とレジャースーツが言った。「おまえ、自分がどれだけラッキーなのかわかってないんだよ。ほんと、おまえって、おれなんか反吐《へど》が出そうなほどラッキーなんだよ。本来ならおまえはもう消されててもおかしくないのにまだ生きてるんだから。なんらかの理由で親父《おやじ》さんはおまえを生かしておきたいらしいんだな、これが」

「それでもう親父さんのノーベル平和賞候補は決まったも同然だ」

レジャースーツは私のことばなど聞こえなかったかのように続けた。「親父さんは おまえを生かしておきたがってる。だけど、だからと言ってそれがおまえにとって愉しいものになるとはかぎらない。死なせるよりはるかにひどい生かし方なんてものはこの世に山ほどあるんだからよ。よけいなことをしたら、頭に弾丸《たま》をぶち込んでくださいっておれたちに頼むことになるぜ。おれたちがおまえにできることと比べたら、頭に一発ぶち込まれるなんざ、バミューダで休暇を過ごすようなもんだ」

すべてが剝き出しの埃《ほこり》っぽい部屋だった。じめじめしていて、腐った木のにおいがした。広さは縦二メートル半×横四メートル半ばかり。懐中電灯に照らされ、机が一卓、椅子が数脚、古色蒼然《そうぜん》たる台帳が数冊あるのがわかった。「ネズミさま御一行大歓迎」といった看板が出ていてもおかしくないようなところだった。いるだけで反吐が出そうな部屋だ。私に何か策が弄《ろう》せるとも思えない。銃口をずっと向けられっぱなしではなおさら。ここに長逗留《ながとうりゅう》させられることになるのかとあきらめかけたところで、思いがけずチャンスがめぐってきた。レジャースーツと白ネクタイが出ていったのだ。食いものを調達してくる、小一時間で戻ると革ジャケットに言って。革ジャケットはホットドッグとビールの六缶パックを頼むと言い、それだけ聞いてふたりは出ていった。その結果、いとも簡単に若造ひとりと私だけになった。これで状況はかなり改善された。依然として不利な状況は変わらないものの。頭を吹っ飛ばされることなく、革ジャケットに喧嘩《けんか》を挑む必要があった。

革ジャケットはドアのそばの椅子に坐り、片手に持った懐中電灯で私の顔を照らし、もう一方の手に持った銃の銃口を私の顔に向けていた。私は部屋の隅の床に坐り、光をよけてそっぽを向いていた。外ではコオロギが月に鳴き声を聞かせ、時折ウシガエルが一本しか弦がない中国の奇妙な楽器の音《ね》みたいな声をあげていた。五分か六分、ふたりとも口を利《き》かなかった。若造はチューインガムを噛んでおり、その音がしていた。

「よう、アンディ」と私は声をかけた。「まえからずっと気になってることがあるんだけどね。教えてくれないかな?」

「何をだ、クライン?」

「それってどんなものなのか」

「だからそれってなんだよ?」

「オカマでいるというのはどんな気分のものなのか」

「なんの話をしてるんだ？」

「とぼけるなよ、アンディ。マッチョぶってはいても、きみの体じゅうに書いてあるじゃないか、ぼくはオカマですって」

「おまえのだぼらにつきあってる暇はねえんだよ、ヌケ作」

「だったら黙らせろよ。私はいつでも好きなときに口を開く。だけど、きみみたいななよなよ坊やには私に口を閉じさせるだけのタマがない。その可愛《かわい》い顔を傷つけられるのが嫌なんだろ？」

「くだらねえことをあとひとことでも言ったら、後悔することになるぜ」

「可愛いなよなよアンディちゃんが怒っちゃった」と私は言ってわざと口をとがらせた。

彼は私のことばに応じた、私の頭上に一発ぶっ放し、壁に弾丸《たま》をめり込ませることで。

「えーん、えーん」私はやめなかった。「なよなよちゃんに嫌われちゃった」

「もうひとことでも言ってみろ、今度は弾丸がもっと下に飛んでくぞ」

「きみには私を撃つだけの度胸はないよ。私を生かせておくのが親分の命令なんだから。その命令に逆らったら、それできみの命にはもう二セントの値打ちもなくなる。

それだけは確かだな。銀行馬券並みに」

「あれこれ考えるのはおまえの自由だよ、へらず口野郎。おれは誰の指図も受けないんだよ。この銃の弾丸《たま》を全部おまえに撃ち込んだら、たぶんおれはメダルでももらえるんじゃないか」

「だったら試したらどうだ、なよなよ嬢ちゃん？　まあ、両手を縛られたやつを相手にしてるんだからな。タフな気分でいられるのもわからなくはないが。きみみたいな役立たずにはそういうお膳《ぜん》立《だ》てをしないとな。きみが有利になるよう何もかもちゃんと整えないとな」

「いつでもどこでもいいぜ、クライン。いつでもどこでもおまえを血だらけのヘドロにしてやるよ」

「だったら今やったらどうだ、にきび坊や？　それともまた私にのされるのが怖いか？　車をぶっ叩いてるときはかっこよかったよ。やり返してこない車を叩いてるときは。だけど、きみはぶっ叩かれる側になったら、からっきしだった。そうなるともう相手がゲロ袋でも太刀打ちできない」

私の期待は徐々に薄れつつあった。こいつはそう簡単には乗ってこない。結局、レジャースーツと白ネクタイが帰ってくるまで、私はこいつを無駄に罵《のの》りつづけることになりそうだった。と思いかけたところで、罵詈雑言《ばりぞうごん》がついに効果を発揮した。最後のひと押しに成功した。アンディは私の顔に光があたるようにして懐中電灯をテーブルに置くと、立ち上がり、ベルトに銃を差した。そして、私が坐り込んでいるところまでやってくると、忍耐をなくして怒鳴った。

「立ちやがれ、このクソ！　二度と忘れられない教訓を叩き込んでやるからよ」

私は立ち上がって彼と向かい合った。光は彼の背後にしかなく、彼の体の輪郭だけが見えた。彼の眼は見えなかった。が、次にどういう展開になるか予測するのに、彼の眼を見る必要はなかった。彼は右手をうしろに引くと、渾身《こんしん》のパンチを私の顎に叩き込んできた。いいパンチだった。いっとき顔の骨のどこかが折れたのではないかと思った。うしろによろけ、壁にどすんとぶつかった。が、どうにかバランスは保った。それがなにより望んだことだった。世界のなにより。なんとしてでも立っていたかった。彼のベストパンチを浴びても倒れなかったということは、こっちに勝機があるということだ。私にはそれがわかった。おそらくアンディにも。

「今のが精一杯か、アンディ・ボーイ」と私は痛みをこらえて言った。「だったらチャールズ・アトラス（ボディビル・メソッドの開発者として知られるボディビルダー）の特訓コースに申し込むことだ。そんなパンチじゃ私のお祖母《ばあ》ちゃんも倒せない。ちなみにお祖母ちゃんの体重は四十キロだ」

アンディはいきり立っていた。これまで彼が痛めつけてきた相手は全員彼に刃向ったりしない連中だったのだろう。そこがいじめっ子の問題点だ。自分より小さな相手ばかり痛めつけてきたことで、彼らは自分の強さを見誤る。私は街角の食料品店を営む老店主ではない。私は彼より少し大きく、彼よりはるかに経験がある。その経験から、彼のプライドごときなどずたずたにすることができ、さらにいきり立たせ、さらなる過《あやま》ちへと導くことができる。有利なうちにやめておくという選択肢を捨てさせることが。

「誰にものを言ってんだ！」と彼は吠《ほ》えた。「わかってるのか、ええ？　そんなクソみたいなこと言いやがって。ただですむと思ってんのかよ！」

自然保護区のとき同様、彼は過剰反応した。二発目のパンチも杜撰すぎた。私はまたしてもダッキングでそのパンチをよけ、下から反撃した。縛られたままの両手をもに拳にして渾身の力で突き上げた。それが見事に顎に命中し、アンディはテーブルのところまで吹っ飛んで倒れた。懐中電灯が転がり、部屋が一気に暗くなった。私はすぐさまドアをめざして走った。が、敷居をまたいだところで、突き出されたアンディの手につまずき、もんどり打って砂利の上に倒れた。手を縛られたままなので、顔から砂利に突っ込んだ。すばやく立ち上がったものの、肺が空気を求めて悲鳴をあげていた。立ち上がって銃を構える時間をアンディに与えてしまうと、そこでゲームセットとなる。晴れた夜で、半月が出ており、身を隠せる木々も生えていない。できるかぎりアンディとの距離を稼ぐ必要があった。

走った。が、アンディのほうが私より速かった。距離を詰められているのが岩場を叩く靴音でわかった。走って彼から逃れることはできない。そう悟ると、私は足をいきなり止めた。むしろ衝動的に。走って勝つことができないなら、あとはびっくりさせるしかない。足をすべらせながらも静止するなり、踏んばり、縛られた両手を思いきりうしろに振りまわした。野球のバットを振るように。頭を狙《ねら》った。見事に命中した。彼の顔の骨が折れるのがわかった。折れるというより粉々になったような感触さえあった。アンディのほうは煉瓦《れんが》の塀に顔面から激突したみたいなものだった。まえのめりに倒れた。叫びながら。それでもまだやめるべきときを知らなかった。傷ついた獣が死にもの狂いで闘うように、純粋な本能と化していた。どう考えても途方もない痛みを抱えているはずなのに、再度私に襲いかかってきた。その頃には私の眼も暗《くら》闇《やみ》に慣れ、自分がどこにいるのかわかった。それでもそこから動けるだけの余裕はなかった。私はサイドステップで彼の突進をかわした。それでけりがついた。アンディは勢い余って採掘のための縦穴に落ちた。二十メートル以上ある底まで。

しばらく私は何もしなかった。半月が照らす中、その場に突っ立ち、ただひたすら肩で息をした。そのあと震えがやってきた。震えたくなどなかった。それは私抜きで体が勝手に決めたことだった。一瞬、気を失うのではないかと思い、地面にへたり込んだ。即座に吐き気に襲われ、吐いた。胃の中にあったものすべてを吐いた。いや、吐いたのか、それともすすり泣いたのか、はっきりしない。いずれにしろ、胸のあたりに暴力的なまでの熱を感じたことだけは確かだ。胸が苦しく熱くなったことだけは。走るのをやめなければ、私がさきにへりから落ちていた。そう自分に言い聞かせたが、それもどうでもよく思えた。今日だけですでに死が多すぎる。そのことにも、自分の人生にも、生きていくために自分が自分にしたことすべてにも、うんざりしていた。気づいたときには自分は破壊者になっていた。そんな自分とは何者なのか、もう何もかもわからなかった。

気持ちが落ち着くまで優に十分から十五分はかかっただろう。落ち着くと、まずここにいつまでもこうしてはいられないと思った。あとのふたりはいつ帰ってきてもおかしくない。あのふたりにこれから相対することはできない。自分の身に何が起きたのか、それはもう問題ではない。ただ、二度と同じことはできない。私はすでに自分の限界に達していた。もう何も残っていなかった。
そう思うなり、その場を離れた。

12

私以外誰もいない市《まち》の夢を見ていた。全員消えていた。私の声が持つ不思議な、圧倒的な力のせいで。誰であれ、私が話しかけると、みな消えてしまうのだ。私はただ口を開けばよかった。それだけで私のまわりの人間は次々と消えた。私が近づくと誰もが逃げだし、私が呼び止め、私が悪いわけではないと説明しようとすると、それでもうみんな蒸発してしまうのだ。その結果、誰もいなくなってしまい、私は世界でただひとりの生き残りになった。悲嘆と自己憐憫《れんびん》に打ちひしがれ、どこかのホテルのロビーの椅子に坐って、考えた。私が惹《ひ》き起こしたこの惨状をもとに戻す方法はないものかと。何もなかった。一度消えてしまった人々はもう二度と戻ってこない。もう二度とことばを発するのはやめよう。私は固くそう心に決める。せめてもの償いに死ぬまでことばを発しないと。すると、そのときホテルの上階からとんとんという音が聞こえてきた。私は椅子から立ち上がり、階段をのぼる。この世界にもうひとり誰かいたのだ。その人物を見つければ、私は救われる。何時間も階段をのぼる。音がどんどん近くなってくる。

最上階にあともう少しというところで、眼が覚めた。誰かがアパートメントのドアを叩《たた》いていた。私は上体を起こした。体じゅうの筋肉が怒りの声をあげた。ウェストサイド・ハイウェーの路面にできた穴を埋める素材になった気分だった。もう二度と歩けないのではないかと思った。このあと死ぬまでこの部屋に閉じ込められ、チキンスープしか飲ませてくれない、白衣姿のしわくちゃの老看護師の世話を受けなければならないのかと。ノックの音はまだ続いていた。誰がやってきたにしろ、今行くと呼ばわり、時計を見た。八時十分。五時間たらずしか寝ていなかった。

三週間後、ようやくドアにたどり着いた。鍵《かぎ》を開けるのにさらに四日かかり、ドアを開けるのに少なくとも六時間かかり、それでも最後には訪問者と対面できた。ニューヨーク市警のグライムズだった。

「これはこれは」と彼は言った。「あんたの顔、ロッキー山脈の地形図みたいだな」

「ああ、ついてたんだよ」と私は言った。「下手をすると、死の谷行きになるところだったことを考えると」

私は彼を中に入れた。今日は彼も私のアパートメントの家具について軽口は叩かなかった。私たちはもうジョークが機能するステージを超えていた。すべてビジネスになっていた。

「コーヒーを飲むまではふたつの文を組み合わせることもできそうにないな、警部補」と私は言った。「よかったらおたくのぶんもいれるけど」

私はキッチンに行き、冷水を出し、蛇口の下に頭を持っていった。少なくとも三分か四分そうやって、ばらばらになっている自分を掻《か》き集めてひとつにしようとした。そのあとタオルで髪を拭《ふ》きながら、コーヒーをいれる準備をした。

「朝食をとったのは二時間ほどまえなんで」とグライムズは言った。「ありがたくもらうよ。しかし、あんたら探偵というのは気楽な人生を送ってるんだな。好きなときに起きて、休みたくなったら休んで、ベッドに横たわって、チョコレートでも食べながら、フランスの小説を読んでりゃいいんだから」

「チョコレートは今日は切らしてるけど、本を借りたくなったら遠慮なくいつでも言ってくれ。まず『赤と黒』から薦めよう。スタンダールを読めば、いっとき仕事を忘れられることまちがいなしだ」

「そういうことなら、『黒と青（〝痣だらけ〟の意）』はどうだ？　まえからあんたの自伝を読みたかったんだ。それであんたの秘密がわかるかもしれないだろ？　たとえば、ボクシングのレッスンは誰に受けたのかとか。ニューヨークで事件の調査をしてなきゃならないときに、ニュージャージーに行ったのはなぜなのかとか」

コーヒーの用意ができるとすぐ、私はポットとマグカップふたつとスプーン二本とペーパーナプキン二枚と砂糖壺《つぼ》と半分まだ残っているミルクのカートンをトレーにのせ、居間に運んだ。私のことを不調法なホストだなどとは誰にも言わせない。

グライムズは私がいれたコーヒーを気に入ってくれた。そのことに私は喜びもし、驚きもした。気づくと、彼のことがあまり嫌いではなくなっていた。

「昨日のことではあんたにお礼を言わないとね。釈放してもらった件のことだけど」

そう言って、私は腫《は》れて痣《あざ》だらけの手で煙草に火をつけた。「なんだかずいぶんとまえのことのように思えて、もう少しで忘れるところだった」

「こっちはもう少しであんたのことなんか知らないってゴリンスキに言いそうになった。でも、そこでアーヴィングヴィルというのがどういうところか思い出してね。こりゃあんたはほんとうに救いの手を必要としてるんだって思い直したんだよ」

「あんただけが頼みの綱だったんでね。ほかには誰に電話すればいいのかわからなかった」

グライムズはコーヒーの最後の一滴まで飲み干してマグカップを置くと言った。

「役に立ててよかったよ、クライン。いや、ほんとうに。だけど、これは話してもらわなきゃならん。そもそもあんた、アーヴィングヴィルくんだりで何をしてたんだ？」

「チャップマンが殺された件の手がかりを追ってた。犯人はまだわからないけど、見込みのありそうな手がかりはつかめた」

私は彼に五年まえのチャップマンの事故のことを話した。その事故にはヴィクター・コンティニの関与が疑われ、ブルーノ・ピグナートがコンティニのためにどのような働きをしたのかも話した。二度のニュージャージー行きについても。ピグナートが自宅で死んでいるところをどのように見つけたのかも。ゴリンスキ警部とのいざこざについても大まかに伝えた。最後に自分の車のことと昨夜起きた一件まで伝えて話を終えた。グライムズはコーヒーをもう一杯注いで言った。

「そういう話を昨日のうちにしてくれてりゃ、そんなに痣だらけになるのを防いでやれたかもしれないと思うがな」

「事態がこんなに早く展開するとは思わなかったんだ。もっとはっきりわかってから話すつもりだった」

「何がはっきりしていて何がはっきりしてないのか、そういうことを決めるのはおまえさんの仕事じゃないよ、クライン。なんであれ、手がかりが見つかったら、そのあとは警察の仕事だ。ちがうか？　まっすぐおれのところに来りゃよかったんだ。勝手にこそこそ嗅《か》ぎまわったりしちゃいけないんだよ。おまえさんが昨日ちゃんと話してくれてりゃ、このピグナートという男も死なずにすんだかもしれないんだからな」

「あとからならなんとでも言えるよ、警部補。昨日はあんたは私の話に耳を貸さなかった。脅迫状にしても私がでっち上げたみたいに言ってたじゃないか」

「おたくが言う脅迫状はおれがこの眼で見ないうちはこの世に存在しない。そんなものは証拠でも手がかりでもなんでもない」そう言ってグライムズは立ち上がると、部屋の中を行ったり来たりしはじめた。「今回の件でおまえさんがやった最大の過ちは、物事を複雑にしちまったところだ。おまえさんは今回の件をチャップマンが生まれたときにまで遡《さかのぼ》る奥の深い事件だと思ってる。で、五年まえに起きたことなんかを心配して時間を無駄にしてる。昨日起きたことに集中して、その優秀なユダヤ人頭脳を使わなきゃならんときにな。覚えてると思うが、チャップマンが殺されたのは昨日だ。だから今日はそのことに対処すべきなんだよ」

「昨日のことにはヴィクター・コンティニが関与してる。まちがいなく。脅迫状にはこれまた疑いの余地なく五年まえの事故のことが言及されている。過去に何があったのか突き止めれば、現在起きていることももっとずっとよくわかるはずだ。私は些細《ささい》な偶然について言ってるんじゃない。今回の件では過去が現在に明らかにつながってる。そんなこともわからないのは馬鹿《ばか》だけだ」

グライムズは両腕を広げると、苛立《いらだ》たしげに両脇腹《わきばら》を平手でぴしゃりと叩いた。われわれはチャップマンのことだけを話しているのではなかった。捜査の基本について話しているのだった。だから、捜査のプロたる彼としては、自分がまちがっていないことを私に納得させたいのだった。

「いいか」と彼は言った。「コンティニが事故に無関係だなどとは誰も言っちゃいないよ。その件についちゃ今日にも誰かを当たらせるよ。だけど、調べたってやつを事件と結びつけることなどほぼ不可能だ。それはおまえさんにもおれにもよくわかってる。この三十五年間、あの男は駐車違反以上の罪で挙げられたことは一度もないんだぞ」彼はそこで手を上げ、私を黙らせた。邪魔なしに自分の意見を最後まで言いたいようだった。「よかろう。五年まえのチャップマンの事故はコンティニによって仕組まれたものだったとしよう。それで何がわかる？　昨日チャップマンが殺されたのもコンティニが仕組んだものだったってわかるのか？　もしかしたらそうかもしれない。

そうじゃないかもしれない。それについちゃ好きなだけおまえさんと議論してもいいよ。だけど、いくら議論しようと人ひとり死んだことに変わりはない。でもって、それこそ、人がひとり死んだ事実こそ、すべてを始める出発点じゃないのか、ええ？　おまえさんがやってることはあべこべなんだよ、クライン。望遠鏡を取り出すまえにまず眼のまえにあるものを見るべきだ。殺しを解決するのに天才は要らない。要るのは地道で真面目《まじめ》な捜査だけだ」

「あんたと私のちがいは」と私は言った。「どうしてチャップマンは殺されたのかというのが私の一番の関心事なのに対して、いかにチャップマンは殺されたのかというのがあんたの関心事だという点だ。私はほんとうの答を求め、あんたは確証を求めてる」

「それで給料をもらってるんだからな」とグライムズは言った。「それが警察の仕事だからな」

「だったら、私の仕事は警察の仕事とは別なところにあるんだろう」

「ああ、そうとも。おまえさんの仕事には年金はつかないからな」

「だったら、最近は年金に見合うどういう仕事をしたんだね、警部補？」

「それをわざわざ訊《き》かれるとは思いもしなかったな」そう言って、グライムズは立ち止まると、テーブルのところまで戻ってきてまた坐《すわ》った。笑みを浮かべていた。「実のところ、そのことのために来たんだ。昨日警察がやった逮捕について話しに」

「で、逮捕されたのはジュディ・チャップマンというわけだ」

「そのとおり。なぜなら彼女がやったからだ。あの女は地獄ほどにも有罪だよ」

気に入らなかった。簡単すぎる。そもそも辻褄《つじつま》が合わない。昨日の午前九時に私はジュディ・チャップマンと電話で話した。どうでもいいことを言い合ったあと、彼女は急に真面目な口調になって、夫のことが心配だと言った。その声音《こわね》に嘘《うそ》はない気がした。ほんとうに心配しているようだった。これから人殺しをしようとしている人間の口調ではなかった。

「彼女に不利などんな証拠を握っているのか知らないけれど」と私は言った。「彼女はやってない。それは請け合うよ」

「いい加減なことを言うんじゃないよ」と彼は言い返した。「証拠と言ったな？　だったら教えてやろう。まずひとつ、彼女は亭主と一緒に朝食をとったと供述した。次に彼女の指紋は彼女のカップだけじゃなく亭主のカップにもついていた。三つ目、キッチンのキャビネットから毒薬の壜《びん》が見つかった。それは月曜に彼女自身によって近所の金物店で購入されたものだった。四つ目、彼女はコロンビア大学のブライルズという教授と浮気していた。で、チャップマンと離婚したがっていた。チャップマンのほうはそれを拒んでいた。もっと要るか？」

「今、ミセス・チャップマンはどこにいるんだ？」

「自宅だよ。保釈になった」

「ブライアン・コンティニが彼女の弁護を引き受けた？」

「ああ。だけど、法廷には立たないだろう。コンティニは法廷弁護士じゃないからな。だから特級品を雇うんだろう。聞いた話じゃ、バーリソンが彼女の弁護人になるらしい。まさに極上の刑事弁護士だ」

もうひと押ししてみることにした。「あんたには奇妙に見えないかな？　五年まえの事故を仕組んだ男の息子がチャップマンの弁護士だというのは」

グライムズは私との議論にもう飽きたようだった。苛立たしげにため息をついてから言った。「そんなことを言ってもなんにもならんよ、クライン。出生証明書に誰がサインしたにしろ、生まれたやつに責任はないんだから。ブライアン・コンティニはまともな男だ。父親を選ぶという幸運に恵まれなかっただけで。あんたやおれみたいに賢いやつは親を選ぶ権利があって、それでこの世に生まれてきてやったのさ。だけど、われわれ以外の凡人は与えられたものでなんとかやっていくしかない」私がそこで何か言いかけたのを見て、彼はせっかちに手を振った。まだ言われてもいない私のことばを振り払うように。「忘れるこった。よけいなことは考えるな。これは疑問の余地などいっさいない、明々白々たる事件だ。これにて一件落着だ」

「そこが問題なんだよ。あまりにうまくできすぎてる。単純すぎる。始まるまえからもう終わっちまってる。証拠がありすぎると言ってもいい。自然な事件というより仕組まれた事件っぽい。あんたが今言ったようなことを全部ジュディ・チャップマンがしたとすれば、彼女はトランス状態みたいになっていたとしか考えられない」

「罪悪感。たぶんそれだ。心のどこかで捕まりたがってたとかな」

「単純すぎる」

「まあ、人生というのはたまには単純すぎたりするものだ」とグライムズは言って椅子《い》子《す》から立ち上がった。「たいていの場合、人生は単純じゃないよ。だけど、単純なものが自分のところに転がってきたのに、わざわざ複雑にすることはない。そんなことをするのは馬鹿だけだ」彼はそう言ってドアのほうに歩きかけた。「これから用があるんでな、クライン。どういうことになってるか教えてやったら感謝されるだろうと思って寄ったまでだ」

「感謝してるよ、警部補。あんたという目覚まし時計がなかったら、今日は一日じゅう寝てたかもしれない」

グライムズは笑みを浮かべ、ドアから出ていきかけ、そこで顔だけ中に入れて言った。「そうだ、クライン、コーヒーをありがとう。美味《うま》かったよ。探偵仕事に飽きたら、ヴィレッジあたりでエスプレッソの店とか開くことを考えたらいいかもしれない」

彼は私の反応を待たなかった。頭が見えなくなり、ドアが閉まり、いなくなった。

私は椅子に坐ったまま、コーヒーカップの底に溜《た》まった澱《おり》を見つめた。見つめても澱は私の知りたいことを何も教えてくれなかった。煙草《たばこ》に火をつけ、そのあとしばらく煙を輪にして吐いた。煙の輪もやはり答を教えてはくれなかった。立ち上がって部屋の中を歩きまわり、九十九歩数えてカウチにまた坐った。心が空っぽになっていた。なにより必要としたときに私を見放すのが、今や私の心の習慣になっているようだった。

あらゆるものがまちがった展開を示しており、このままだと私はそのあとに置き去りにされそうだった。この二日間、動機と人の性格と関係の複雑なパズルを解くのに悪戦苦闘していたら、そこへグライムズがやってきて、パズルのピースすべてをテーブルの上から払いのけてしまった。床に落ちたピースを拾い上げている時間はあるだろうか。だいたいピースが床にまだ残っているのかどうか。

気づいたら、いつのまにかチャップマンのことを考えていた。彼の体の中にはいり、彼の眼を通して彼の世界を知ろうと、彼の内部を這《は》いずりまわっている自分が見えた。するると、そのうち徐々にゆっくりとわかってきた。実のところ、彼は自分で自分を支配できていなかった。自らの才能にがんじがらめになっていた。特別なひとつのことについて、ほかの誰よりすぐれているというのは、どんな感覚のものなのか、ある特別なことにきわめてすぐれていながら、そのことをあとで恨むようになるというのは、どんな気分のものなのか。想像してみた。彼は可能なかぎりあらゆる成功を収めたが、本人がその成功を可能にしたのではなかった、ある意味では。すべては彼の才能が――彼の内に棲《す》みついたモンスターが――成し遂げたことだった。さらなる目的の実現に向けて、彼をただの道具に使って。だから、彼自身はどこか自分が自分から乖離《かいり》してしまったような気分でいたのではないだろうか。自分がしていることは実のところ、自分とは関係がないような気がしていたのではないか。自分がまるで詐欺師《さぎし》のように思えていたのではないか。自分の行為に対する責任を放棄してしまったチャップマンの代打のように。彼の内なるモンスターが彼に命じ、彼にすべてを与え、そしてすべてを奪った。

ところが、そこで突然モンスターそのものが殺されてしまう。実のところ、それで彼は解放されたのだろうか。それともより恐ろしい虚無に呑《の》み込まれたのだろうか。彼の人生は〝モンスター〟ということばに収斂《しゅうれん》できる。とすると、自分探しのために彼がまず向かった先はどこか。チャップマンのような男には現実があまり現実らしく感じられていなかったのではないか。ほんとうの自分はまだこの世に生まれていないような気分でいたのではないだろうか。自分はどこかで迷子になってしまったような気分にもなっていたのではないか。自分から盗まれた自分と、決して見つけられない自分とのあいだで座礁《ざしょう》してしまったような気分に。ライトとの契約交渉のトラブルは、モンスターが自分にしたことに対するモンスターへの意趣返しだったのではないか。チャップマンとしてはモンスターに対して大いに貸しがあった。ライトとのトラブルは、その貸しを取り戻そうとしたことの結果ではないだろうか。

この件をここで手放すつもりにはなれなかった。グライムズがどう思っていようと、この件はまだ終わっていない。いったいどういうことが起きているのか。最後まで見届けたかった。そう思う私にこのあと必要なのは依頼人だけだ。私は私のほうからジュディ・チャップマンに売り込むことにした。

年配の女性が電話に出て言った。「ジュディスは電話に出られません。ほんとうに無理なんです」この電話の相手はジュディの母親ではないか？　親が自分の子供を正式名で呼ぶというのはよくあることだ。

「マックス・クラインからだと伝えてください。ご迷惑になるようなことをするつもりは一切ありません。でも、きわめて重要な用件なんです。ご本人もきっと私と話したがられると思います」

　本人に訊いてみる、と年配の女性は言った。そのあと一分たらずでジュディが電話口に出た。

「ああ、マックス。電話してくれてありがとう。こんなひどいことってないわ。とても信じられないようなことが現実に起きているのよ」その声には以前会ったときの自信のかけらもなかった。あらぬ嫌疑をかけられ、この二十四時間、ひどい試練を経験させられているのだろう。彼女が怯《おび》えているのはその声からも明らかだった。

「わかるよ」と私は言った。「今の状況はきわめてよくない。でも、戦うしかない。ジュディ、きみの力になりたい」

　そこで彼女はひとつ大きく息を吸った。まるで息をするだけでも困難がともなうかのように。ただ呼吸するのにも特別な努力がいるかのように。「いつ来られます？　できればうちにいてほしい」

「すぐに。そのまえにやらなきゃならないことがあるけれど、十二時までには行けると思う」

「遅れないで」

「十二時近くには必ず」

「待ってます」

「私も」

私たちはそこで電話を切った。お互いよけいなことは何も言わなかった。私は助けることを彼女に約束していた。が、今のところ、それらしいことは何もできていなかった。今の状況に彼女はどれくらい耐えられるか。彼女のような人が殺人容疑に巧みに対処できるとも思えない。まずまちがいなく真っ先に、頼りにできる相手を求めるだろう。そんな相手になることを私は彼女に約束していた。彼女の容疑を晴らすことが私にできるかどうか。もしできたら、そのあとも彼女は私を必要とするだろうか。

とりあえず、ヴィクター・コンティニに会う支度をした。鏡で自分の顔を点検した。思ったほどひどくはなかった。左頰に醜いみみず腫れができていたが、やられた個所の大半が表面に現われない傷だった。後頭部は手をやるとぴりぴりし、すばやく動くと、肋骨《ろっこつ》が鋭く痛んだが、治らない怪我《けが》でもなんでもない。改めて自分の運のよさを思った。

ネクタイを締めようと、輪っかをつくったところで電話が鳴った。反射的に出ようとし、その途中で気が変わり、四回目のコール音でまたバスルームに戻った。が、六回目が鳴りだしたときにまた気が変わり、九回目のコールで引き返した。そこまで鳴らすからには、電話をかけてきた人間には固い決意がある。何か重要な電話にちがいないと思ったのだ。現代人の生活におけるひとつの事実。人はみな電話に出ることを神聖な義務と考えている。だから情熱的なセックスも口論も中断して、電話という至上命令に従おうとする。電話を拒絶することは無政府主義と同義であり、社会構造そのものへの叛乱《はんらん》と見なされる。私は十一回目のコールで出た。きっとパヴロフも喜んでくれたことだろう。

「クラインか？」くぐもっていて、嗄《しゃが》れていて、相手を脅すような声音だった。ハンカチでも受話器にあてて話しているのか。聞き覚えのある声ではなかった。

「そうだけど」と私は答えた。「どんなご用かな？」

「おれのために何か頼もうっていうんじゃない。おまえが自分のためにすることだ、クライン」

「というと？」

「姿を消すとか」

「それはまえに試したことがあるけど、魔法の薬が足りなかったみたいでね。まだ鼻が残ってる」

「だったらこう言おう、クライン、おまえが自分から姿を消さなきゃ、消されることになる——永久に。そういうことになったら、おまえは自分の頑固さをきっと悔やむことになるだろうよ。だけど、死人はもう悔やんだりしない。だろ、クライン?」

「いいかな、おたくが〈ニューヨーカー〉の定期購読を薦めてるのなら、忘れてくれ。二月で切れて以降、更新するつもりはないんで」

「おれは何も売りつけちゃいないよ、クライン。おれはおまえが舞台から退場することに興味があるだけだ。チャップマンの件からはもう手を引け。ジョージとジュディス・チャップマンにはもう一切関わるな」

「この三日間、人に会うたびにそう言われてる。でもって、みんながみんな私の健康を心配してくれてて、休暇を取るべきだなんて言ってくる。でも、私はここにいたくてね。ニューヨークにも悪くない月が年に二回か三回訪れるけど、五月はそういう月のひとつだ。十一月になったら、また電話してくれるかい?　そうしたらそのときには考えるよ」

「十一月じゃ遅すぎるんだよ、クライン。その頃にはもうおまえは死んでるんだから」

「そういうことを言えば、ケシの花もそうだね。その頃にはもう枯れてる。野球のワールド・シリーズももう終わってる。鳥も南に飛んでしまってる。ほかにはどんなものがあるかな？」

「あばよ、クライン。おまえってほんと、馬鹿だな」

「ミスター・ヴォイスチェンジャー、おたくもね。話せて愉しかったよ」

その日もそんなふうに始まったが、それを気にかけるつもりはなかった。警戒するには警告が多すぎた。警告はその週はもう充分間に合っていた。今からは一度に一歩ずつ進むだけだ。うしろを振り向いても何もなく、まえにあるのは壁ながら。さしあたって私としてはその壁を突き抜けるしかない。見るかぎり、ドアはどこにもない以上。

13

チップ・コンティニは最後に会ったときより肥《ふと》っていて、眼鏡をかけるようになっていた。古い友達に久しぶりに会えばたいてい変化に気がつくものだが、久しぶりに見るチップには、あまりいい年月を過ごしてこなかったのではないかと思わせるものがあった。中年になって腹まわりが増えるというのは珍しいことでもなんでもないが、チップの場合、すでになんだか年老いてしまったような、消耗しきってしまったようなところがあった。会ってすぐには彼だとわからなかったほどだ。髪はだいぶ薄くなっていて、もみあげには白いものが増えていたが、私を戸惑わせたのはそれではない。どこか退屈しきっているような、とっくに何もかもあきらめてしまったようなところがあったからだ。新たな世界を征服することになどもう興味はない。そんな雰囲気とでも言えばいいだろうか。すでに勝ち得たものをとにかく維持する、これからの人生はそのことだけを心がけて過ごす。そんな決意を固めたみたいな、いわば自己満足のオーラしか感じられなかったのだ。確かに彼は善き家庭人だ。三人の子供と美人の奥さんとともにウェストポートの豪邸に住んでいる。まともな市民になり、ホワイトカラーになり、金も稼いでいる。チップという軽い響きのニックネームで呼ぶこともためらわれた。眼のまえにいるのはそんなニックネームとはまるで無縁の男だった。ダークブルーの三つ揃《ぞろ》えという恰好《かっこう》で受付デスクのところに現われた。私たちは普通に笑みを交わし、握手し、背中を叩き合った。それでも彼の不安はじわじわと伝わってきた。状況が呑み込めず、私がやってきたのは友としてなのか敵としてなのか、まだ判断がつかないのだろう。

私たちはいっとき昔話に花を咲かせた。最後に会ったのはいつだったかと訊かれ、四年まえだと私は答えた。彼はすぐにはそれを信じなかった。が、私がその日一緒に昼食を食べたレストランの名前まで覚えていたので、最後には彼も思い出した。

「となると、それは子供ふたりぶんと体重十三キロ半ぶんまえのことになる」彼はそれがまるで別の世紀の出来事ででもあるかのような口ぶりで言った。

そう言って、受付エリアを出ると、先に立って廊下を歩きはじめた。床にはぶ厚いワインカラーの絨毯《じゅうたん》、スタイリッシュなスポットライト照明、額に入れられたいかにも高価そうな十七世紀のエッチング。私が以前訪ねたあと改装したようだった。ふたりのシニア・パートナー、ライアンとボールドウィンは引退間近で、すでにチップが事務所のトップになっていた。事務所全体の内装が時代に合わせたものに改められていた。そして、その飾りつけは依頼人に向けた宣伝になっていた——当方は第一級の弁護をおこないます、従って依頼料も当然第一級のものになります。

父親が待っている彼のオフィスまで廊下を歩く途中、彼は私の肘《ひじ》を軽くつかんで立ち止まった。彼の父親に会うまえに話しておきたいことがあるようだった。私は第一ラウンドが始まるまえにレフェリーの注意を受けるボクサーにでもなったような気がした。実際のところ、私と彼の父親は——本人がリングに上がらなくても——すでに何ラウンドか闘っているわけだが。もちろん、チップはそんなことを知る由《よし》もない。

私と久しぶりに会った喜びはもうすっかり消えてしまったようだった。さきほどとりあえず浮かべた笑みもなかった。不安に顔が歪《ゆが》んでいた。私は今度は自分がいつ爆発してもおかしくない爆弾にでもなったような気がした。彼はほとんど囁《ささや》くように言った。

「いいか、マックス、きみが何をしようとしてるのかわからないが、面倒はごめんだからな。どんなトラブルも要らないからな。いいな？」

「面倒を起こしにきたわけじゃないよ。面倒はずっと昔にもう起こってた。私が事件現場に着くずっとまえに」

「いいから、親父《おやじ》を怒らせるようなことは言わないでくれ。親父は心臓が悪いんだよ。だから体に障《さわ》るような話はしないでくれ」

「心配は要らない。そもそも私みたいな男にきみの親父さんを怒らせられるわけがない。心配なら、親父さんじゃなくて私の心配をしてくれ」

「私はあくまできみに対する友情からこういう場をセッティングしたんだ。そのことをくれぐれも忘れないでくれ」

「きみの名前は私の遺言書にちゃんと書いてあるから、チップ、そういう心配は要らない。それにすでに行動を起こしてるのは私じゃなくて、きみの親父さんのほうなんだから」

チップは不幸せそうに唇をすぼめた。もう自分にはどうすることもできないことを悟ったのだろう。「こんなことをしちゃいけないことは最初からわかってたんだ」と彼は言った。「こんなことをするのはまちがいだってことは最初から」

彼のオフィスにはいるまえに私は話題を変えて言った。「ジュディ・チャップマンのほうはどうなってる?」

「バーリソンを手配した」そう言って腕時計を見た。「今頃はもう会ってるはずだ」

「このあと彼女のところに行こうと思ってる。なあ、きみも私も同じ側の人間だ。そのことを忘れないでくれ」

「わかってるよ、わかってるって」と彼はうなるように言った。「ただ、できればどっちの側にもつきたくなかった。私はこういうことには向いてないんだよ」

「最初からそう悲観的にならないでくれ」そう言って、私は彼の肩を叩いた。「こういう面倒もきみにはいいことかもしれない。艱難汝《かんなんなんじ》を玉にす、なんていうだろ？」

チップは顔をしかめ、オフィスのドアを開けた。彼の父親は革のラウンジチェアに坐り、窓の外を見ていた。歳《とし》は六十代後半、ずんぐりした体型の小柄な男だ。蛙《かえる》ほどにも危険には見えない。カジュアルな恰好をしていた。花柄のシャツの上にネイヴィブルーのゴルフセーターに赤とブルーの格子縞《こうしじま》のズボン。それに白い靴。彼のことを知らなければ、マイアミビーチでリクライニングチェアに坐り、日光浴をしている、どこにでもいる老人と変わらない。彼が年金を頼りに生活をしているわけではないことを示唆《しさ》するものはただひとつ、左手の小指にはめている大きなダイアの指輪だけだ。

私たちが部屋にはいっても立ち上がったりはしなかった。

「彼がマックス・クラインだよ、父さん」とチップが言った。

「お会いできて光栄だ、ミスター・クライン」とチップの親父さんは言った。どこまでも心のこもらない外交辞令だった。

「マックスとはロースクールで一緒だったんだよ。こいつは当時野球をやっててね」とチップは続けた。

「それはそれは」と親父さんは言った。指に絵の具をつけて描いた三歳児の絵を手渡されたような言い方だった。「それじゃちょっと席をはずしてくれるか、チップ。ミスター・クラインには私とふたりだけで話し合いたいことがあるようだから」

チップは何か侮辱されたときのように顔を赤らめた。今のような扱いを父親にされたことはこれまでに千回はあったのではないかと思われるが、それに慣れるということはないらしい。それでも、何年もまえに——父親に反抗することがまだ意味を持っていた頃に——異を唱えるかわりに、従うことに甘んじることにしたのだろう。そうした関係を今から変えるにはもう遅すぎた。ともあれ、チップの解決法は自分が父親とは異なるものすべてになることだった。勤勉で、誠実で、率直な人間に。ヴィクター・コンティニはそんな人間になった息子をある意味では誇りに思っていた。ただ、健全な市民になったからと言って、チップが父親から敬意を受けることもなかった。チップは自身の努力で自らの道を切り拓《ひら》いた。それでも、いまだにオールA評価をもらって学校から帰ってくる従順な少年と変わらなかった。父親と同等の存在として扱われることは今後もないのだろう。

「ぼくもいるよ、父さん」とチップは自らの権利を主張するように言った。形ばかり。

「マックスはぼくの古い友達だ。お互い隠しごとは何もない仲だ」

親父さんはやさしく、しかし、きっぱりと言った。「これはプライヴェートなことだ。だからおまえが残る必要はない。すぐにすむよ、チップ」

チップはやるせなさと妬《ねた》みが入り交じった眼で私を見た。が、結局、何も言わず部屋を出ていった。

彼がいなくなると、ヴィクター・コンティニは言った。「ブライアンはいいやつだが、世間知らずでもある。だから私のビジネスには関わらせたくない。私にはビジネスがあり、家族がいる。そのふたつが交わることはない。だからきみは私の家族の一員である息子に私との会合を手配させるべきじゃなかった。これはルールに反することだ、クライン。きみのような商売の人間は、そのあたりのことをもっとよくわかってなきゃいかん」

「だったら、コンティニ、あんたのルールブックを一冊私に送ってくれ」と私は言った。「あんたのゲームにはわかりにくいルールがやたらとあるみたいだから。たとえば、勝負が三対一になるとか。今日ここで私に会うことに同意しておきながら、それに合わせて私に採石場行きの片道切符を送りつけるとはね。下手をすれば、私は今日ここに来られなかった」

「よかろう、きみは要するにタフガイというわけだ」とコンティニはしゃがれ声で抑揚なく言った。「だが、顔色を見るかぎり、具合があまりよくないんじゃないのか、クライン？ 医者に診てもらったほうがいいんじゃないか？」

私はチップの机の奥の窓のところまで歩いて、窓敷居に腰かけた。コンティニと一メートルちょっと離れたところに。話すときには彼と面と向かい合いたかった。ブルドッグの彫像と対座しているような気がした。肝斑《かんぱん》の浮いた皮膚が両顎《りょうあご》から垂れていた。小さな黒い眼には光がなかった。どんな感情も表に出さない抜け目のなさがはっきりとうかがえる眼だった。その抜け目のなさはもう科学の領域にまで達していた。

「私の顔色が悪いと言うなら」と私は言った。「私の相手の顔色も見るといい。今もまだ石ころの山と一緒に馬鹿でかい穴の底にいるんじゃないかな」

「そう聞いた」と彼は言った。どこまでも落ち着き払っていた。話しながら今にも新聞を広げて読みだしてもおかしくないほど。「しかし、昨日は昨日だ。今日は今日だ。過去に興味はない」

「まあ、あんたのような過去を持つ人間が過去をそうそう振り返りたくなるとも思えないけれど、たまには例外を認めてくれ。五年まえに何があったのか知りたい。私がいちいち言うまでもないだろうが、過去は時々現在に追いついたりするものだ」

「人によってはそうかもしれんが、私にはそういうことは一切ない。それでも、五年まえのことを話したいというのなら、いいだろう。話してやろう。しかし、現在に関することとなると、話すことはあまりない。最近のゴルフのスコアとか、お気に入りのレストランの名前とかなら話せるが。その程度のことだ。二年まえに心臓の手術を受けてな。それ以降、仕事はあまりしていない。今の私は家庭人だよ。子供たちに孫たち、日曜にはピクニックをしたり、寝るときに孫に本を読んで聞かせてやったり、ボート遊びをしたり。だいたいのところそんなものだ」

「すばらしい。あんたの家庭で育たなかったことが悔やまれるよ、コンティニ。体験できなかったことを思うとつくづく」

「私はそれほど悪党でもないんだよ、クライン。誰にも愛されてる。それはこれまでみんなにあれこれ便宜を図ってきたからだ。私に便宜を図ってもらった連中は誰ひとり私の親切を忘れない」

「たとえばブルーノ・ピグナートとか。彼はその親切のために殺された」

コンティニはそこで初めて私と眼を合わせた。私のジョークが気に入らなかったようだった。私のあてこすりに気分を害したようだった。「私は今のきみのような物言いは好まない」と彼は相変わらず感情のこもらない声音で言った。「ブルーノ・ピグナートは私のまたいとこの息子で、生涯面倒をみてやった。あれこれ問題を抱えた実に不幸な男だった。誰が彼を殺したにしろ、そいつはとことん頭のいかれたやつだ。心の病んだ変質者だ」

「今のはつまりあんたがピグナートを死なせたわけじゃないと受け取っていいんだね？」

「もちろんだ。私があいつを殺させるわけがないだろうが。自分の息子同然に世話をしてきた男をどうして殺さなきゃならない？　誰が彼の治療費や薬代を払ってきたと思ってる？　誰が緑の芝生と可愛《かわい》い看護師のいる一流の私立病院に入院させていたと思う？　そういう金は馬鹿にならない。私はブルーノのことをずっと気にかけてきた。あいつを殺した変態が見つかったら、この手で殺したいほどだ」

「ということは、私が二日まえピグナートに会いにいったことを本人があんたに電話で伝えるなどということもなかった。そう言いたいんだろうか？」

「誰もそんなことは言っとらんよ。そんなことを言えば嘘《うそ》になる。それはきみにも私にもわかってることだ。なのにどうしてわざわざ嘘を言わなきゃならん？　ブルーノは電話してきて、きみと話したと言った。きみは相当あいつをうろたえさせたようだな、クライン。あいつの話を聞いてどういうことなのか理解するのに二十分かかったよ。あいつはそれほど動揺してた」

「彼とは五年まえのことについて話した」と私は言った。「つまりジョージ・チャップマンの事故について。あんたに訊きたいのもその件についてだ。ちゃんとした答が得られるようなら、今後あんたを煩《わずら》わせようとは思わない。だけど、答をはぐらかされるようなら、もっと本格的に調べようと思ってる。今後の展開次第ではあんたにとって面倒になるようなことにも出くわしたよ。その線をさらに追えば、あんたを長いことぶち込むこともできるかもしれない。私のような人間など屁《へ》でもないと思ってるかもしれないが、コンティニ、私にはふたつ長所がある。ひとつは執念深いことだ。それともうひとつは石頭だということだ」

コンティニはシャツのポケットから馬鹿でかい葉巻を取り出し、いっとき無言でその葉巻を見つめてから言った。「気に入らんな、クライン、きみのその態度はどうにも。必要もないのに強面《こわもて》ぶることはない。それにそもそもきみには自分が何をしゃべってるのかもわかってない。今のがきみのふたつの短所だ。だいたい昨日ちょっとした窮地から逃れたことで、きみは自信過剰になってるようだが、いいか、あれはきみのためを思って好意でしたことだ。それを忘れちゃいかん。私がひとことでも発したら、それだけできみの息の根は止まる。私のひとことにはそれだけの意味がある。なのにきみは無視した。これできみには貸しができた。私にはその貸しをいつでも好きなときに取り返すことができる」

「あんたは話をそらしてる、コンティニ。私はジョージ・チャップマンのことを訊いたんだ、あんたの私に対する人物評じゃなくて。でも、いいだろう、自分を変えたくなったら、あんたに頼むことにするよ。そのときには自己啓発講座の授業料免除のための推薦状も書いてくれ」

「ジョージ・チャップマンについては話せることはあまりないな」とコンティニは言った。「それにもう死んでしまった」

「実に鋭い指摘をする人なんだね、あんたは」

「よくそう言われる」

私は腰かけていた窓敷居から離れ、コンティニが坐っている椅子のまえを行ったり来たりした。コンティニはそんな私を漫然と眼で追った。視野にはいるたび、私がその都度別な通行人になったみたいに。とりあえず好奇の眼を向けるのに値する見知らぬ相手みたいに。

「何もかも知りたいんだよ、コンティニ。最初から。そもそもどうやってチャップマンと出会ったのかとか。彼とあんたはどんなビジネスをしてたのかとか。五年まえ、どうしてあんたは事故を仕組んだのかとか。今週初めにどうして彼に脅迫状を送ったのかとか。どうして人を使って、彼を彼自身のアパートメントで殺したのかとか。とにかく事実を教えてくれ。最初から最後まで。その途中の事実もすべて」

コンティニは右手を上げて言った。「落ち着け、カウボーイ。きみは先を急ぎすぎてる。最初、きみは五年まえのことについて話したいと言った。私はそれについては同意した。いいだろう、五年まえのことを話そうとな。ところが、私にひとことも話す機会を与えず、きみは先週のことを訊いてきた。最近のことについては忘れろと言ったのに。私はもうどんなことにも関わってない。わかるか？　最近はゴルフをしてるだけだ。それだけだ。少しでも自分のしていることがわかってるなら、自分がなんとも馬鹿げた質問をしてることがきみにもわかるはずだ。ビジネスが終われば、すべて終わる。それで手打ちだ。もちろん、チャップマンのことは知っていた。だけど、それがどうした？　私と彼はちょっとしたビジネスをしてたが、そのビジネスももう終わった。きれいさっぱり。あとは自分で考えてくれ。ここに長々と坐って、きみにわが人生の物語を話して聞かせるつもりはないから。そういうことに興味があるなら、図書館に行って、適当な本を見つけて読むことだ」

「そもそもチャップマンとはどうやって出会ったんだね？」

「チャップマンはビッグだった、だろ？　私もビッグだった、だろ？　そんなわれわれが出会うというのはそれは自然の摂理みたいなもんだ。ニューヨークのような市《まち》じゃそれはもう時間の問題だった」

「あんたのことばを疑うようなことを言って申しわけないが、チャップマンのような品格のある人間が、あんたみたいなごろつきと関わりを持つというのは、私にはすぐには理解しがたいんだがね」

コンティニは笑みを浮かべた。わたしに向けてというより自分に向けて。自分にしかわからないジョークをひそかに愉《たの》しむかのように。「品格について何を知ってる、三文探偵？　見てくれがよくて、洒落《しゃれ》た服を着ていて、〝やらねえ〟みたいなことばづかいをしなきゃ、それで品格があるということになるのか？　だったらチャップマンみたいなやつの表の皮をちょこっとこすりゃいい。あの男もみんなと変わらない。むしろ普通より劣るかもしれない。品格というのは私みたいに不細工な男が持ってるものだ。なぜなら、私たちは私たちのままだからだ。別の何者かであるかのようなふりなどしないからだ。だから私たちには個性が育つ。チャップマンみたいなやつには乞食《こじき》の屁ほどの値打ちもない」

「彼の何につけ込んだんだ、コンティニ？　どういうことで彼を脅してたんだ？　なんで彼を死なせたんだ？」

「脅し？　そんなことはしてないよ」とコンティニは私のことばを葉巻で振り払うようにして言った。「脅しなどしたこともない。いいか、私はビジネスマンだ。それ以上でもそれ以下でもない。他人のプライヴァシーになど興味はない。言ったとおり、私とチャップマンはビジネスをしていた。だけど、そのビジネスはもう畳んだんだ。われわれのビジネスはとっくに終わってるんだ」

「あんたはビジネスを清算した。なのに、チャップマンはそれが不服で、何かあんたを裏切るようなことをした。で、あんたは彼が事故を起こすように仕組んだ。誰もヴィクター・コンティニを裏切ったりしちゃいけない。取引きは取引きだ。なのに、取引きの取り決めにないことをしたら、誰でも火傷《やけど》することになる。そういうことだったのか？」

「なんとでも。なんでも知ってるんだろ？　だったら、なんでいちいち私に訊かなきゃならない？」

「チャップマンとどういうことをやっていたのか調べるのには、そんなに時間はかからないだろう。それがわかったら、私はすべてをオープンにする。あんたが法廷に立つ姿を見られる日が今から待ち遠しいよ」

コンティニは笑った。実際には鼻を鳴らした程度のものだったが、それでも彼のような人間にとっては普通の人間が笑い転げるのとほとんど変わらないことなのだろう。状況の皮肉につい自分が出てしまったのだろう。

「きみの計画の唯一《ゆいいつ》の難点は私が法廷に立つ日など決してやってこないということだ。きみは私の心臓のことを忘れてる。裁判所が任命した医者が私を法廷に立たせるわけがない。医者の仕事は人の健康を考えることだからな。私は過剰なストレスには耐えられない。五年まえのことなど好きなだけ調べればいい。しかし、そんなことをしてもなんにもならない。きみは私には指一本触れられない」

「それでも同じことだ、コンティニ」と私は言った。「私はあんたの正体を世間にさらせばいいだけのことだ。あらゆる新聞社に持っていけばそれでいい。その効果はあんたを法廷に引きずり出すのと変わらない」

「噂《うわさ》にゴシップに伝聞」とコンティニはさも関心がなさそうに言った。「そういうものはすべて経験してきた。気にもならない。毛ほどもな。これまで私について書かれたことをまとめて本にしたら、私という男は、なんと言ったかな、そう、あのニクソンという男よりひどい人間に見えるかもしれない。しかし、思いたいやつにはなんでも思わせておけばいいんだよ。自分自身という人間とどうやって生きていくか、それぐらいよくわかっている。そして、それこそなにより重要なことだ。孫が私のことをどう思うか、大切なのはそういうことだ」

「あんたはわれらが時代の偉大なるゴルファーじゃないかもしれないが」と私は言った。「偉大なる禅の導師ではあるんだね。それほどの英知を身につけるのに、一日どれぐらい瞑想《めいそう》してる?」

彼は私のことばを無視して、自分の話を続けた。「よかろう、こうしよう、クライン。結局のところ、われわれは互いに協力できるかもしれない。誰がブルーノを殺したのか、犯人を見つけてくれたら、すぐさま二千ドル払おう」

「で、犯人を見つけてくれた相手のもとに手下を送り込む?」

「どっちみち私のほうでも調べるつもりだが、そういうことはどうでもいい。ただ、きみとしてもボーナスがはいるのは悪いことじゃなかろうと思って言ったんだ。誰が見つけようと、肝心なのは見つけることだ」

「これはこれは。気前のいいオファーはありがたいけれど、縁起を担《かつ》いで家じゅうの鏡に覆《おお》いを掛けるような真似《まね》はしたくないんでね。ひげを剃《そ》るのに一枚は要るから」

「だったら好きにしろ。きみにそんなふうに言われても別に腹は立たんよ」

「わかった。腹は立たんか。何も感じないか」

コンティニは眼を閉じ、しばらく押し黙った。そのうち居眠りでも始めるのではないかと思った。

「話ができて愉しかったよ、クライン」と彼は眼を開け、ようやく言った。「しかし、もう遅い。それに薬を飲む時間だ。あれこれ薬を飲んでてね。全部飲むにはときには十分もかかる。それでも医者に言われたことは守ってる。食事にも気をつけ、こういう葉巻も今は吸ってない」そう言って、手にしている葉巻を掲げ、恨めしそうに眺めた。「一本二ドルするが、ただこうやって口にくわえてるだけだ。しかし、まあ、しかたがない。そうやって自分の健康に気をつけてるのは、あともう何年かは生きようと思ってるからだ。そんなふうに考えているのが今の私だと思ってくれていい」

私は、ラウンジチェアに坐って葉巻を見つめている彼を残して辞去した。彼の人生は今や、想像上のプールサイドで長々とのんびりと過ごすような日々になっているのだろう。もはや何物にも煩わされないような。私と話すこともしばらくは愉しかったのかもしれない。が、最後には味気ないものになった。そういう経験はこれまでに何度もしており、そういうことには今では寝ていても対処できるのだろう。私は彼が飲んでいる薬に効果のあることを念じてドアから出た。受付エリアに戻っても見るかぎり、チップはいなかった。わざわざ捜そうとは思わなかった。彼はもう二度と私とは口を利《き》きたくないと思っているのではないか。そんな気がした。

14

チャップマンのアパートメントハウスの玄関には昨日と同じドアマンが立っていた。ぶ厚いコートは防虫剤と一緒にしまい込んだようで、今日は夏用の薄手の制服を着ていた。それ以外、このまえと変わったところはなかった。細かいところまではわからないが。悲しげな笑みで私を迎えると言った。

「昨日は大変でしたね」

私はうなずいて言った。「誰かを訪ねてそうそう経験することじゃないよね」

「はい。おっしゃるとおりです。ここのようなアパートメントハウスではなおさら」

彼は暴力というのは下層階級だけがかかる疫病《えきびょう》のように思っている人々のひとりのようだった。

「ちょっと考えてたんだけど」と私は言った。「ミセス・チャップマンが外出したあと私が来るまでのあいだに、誰かがミスター・チャップマンを訪ねてきたなんてことはなかっただろうね？」

「そのことについては警察にもう話しました」と彼は私の顔の痣《あざ》を見ながら言った。が、そのことをわざわざ話題にしようとは思わなかったようだ。「どなたもいらっしゃいませんでした」

「この玄関以外にこの中にはいれる入口は？」

「裏に通用口がありますが、普段そこは施錠されています」

「一昨日《おととい》は？」

「朝のうちは開いてました。電力会社の作業員の出はいりがありましたので。作業員が数時間そこから出たりはいったりしていました」

「そのドアは誰が施錠するんだね？」

「管理人です」

「鍵《かぎ》を持ってるのはその管理人だけ？」

「いえ、ここにお住まいの方は全員持っておられます。荷物がかさばるときなど裏の業務用エレヴェーターを使うほうが便利ですので」

「ありがとう。役に立ったよ」

「このことは昨日警察に申し上げましたが」

「おたくのそのことばを疑うつもりはないよ。ただ、警察は言われたことをたまに忘れたりするからね」

彼はチャップマンのアパートメントに内線電話をかけた。私は中にはいり、エレヴェーターで十一階までのぼった。時刻は十二時を十五分過ぎたところだった。

ジュディ・チャップマンの年配版がドアを開けてくれた。歳は五十半ば、ジュディと同じ大きな茶色の眼、やはり娘と同じような引きしまったアスリートのような体型の女性だった。眼のまわりが腫《は》れぼったく、いささか濃く思われる化粧をしていた。昨日から泣きどおしなのだろう。フライパンから飛び出したものを見るような眼で私を見て言った。

「はい？」今朝電話越しに聞いたのと同じ声だった。

「マックス・クラインといいます。ドアマンから連絡があったと思いますけど」

「ええ、もちろん」不躾《ぶしつけ》な応対を恥じるには彼女はほかのことに気を取られすぎていた。「どうぞおはいりになって。どうぞ」

ジュディは居間の奥の丸テーブルについて坐《すわ》っていた。グレーの髪の男と若い男と一緒だった。おそらく弁護士のバーリソンとアソシエイトだろう。ジュディは白とブルーのチェックのシンプルなコットンのワンピースを着ていた。その装《よそお》いが彼女をやけに若く、女子大生のように見せていた。三十歳の未亡人というより。私は喪に服すときの定番として黒い服を漠然と想像していたのだが。しかし、彼女が置かれているのは普通の状況ではない。今、彼女は追いつめられ、必死で闘っているのだ。夫を亡《な》くしたショックが収まるまもなく、殺人容疑を自ら晴らさなければならなくなったのだ。真面目《まじめ》な女子大生のようなシンプルなワンピースは、容疑が誤っていることを証明するためのバッジのようなものなのかもしれない。あんな恰好をしている女性が殺人犯だなどとは誰も思わない。もしかして彼女は弁護士のためにその服を選んだのだろうか。それとも自信を取り戻すためのものなのか。意識的なものなのか無意識的なものなのか。どっちにしろ、別に重要なことでもなんでもないが、もちろん。

私に気づくと笑みを浮かべ、椅子《いす》から立ち上がった。私は丸テーブルのところまで行った。バーリソンもアソシエイトも立ち上がった。ジュディが私をふたりに紹介してくれ、私たちは握手を交わした。ふたりとも私のことはすでにジュディから聞いていたようで、初対面の人間というより仲間として受け入れてくれた。ふたりとも心の内でこんなことを言っているかのようだった、われわれは一緒だ、ともに仕事をしよう。私の同席をバーリソンが嫌がらなかったことに、私は勇気づけられた。これまでの経験からそれは弁護士には珍しいことだった。彼はこの手の案件に精通しているのだろう。だから、私のような人間が役に立つことがわかっているのにちがいない。見事に誂《あつら》えられ、けばけばしいところとひかえめなところが妙に入り交じった男で、見るからに高価そうながら、地味で落ち着いた感じのダークグレーのスーツを着て、いかにも世慣れた印象で、成功しないほうが不思議とでもいった雰囲気を醸《かも》していた。同時に、まるで見せびらかすかのように銀髪を長く伸ばしていた。それが彼をエキセントリックにも、あるいは非凡な人間のようにも見せていた。法廷では思いがけない行動に出て、いかにも人を驚かせそうな。慎重に計算されたイメージ。依頼人の神経をなだめるための計算され尽くした自信に満ちたイメージ。そんな気がして、私としては好きにもなれなければ、一緒にいて居心地よく思える相手でもなかった。とはいえ、私は彼に喧嘩《けんか》を売りにきたわけではない。彼は世間の耳目《じもく》を集めた裁判でこれまで何度も勝ってきた弁護士だ。そんな彼にしてみればパフォーマーとしての装いをまとうことは、むしろ当然のことだろう。こっちとしてはジュディを無罪放免にしてくれさえすればそれでいい。

「ミスター・バーリソン、マックスとちょっとふたりだけで話をさせてもらってもいいかしら？」とジュディが言った。「全員で話し合うまえに彼とふたりで話しておきたいことがあるのよ」

「どうぞお気がねなく」とバーリソンは言った。「私のほうもハーロウと話し合っておきたいことがあるんで。時間を気になさらずにどうぞ」

ジュディは居間を出ると、廊下を歩き、私を寝室まで連れていった。そして、静かにドアを閉めると、ひとこともなく私に近づき、私の体に腕をまわして言った。

「強く抱いて。怖くてならない。もう一秒も立っていられないほど」

私も彼女に腕をまわし、彼女が私に体重をあずけてくるのに任せた。しばらく私たちは無言でただ立っていた。私は私の胸に頭を押しつけている彼女の額と頬にキスをして言った、心配は要らないと。すぐにすべて解決すると。彼女は眼を閉じ、口を少し開け、キスしてほしいと言った。わたしを奪ってほしいと。私の体に溺《おぼ》れれば、この状況から現実味を消し去ることができるかのように。私は体を引いて言った。

「話し合わないと、ジュディ。今は時間がない」

「こんなこと、話し合いたくもない」と彼女はほとんど囁くように言った。「そもそもこんなこと、起こってほしくなかった」

「それでも起こってしまった。今はこのことに対処しなきゃならないときだ」

私は彼女をゆっくりとベッドのところまで連れていき、坐らせた。彼女は強く握った私の手を放そうとしなかった。自分は活力をすっかり失ってしまったものの、私はそんな彼女の電源で、つながっていればまだ動けるようになるとでも言わんばかりに。私の顔を見上げ、そこで初めて私の顔の状態に気づいたようだった。それが彼女を一気に現実に引き戻した。

「どうしたの！　何があったの？　あなたのその顔？」

「話せば長くなる」と私は言った。「チップ・コンティニの父親のことを訊《き》いたのは覚えてると思うけれど、彼の下で働いている何人かの外科医に出くわしちまってね」

「ということは、やっぱり彼はこの件に関わっているということ？」

「関わっていることはまちがいない。ただ、どの程度かまではわからない。五年まえのジョージの事故はまちがいなくコンティニによって仕組まれたものだった。そのことについては疑問の余地がない。だけど、脅迫状を送ってきたのも彼だとは思えない。昨日、ここで起きたことには関与はしていないと思う」

彼女はベッドサイドテーブルに手を伸ばし、煙草《たばこ》を取ると、震える手で火をつけ、深々と一服してから言った。「あなたはジョージの事故は事故じゃなかったって言ってるの？　ヴィクター・コンティニがジョージを殺そうとした。そう言ってるの？」

この五年間ずっと彼女は夫の自動車事故を気まぐれな神の御業《みわざ》と思ってきた。それが今、神ではなく一個人の仕業と知らされたわけだ。それは驚き以外の何物でもないだろう。いつ家を吹き飛ばしてもおかしくない欠陥暖房器具をずっと知らずに使ってきたようなものだ。あとから真実を知らされ、おののくというのはよくあることだが。

「きみの旦那《だんな》に関して新たにわかったことはほぼすべてが思いがけないことだった」と私は言った。「それに彼に恨みを抱いていたのはコンティニだけじゃなかった。私が話した相手できみの旦那のことをよく言った人はひとりもいなかった」

「彼はむずかしい人だって言ったでしょ？」と彼女は言い、そこで気づいたのか、一瞬戸惑ったような顔をした。「むずかしい人だ
ったって。そう、〝だった〟よ。まったく。ジョージは死んだのよね？　今もまだその事実に慣れない」そう言って彼女はドアのほうを見た。まるで今にも彼がはいってくるのを期待するかのように。

「警察にもバーリソンにももう何回も話したことはわかってる。でも、昨日の朝、何があったのか私にも話してほしい。きみがキッチンでジョージと朝食をとったことと、ジョージが毒薬を飲んだと思われるほぼ同時刻に、きみがここを出るのを目撃されていること、地方検事はこのふたつの事実をもとに立件しようとしている。私としても何があったのか正確に知っておきたい。そうでないと、大した役には立てなくなる」

彼女は灰皿で煙草を揉《も》み消すと、すぐにまた新しい一本に火をつけた。ある種の酒

飲みが酒を飲むように煙草を続けざまに吸っていた。自分が何をしているのかに気づくことなく。「単純明快なことよ」と彼女は言った。「だからわたしは単純明快にあの刑事、グライムズに話した。でも、彼はわたしの言うことを信じてくれなかった」彼女はそこで一息ついてから続けた。「ジョージと口論したのはほんとうよ。彼、わたしが電話であなたに話したことを聞いていたのよ。それで怒りまくった。おれの仕事に関わってくるなって。怒りに任せてこんなことまで言った。また同じことをやったらわたしを殺すって。そういう喧嘩ってわたしたちのあいだじゃ定番みたいなものだけど。いずれにしろ、彼も少しは落ち着くんじゃないかと思って、朝食をつくるって申し出た。それがよかったみたいで、彼は謝った。それでそのあとしばらくは喧嘩などしなかったみたいな時間が過ぎた。なのに、テーブルにつくなり、彼はまた蒸し返しはじめた。そのときにはもう頭がおかしくなっちゃったんじゃないかって思ったほどよ。わたしがあなたに色目をつかってるなんてことまで言うんだもの。わたしは薄汚いあばずれみたいなことをしてるって。それはもうひどいことを言われたわ、マックス。わたしとしても聞いていられなくなるほど。それで家を飛び出したのよ。それから数時間して帰ってきたら、警察がいて、ジョージはもう死んでいた」

「毒薬は？　グライムズはきみが買ったことを証明する確たる証拠があると言ってる

けど」

「それはほんとうのことだからよ。わたしが買ったのよ」そう言って、彼女は肩を怒らせてから落とした。苦々しげな笑みを浮かべて。「そこが面倒なところね。真実を話そうとすると、話しただけひどくなる」

「どうしてそんなものを買ったんだ？」

「ジョージに頼まれたのよ。夜中にキッチンにネズミが出るんで、対処したいって」

「実際そうだったのか？」

「どうかしら。それにジョージがそれを使ったのかどうかもわからない。ただ、これだけは確かね。ジョージはその毒薬をキッチンには置かなかった。だってわたしは一度も見てないんだから」

私はベッドから立ち上がると、部屋の中を歩きまわって、私の中で徐々に形を成しつつある今回の事件の様相とこの新たな情報を照らし合わせた。チャップマンが殺されたことについては、これまでとはまるで異なるアプローチをしなければならないことだけはわかった。ただ、アプローチの方法がわからなかった。彼女はそんな私を心配げな眼で追った。そして、最後に何かよくないことでもあるのかと訊いてきた。私はその質問に直接答えることを避けて、おもむろに言った。

「バーリソンにしてもむずかしい事件になりそうだ。あらゆる状況証拠がきみに不利に働いてる。警察はきみを犯人と見立て、そのことに満足しているようだから、このあとはもう大した捜査はしないだろう。この件はもう検事の手に渡ってる。これで真犯人はきっと大いに安堵《あんど》していることだろう。あとはただじっとしていて、きみに有罪判決がくだるのをただ待っていればいいんだから」

「わたしはバーリソンを信じてる。彼ならわたしの無罪をきっと証明してくれるわ」

「私は誰も信じない。こういう事件ではなおさら。すべては状況証拠にしろ、あまりにそろいすぎてる。それを陪審員がどう考えるかなど考えたくもない。きみの旦那は大衆に大いに人気のある人だった。そんな夫を持ちながら、きみはブライルズと浮気をしていた。その事実を知ったら、彼らはどう思うか。陪審員にとっては、それが殺人を証明するのに必要なお誂え向きの動機になる」

彼女はまた煙草に火をつけ、頭を垂れてベッドを見つめた。「どう考えてもよくないわね、それは」

「ああ、よくない。真犯人を見つけないかぎり」

彼女は顔を起こした。その眼にはかすかに希望の光が宿っていた。「わたしとビルとの関係は半年まえにはもう終わっていた。そのことはわたしに有利な事実ということにならない？」

「陪審員はその事実だけじゃなく、きみたちの関係はまえにも一度壊れており、そのあとまた修復したという事実も知ることになる。しかし、そんなことよりなにより裁判で意味を持つのは、きみが忠実で献身的な妻ではなかったということを陪審員が知ることだ」

「わたしがどれほどそういう妻になろうと努力していたかなんて、なんの意味もないのよね」と彼女は力なく言った。

「ブライルズのことをもっと話してくれないか？」と私は彼女を内にこもらせないようにしようと思って言った。

「どうして？」

「半年まえ、きみが別れ話を切り出したら彼はどんな反応をした？」

「すごく動揺していた。別れないでくれって泣きつかれた」

「彼は嫉妬《しっと》深いタイプ？」

「いいえ。そうは思わないわね。彼はとても知的な人よ。だから、自分の感情も抑えることができる人よ。あらゆることに関して相手の立場でものを見ることのできる人よ。だから優秀な社会学者になれたのよ。彼に欠点があるとすれば、むしろ攻撃性に欠けるところね。どんなことに対しても熱くなりすぎることのない人よ」

「きみのことをまだ愛してるんだろうか？」

「それはまちがいないわね」

「きみのほうは？　きみは彼のことを今はどう思ってるんだ？」

彼女は今や輝きをすっかり奪われてしまった大きな茶色の眼で私を見た。「すべて終わったのよ、マックス。彼のもとに戻るなんて考えられない。どんなことがあろうと」

私は居間に戻った。ジュディは母親がいるキッチンに行った。私はバーリソンとハーロウに、水曜日の朝にジョージ・チャップマンが私のオフィスに来て以降に起きたことをざっと話して、そのあとつけ加えた。私にとってはこれまで同様この件の調査を続けることがなにより重要だと。その過程でジュディの無実を証明できるものを見つけられたら、この件は裁判にもならないだろうと。その間、バーリソンたちは弁護士としてできる準備をすればいい。バーリソンは私が今言ったような証拠が見つかる可能性について訊いてきた。私はあまり期待はできないと正直に答えた。バーリソンとハーロウは自分たちも楽観的な予測は立てていないと言った。結局、互いに幸運を祈り合うしかないということになり、握手を交わし、連絡を取り合うことを確認し合った。

彼らが帰ったあと、私も辞去しようと玄関ホールに向かったところで呼び鈴が鳴った。私がドアを開けると、ブライルズが立っていた。私をしばらく見つめ、不快げな顔をして言った。

「ここで何をしてる？」

「今のことばはそっくりそのままおたくに返すよ」

「私はミセス・チャップマンに会いにきたんだ。彼女の親しい友人なんでね」

「今のはこのあいだ聞いたのとはちがうようだが。おたくは彼女のことなんかほとんど知らないと言った」

「妙な言い方をするんだな、クライン。自分とはなんの関係もないことにはよけいな口出しはしないことだ」

「それが関係あるんだよ。この件の調査をしてるんだから。このまえおたくがもうちょっと協力的だったら、もしかしたらチャップマンは今もまだ生きていたかもしれない」

「きみは自分が何を言ってるのかちゃんとわかってしゃべってるのか？」

「しかし、まあ」と私は続けた。「おたくとしてはチャップマンが死んだのは別にどうでもいいことなんだろうよ。亭主がいなくなれば、また戻ってきて、悲しみに暮れる未亡人とよりを戻せるかもしれないんだからな。もしかしたら今回はまえよりずっとうまくいくかもしれない」

一瞬、彼の顔が怒りに歪《ゆが》んだ。教授といえどもさすがに拳《こぶし》で応じてくるかもしれない。そう思った。が、彼は言った。「私は暴力的な人間じゃないんだよ、クライン。でも、今は自分を忘れそうになった。今のような下卑《げび》た物言いはやめてくれ。私にそんな台詞《せりふ》を吐く権利などきみにはない」

「私の下卑た台詞を利用して、これまでの羊みたいな自分を卒業したらどうだ、教授？」と私は挑発の手をゆるめず言った。「自分を抑え込むより発散させたほうがすっきりすると思うがね」

ブライルズの登場にどうして自分がこんなふうになったのか、彼への敵意のスウィッチがはいってしまったのか、自分でもわからなかった。これではジュディのことで、まるで彼に対してライヴァル意識を燃やしているみたいではないか。私は感情の動くまま、事件の調査に支障を来たしかねない真似をしている。どう考えても愚かなことだ。それはわかっていた。なのに自分を抑えられなかった。自分の心が妙な化学反応を起こしてしまい、彼にからまざるをえなくなっていた。

いずれにしろ、彼の〝沸点〟にはまだ余裕があるようだった。そこへジュディが現われた。

「ビル、あなた、ここで何をしてるの？」

「やあ、ジュディ」と彼は無理に笑みを浮かべて言った。「もちろんきみに会いにきたんだよ。なのにこのちんぴらに行く手を阻《はば》まれてしまったんだ」

「われわれはただ話し合ってただけだよ」と私は言った。「いったいどういうことが人に行動を起こさせる動機になるのかについて」

彼女は私とブライルズの声が含む怒りに気づいて戸惑い、そのあと彼女自身の怒りをことばに込めて言った。「あなたたちが何を話し合おうと、それはあなたたちの勝手だけれど、大の大人が子供みたいな振る舞いをするのは愚かなことよ。マックス、どうしてあなたはビルにそんな態度を取ってるの？　彼に何かされたわけでもないのに。怒鳴り合いを持ち込まなくても、トラブルはもうこの家では充分間に合ってるから」

「もう終わったよ」と私は言った。「今帰ろうとしていたところだ」

ドアから出ながら、私は振り返り、ジュディの顔を一瞥《いちべつ》した。彼女はブライルズを見ていた。憎しみと憐《あわ》れみの入り交じった表情を浮かべていた。その眼には初めて見る暗さがあった。むしろ人を怯《おび》えさせるような深さがあった。その日はそのあと彼女のその眼のイメージがずっと心から離れなかった。

15

　私は最初からやり直すことにした。それまでに得た情報もこの数日間のこともすべて忘れ、自分を再教育することにして、ゼロから始めた。改めて考え直すと、自分がずっと堂々めぐりをしていたことがわかった。ことの始まりは、チャップマンが死の脅迫状を持って私のところにやってきたことだ。そんな彼が何者かに殺され、私は彼に脅迫状を送りつけたのと彼を殺したのは同一人物にちがいないと思い込んだ。が、私にしてもそれはあまりに短絡的だった。今回の件に関与しているのはただひとりの人物とはかぎらない。脅迫状の送り主はなんらかの形でチャップマンが隠したがっていた秘密を知ったのだろうが、その秘密を知っている人間がほかにひとりもいないとはかぎらない。いや、むしろいる可能性のほうが高いのではないか。チャップマンは月曜に脅迫状を受け取った。そして、その三日後——彼にしても脅迫状がそれこそ死ぬほど心配になるにはまだ少し早い——毒を盛られて死んだ。脅迫者が行動を起こすにも早すぎる。これはつまり、チャップマンが死の脅迫《スクイズ》を受けるのと時期を同じくして、何か別のことが進行していたということだ。チャップマンについてこれまで知りえたことからも、そう考えたほうが辻褄《つじつま》が合う。彼はさまざまなことに関与していた。多くの人間を知っており、それにともなって多くの敵もつくっていた。その中のひとりが彼の死を望んだとしても不思議はない。

なにより知る必要があるのはチャップマンの秘密だ。ライトとコンティニのふたりにそれぞれ初めて会った時点では、私には自分が何を探ろうとしているのかもわかっていなかった。それがわかった今、ふたりにこのあともとぼけさせるつもりはないが、それでも周辺調査はやらねばならない。地図をもっと注意深く見れば、水曜日以降、ずっとたどっていたまわり道から抜け出す新たな道が見つかるかもしれない。これ以上無意味に土埃《つちぼこり》まみれになるのは愚の骨頂だ。

私は、煙草一箱、サンドウィッチ二個、ビールを何缶か入れた紙袋を持って二時半にオフィスに戻った。机について坐り、ランチを広げ、電話をかけまくった。

まず民主党幹部のエイブ・キャラハンにかけた。彼はチャップマンの死の知らせを受け、予定を早めてニューヨークに戻ってきていた。もしかしたら彼のほうも私と話をしたがるかもしれないと思ったのだが、彼の第一声は、きみのことはバンクス訴訟で覚えている、というものだった。誰もがそうらしい。この五年間私はどこにも存在していなかったかのごとく。ただ、この二日ばかり私はニュースになった。ワールド・トレード・センター・ビルのてっぺんまで歩いて登った男や、ブルックリン・ブリッジを逆立ちして渡った男みたいに。が、今日はもう早くもスモッグの中に埋もれていた。私の名前が〝あの人は今〟欄に登場するのはもはや時間の問題だろう。

キャラハンは私の名前を覚えていると言っただけで、そのことについてはどんな感想も洩《も》らさなかった。嬉《うれ》しいとも残念とも言わなかった。私もあえて訊かなかった。ただ、チャップマンの件を調査しているとだけ伝えた。

「チャップマンの件などもうないよ」と彼は言った。「それともきみは新聞を読まないのか？　昨日彼の妻が逮捕された。その逮捕については、警察はすばらしい仕事をしたとみんなが言っている。みんなとは私以外ということだが。つまるところ、われわれは久しく現われなかったとびきり見てくれのいい候補を失っただけじゃなく、とびきりすばらしい男をひとり亡くしたのだよ」

「私も新聞ぐらい読みますが、今言ったとおり、チャップマンの件を調査していることに変わりはありません」

「きみは何者なんだ？　なんの見込みもない活動の信奉者か何かなのか？」

「私は自分にレッテルを貼《は》ったりしません。ただ最後まで自分の仕事をするだけです。今のところ、その最後はまるで見えていないけれど。いずれにしろ、ちょっと教えてもらいたいことがあって電話したんです」

「なんだね？」

「プライヴェートな情報です。この数ヵ月のあいだにチャップマンの身辺調査はしてあったんでしょうか？　もしそうだとしたら、何か不審な点が見つかったというようなことはなかったんでしょうか？」

間《ま》ができた。そのあと彼は言った。「その手の情報が得られるなら右手を切り落としてもいいとたいていの新聞記者が思ってることだろう。そんな貴重な情報をどうしてきみに与えなきゃならない？　そもそも私には与える気などさらさらないのに」

「新聞記者は眼を惹《ひ》く見出し以外のことは何も考えていません。私はあなたから得た情報を誰かに教えたりしない。私はなんとしてもこの事件を解決したいと思ってるだけです。それに時間がないんです」

また間ができた。彼が心を決めかねている様子が手に取るようにわかった。私はもう一口ビールを飲んだ。「よかろう、クライン。きみに教えてどういう意味があるにしろ、こういうことだ。もちろんわれわれは彼の身辺調査をおこなったよ。それは言うまでもなく政治とはそういうものだからだ。五年か六年まえには考えられなかったことだが、近頃はどんな些細《ささい》なスキャンダルも大事になりかねない。だから政党としてはきわめて慎重にならざるをえない。そうなることが選挙民の不利益になる場合でも」

「前置きは無用です。私にもそれぐらいわかるから。事実だけ教えてくれればそれでいい」

「そう、事実としてはこういうことがわかった。ジョージはアメリカンズのオーナー、チャールズ・ライトとの契約において、下手をすると危うい立場に置かれかねない状況にいた」

「そのことは知っています。ほかには?」

「こういうこともわかった。選挙キャンペーン中に彼の結婚生活が破綻《はたん》する可能性も考えられなくはなかった」

「彼の結婚生活のことは今では誰もが知るところです。私が考えているのは、もっと必死になって守らなければならない秘密があったんじゃないかということです。たとえば犯罪となるようなこととか。彼の信用が失墜するような何かいかがわしいこととか」

「それはないな。今私が話したことだけでも選挙に深刻な影響を与えかねない。それでも、われわれはジョージならなんとか対処してくれるだろうと判断したわけだ。そのどちらかが問題になったとしてもね」

「調査は誰がやったんです？」

「〈ダンプラー・エイジェンシー〉の調査員だ。ウォレス・スマートという男だ。なかなかいい仕事をしてくれた。ひと月以上かけて」

「チャップマンが勝つことに疑いはなかったんでしょうか？」

「こう言えばいいだろうか。われわれの世論調査だと、相手が最も強力な共和党候補であってもジョージが勝つ可能性が六十三パーセントあった。これはもうほとんど驚異的な数字だよ。ジョージはどこまでも自然体の候補だった。政治家に必要なあらゆる素質と手段を持っていた。いつか大統領になっていても私は驚かなかっただろうね」

「なるほど」

「クソなるほどだ。悲劇だよ。悲劇そのものだ。クソろくでもないクソ野蛮なクソ悲劇だ」

〈ダンプラー・エイジェンシー〉に電話して、ウォレス・スマートと話がしたいと伝えた。が、それはできません、と言われた。ミスター・スマートは三週間まえに〈ダンプラー・エイジェンシー〉を辞めていた。今の連絡先は？　わかりません。探偵仕事からすっかり足を洗ったそうです。ちょっとした遺産を相続したのを機に廃業して、なんでもハワイに行ったそうです。彼の現住所がわかる親戚《しんせき》が市内にいるといったようなことはないだろうか？　どうでしょう、ミスター・スマートの奥さんとお子さんは十年か、それよりちょっとまえの交通事故で亡くなっていますから。親戚も市内にはいないと思います。

私はメモ用紙を引き出しから取り出して、ウォレス・スマートの名前をブロック体で大きく書いた。これでチャップマンの秘密を知っている人間がどうやら三人に増えた。スマートは遺産とやらが転がり込んで引退した。その事実はこんなふうにも考えられるからだ。言い値で誰かに情報を売ったのではないか、と。彼の言い値を出せる金持ちの誰かに。たとえばチャールズ・ライトとかに。ほかの線にすべて行きづまっても、いざとなればスマートを捜せばいい。元探偵で元ニューヨーカーで情報屋のミスター・ウォーリー・スマートを。スマートが今のところ最後の切り札だ。

二個目のサンドウィッチをたいらげると、そのあと五分ばかりサウスカロライナ州チャールストンの甘い南部訛《なま》りの交換手と遠慮の要らないやりとりをした。彼女は辛抱強くランディ・フィブズがオーナーのレストランの名前探しにつきあってくれた。おかげでそれが〈ダンディ・ランディーズ——フィブズのリブズ〉という名であることがわかった。電話帳をめくりながら、彼女はニューヨークの天気を訊いてきた。私を〝シュガー〟と呼んで。さらに、私の話し方はこれまでに聞いた中で一番甘くて、まるでテレビに出てくる俳優みたい、とも言った。声を聞くかぎり、彼女は実に可愛《かわい》く愛嬌《あいきょう》もあった。私としては電話を切るのが惜しくなったほどだ。実際には腰痛《ようつう》持ちの六十歳のお婆《ばあ》さんだったかもしれないが、そんなことは関係ない。

五年まえ、ランディ・フィブズは内野ならどこでもこなせるアメリカンズのヴェテラン選手だった。そして、どんな形にしろチャップマンと友人でいられた、チームで唯一の選手でもあった。たいていベンチを温めていたのだが、必要なときには数週間続けて二塁手として堅実なプレーをこなした。五年まえのワールド・シリーズでは最後の三試合に出場し、四本か五本ヒットを打ち、見事なフィールディングも披露して、それは彼のキャリアをあと一シーズン延ばすのに充分なプレーになった。才能というより努力で成功した部類で、私は彼が嚙《か》み煙草で頰をふくらませているところや、昔ながらのやる気充分といった体《てい》で自分のグラヴを叩《たた》くところや、首すじの血管がヘビみたいに浮き出るほど激しくアンパイアに向かって怒鳴るところを見るのが好きだった。そんなフィブズが不思議とチャップマンと仲がよかったのだ。が、これはたぶんアイヴィ・リーグ出のインテリで、殿堂入りが期待される逸材であるチャップマンのことをフィブズが意識しすぎない唯一の選手だったからではないだろうか。チャップマンのような出自があまり意味を持たない宇宙からやってきた男だったのだろう。昔ながらのお人好《ひとよ》しには、どういうわけかチャップマンが昔ながらのお人好しに見えたのだろう。

　フィブズが私の電話の用件を理解するにはいささか時間を要した。チャップマンが殺された事件はゆうべのテレビで知っていた。ジュディが逮捕されたことは今日のラジオで聞いていた。ジュディのことを可愛い女性の見本のような人と呼び、だからそんな彼女が今は亡きジョージにどうしてそんなことをしたのか、想像もつかないと言った。ジョージのことは今でも友達だと思っており、毎年クリスマス・カードのやりとりもしていたということだった。

「五年まえの最後のシーズンのことを思い出してほしいんだ、ランディ」

「ああ、わかってるよ、相棒」と彼は言った。「五年まえはジョージがホームランを量産した年だ」

「あんたは彼の親友だった。だから、ランディ、あんたなら私が知りたいことをほかの誰よりよく知ってるはずだ」

「おれは彼のただの親友じゃなかった」とフィブズはなんの気負いもなく、ただ事実を述べる口調で言った。「おれはチーム全体でただひとりのジョージの友達だった。彼はチームのほかの連中とはほとんど口を利かなかったんだから。まるでほかの連中と同じ場所にいること自体嫌がってるみたいだった。タフなやつで、自分についちゃどんなたわごとも許さなかった。ところが、おれとはなぜか馬が合ったんだ。あいつはおれの話し方が好きだったんじゃないかな」

「その最後の年、彼にどこか変わったところはなかったかな？　何か心に重荷を抱えてるみたいに見えたようなこととか」

「ジョージは常に心に重荷を抱えてるみたいなやつだったよ、相棒。ある意味、心が大きいんだよ。わかるかい、おれの言いたいこと？　なんでもかんでも心に取り込んじまって、それはそのままあいつの心の中にすんなり収まるんだよ。それも長いこと。ジョージはおれが会った中で誰よりよくものを考えるやつだった」

「それでも、最後の年には何か気づかなかったかな？　それまで以上に何かに気を取られていたとか、どこかせっぱつまったようなところがあったとか、そういうことはなかっただろうか？」

「あいつはそもそもクソ真面目なやつだった。野球のこともクソ真面目に考えてた。ゲームっていうよりむしろ仕事みたいに。だからゲームそのものは愉《たの》しんでなかったんじゃないかな。あまりにクソ真面目に考えてるもんだから。おれみたいな能天気は球場に足を踏み入れると、早くプレーがしたくて、わくわくうずうずしたもんだが」

「要するに最後の年も変わったところはなかったってことだね？」

「まあね。ただ、今ふと思い出したんだけど……あんたみたいな探偵が気にするようなことじゃないのはわかるけど、あの年、時々ちょっと妙な感じになることがあった。シーズンも半ばになってからだけど、試合のまえにおれのところにやってきて、こんなことを言うんだよ、〝ランディ、今日はおれは四打席三安打で行くからな〟なんてな。もし四打席二安打だったら自分が許せないみたいに。実際、こんなこともあった。九回に二塁打を打って二打点入れてチームがそれで勝ったのに、クラブハウスに戻ると、首を振り振りこんなことを言うのさ、あれはホームランじゃなきゃならなかったって」

「つまり、彼はチームの勝ち負けより自分の成績を気にしていた？」

「いやいや、そうじゃない。彼もほかのチームのみんなと同様、チームが勝つことをなにより望んでた。ただ、彼には彼の高い目標があったというか――わかるかい？チームを自分ひとりで背負わなきゃならないと思ってたみたいな。まあ、そういうことを言えば、実際そうだったわけだけど」

少し間《ま》を置いて、私は尋ねた。「レストランの商売はうまくいってるのかい？」

「ああ、すごくね。ニューヨークでプレーしてたときには地元の連中をよく興奮させてやったからな。そういうおれを、ランディ・フィブズをまだみんな覚えてくれてるんだよ」

「チャールストンに行ったら、必ず寄るよ」

「そうしてくれ」と彼は嬉しそうに言った。「でもって、あんたの脇腹《リブ》にくっつくようなリブを注文して、この地に足を踏み入れた一番幸せな北部人《ヤンキー》になってくれ」

チャールストンの次はサンディエゴにかけた。チャップマンの両親の家に。メキシコ人の家政婦が出た。昨日の朝から電話が鳴りっぱなしで、チャップマン夫妻はもう電話に出るのをやめてしまったのだった。なんとひどいことが起きたのかという家政婦の嘆きの長広舌《ちょうこうぜつ》の合間に訊き出せたのは、チャップマンの遺体はカリフォルニアに送る手配が整い、葬儀はサンディエゴでおこなわれるということだった。

次はミネソタにかけた。チャップマンには真の友がおらず、心を打ち明けられる相手がいなかったことから、もしかして兄には連絡を取っていたのではないかと思ったのだ。彼の兄のアランはブルーミングトンで医者をしていた。電話に出たアランの医院の看護師は、先生は昨夜サンディエゴに向かわれましたと言った。ご家族に不幸があって。そう、私もそう聞いている、と私は答えた。

私の電話応答サーヴィスには二件のメッセージが残されていた。一件は〈ニューヨーク・ポスト〉の記者アレックス・ヴォーゲルからで、もう一件はブライアン・コンティニからのもので、そっちは私がオフィスに戻る一分まえの受信になっていた。ヴォーゲルは警察を取材して私の名前を知り、私がチャップマンの死体を発見したときのことを聞きたがっているのだろう。〈ポスト〉は、血なまぐさい素材をスクープして第一面に載せるためなら、いたって生真面目に仕事に励む新聞社だ。だからどんな殺人も火事も強盗も黙示録の最初の閃光《せんこう》のように扱う。なので私は主義主張に基づき、放っておくことにした。話が聞きたければ、さらに努力することだ。

チップのオフィスに電話をすると、ミスター・コンティニはもう帰宅なさいましたと秘書に言われた。ミスター・コンティニから電話をもらったのだけれど、どういう用件だったのかわかるだろうか？　秘書の答は、例の退屈しきった〝わたしはただここで働いているだけなので〟と言わんばかりの声音の〝わかりません〟だった。家族で週末を過ごすのに早めに父親とウェストポートに向かったのだろう。私はそう見当をつけた。チップがジュディの弁護をバーリソンに丸投げしたことについては、私はいささかがっかりしていた。彼にとっての弁護士稼業《かぎょう》は今や、書類と契約と心のこもった握手で成り立つ安全地帯にあるのだろう。それ以外の場所に出て冒険をする勇気などとっくになくしてしまったのだろう。腹のあたりにまとわりついている柔らかな贅肉《ぜいにく》のように、心のまわりにも柔らかな脂肪がついて、それが彼を現実世界から切り離してくれているのだろう。ロースクールを出たときには、法律扶助協会に直行すると言っていたのだが。彼が動脈硬化を起こすまであとどれぐらいあるのか。私はふとそんなことを思った。

手をまだ受話器から離さないうちから電話が鳴った。手のひらに金属的な振動が伝わってきた。一時間半ほどずっとかけどおしだったので、私に電話をかけたがっている人がいるということ自体、ほとんど超常現象のように思えた。〈ポスト〉の記者でなければいいのだが、と思いながら出ると、その私の願いは叶《かな》えられた。ミスター・ヴォイスチェンジャーだった。

「おたくもあきらめの悪い人だね、ええ？」と私は言った。

「その台詞、そっくりそのまま返してやるよ、クライン。おまえは丸一日監視されてたんだよ。その監視報告を見るかぎり、こっちとしちゃおまえは言われたとおりにはしてないと結論づけざるをえない」

「オフィスに戻ってからずっと旅行案内のチラシを見てたんだけど、三食付きの旅行ができる最近の行き先の数といったらすごいね。言ってもきみはきっと信じないと思う。でも、喜んでくれ。決めたよ。休暇はアラスカのアンカレッジで過ごすことにする。ただ、問題はニューヨークからの直行便は不定期貨物船しかないことだ。それもパナマ運河を抜けて行くやつで、おまけに次の便が半年先と来た」

「だったら行き先を変えるんだな」

「そう、だから二番目の行き先も考えた。ニューヨークだ。訪ねるのにはいいところらしい。誰も住みたがりはしないそうだけど」

「ニューヨークにとどまることに決めたのなら、おまえはもうどこにも住めなくなるだろうよ」

「おたくって神経質なタイプなんだね。今言われたことは今朝も聞いたよ。同じことを繰り返していてもどこにも行けない」

「だったらこっちの言うことを聞くことだ」

「聞けない理由がふたつある。ひとつは、私にはここで続けなきゃならない仕事があるからだ。もうひとつはおたくのことなど怖くもなんともないからだ」

「強がりなんか言わなきゃよかったとあとで大いに悔やんでくれ。いいか、警告はしたからな」

「物忘れのひどい性質《たち》なんでね。糸を買って指に巻きつけておくよ。忘れても糸を見れば思い出すように」

「今からは通りを歩くことだけでも安全じゃないと思うんだな。次のどの一歩が最後の一歩になるかもしれないんだからな」

「そういうことを言えば、立ちんぼの売春婦もそうだよね。でも、それでなんとかやってるところを見ると、私も幸運に恵まれるかもしれない」

「それはないな、クライン。おまえの運はもう尽きたんだよ」

「忠告をありがとう。明日、馬券を買うことにするよ。ただ、今はそういうことはしていられない」

「これからはできないことだらけになるだろう、ミスター・クライン。おまえの将来は急にちぢまっちまったんだよ。小人の膝《ひざ》ほどの高さにもならないくらい」

「巧《うま》い喩《たと》えだね」と私は言った。「覚えておいていつか使わせてもらおう」

ミスター・ヴォイスチェンジャーの応《こた》えはなかった。電話はもう切れていた。

机の上からパンくずを払い落とし、サンドウィッチの包み紙とビールの空き缶をゴミ入れに捨てた。四時十五分。金庫を開け、ミスター・ヴォイスチェンジャーが外で私を待っている場合に備えて、三八口径を取り出そうとして思い出した。ゆうべ取り上げられ、採石場のどこかでなくしてしまったことを。今はどこにあるのか。そのことに今後悩まされたりすることもあるのだろうか。

通りで私を待ち伏せている者はいなかったが、どっちみちタクシーを拾った。用心に越したことはない。〈エイス・ストリート・ブックショップ〉まで二十分かかった。〈ゴッサム・ブック・マート〉やそのほかの市《まち》の数店の書店とともに、〈エイス・ストリート〉は、本というのは本独自の寿命を持っており、春の新刊リストが出るといきなり萎《しお》れたりするようなものではない、という信念を貫いている書店だ。ベヴァリーヒルズ在住の貴婦人を装《よそお》うコンピューターが書いた、九百ページにも及ぶ大河小説の最新刊を求めて店内に飛び込んできた客が、カウンターに札を放り出すような店ではない。この店には自分で本を選べる客が来る。詩集を棚に並べて、求める客がやってくるのを六年でも七年でも待っている店だ。良書はわれわれより長生きするという信念に基づいて。

よけいなものを立ち読みしている暇はないと自分に言い聞かせ、私は歴史書と科学書と哲学書が置かれている三階に直行した。十一冊あるブライルズの著作のうち六冊がペーパーバックで置いてあった。私はタイトルだけ見て三冊選んだ。『表と裏——プロの泥棒の生活』と『法の向こう側——犯罪的行動調査録』と『グレーのフランネル・スーツを着たギャング——ビジネスマンとしてのマフィアのボス』。

迷彩柄のシャツを着て、カウンターにいた若い男は警戒心を満面に浮かべていた。新人によく見られる表情だ。ただ、私の本の選択がわかると、嬉しそうな顔をした。こいつは勤勉なタイプではない。そう思ったのだろう。

「実のところ、犯罪に興味があってね」と私は言った。「で、実際に始めるまえに猛勉強しておこうと思って」

彼は喜んでつきあいましょうと言わんばかりに笑みを浮かべた。「最初の仕事は何を考えてるんです?」

「銀行強盗だ。どう思う?」

彼は首を振って言った。「危険すぎません? ぼくならもうちょっと上品なやつにしますけど。脅迫とか」

「それだとまず最初に標的を見つけなきゃならない。それだけでけっこう時間と労力がかかる」

彼は両手を大きく広げて、店内にいる客の全員を示して言った。「標的なんてここにいる人たちみんながそうじゃないですか？　誰でも大丈夫ですよ。隠しごとがない人なんて市《まち》じゅうにひとりもいませんから」

「ジミー・キャグニーのギャング映画から出てきたみたいなことを言うんだね」

「ええ」と彼はどこかしらばつが悪そうに言った。「映画はよく見ます」

代金は十五ドルを超えた。このうちいくらぐらいブライルズのポケットにはいるのだろうと思い、すぐにどうせこれは経費として請求できると自分を慰めた。

四十分後、ピザのテイクアウトと追加のビールと本で武装してオフィスに戻った。ソファに寝そべってくつろぎ、そのあとの数時間は読書に費やした。通りのざわめきが聞こえなくなり、夜が来たのがわかった。ウェスト・ブロードウェーは昼どきが活発な地域で、夕食の頃にはもう通りには暗さしか残らなくなる。市の存在が感じられなくなり、私は期末試験に向けて詰め込み勉強をする生徒さながら集中し、読む速度を上げて読んだ。

九時半にはもう今日のぶんは充分だと思うことにした。洗面台で顔を洗い、ジャケットにブラシをかけて埃を払い、出かける準備をした。まえもって知らせることなく、チャールズ・ライトを訪ねるにはきわめて適切な時間帯に思えた。

外はだいぶ涼しくなっていた。閑散とした通りにタクシーが現われてくれることを祈って、足早にアップタウンに向けて歩いた。一ブロック半ほど歩いたところで、最初の一発が音をたてて私の耳元をかすめ、左側の建物の壁にあたった。何も考えることなく反射的に歩道に伏した――弾丸《たま》が飛んできたあとでそうすれば弾丸がよけられるとでもいうかのように。ときにパニックは脳が命令を発するまえにまず体に行動させる。伏せたまま考えた――立ち上がってここから逃げなければ。そのとき二発目が飛んできた。それは舗道にあたり、コンクリートの粉が舞い上がり、顔にかかった。私は建物の陰に向けて地面を転がった。三発目が頭上の建物の窓に命中して音をたてた。割れたガラス片が私の上に降り注ぎ、ただちに建物の中から防犯ベルが鳴りだした。その警報音に救われたのだろう、たぶん。隠れる場所はなかった。だからガンマンが近づいてきたら、それですべて終わっていただろう。ガンマンは音に驚いたのにちがいない。通りを走る足音が聞こえた。すぐには相手が逃げたことが信じられなかった。が、ガンマンはいなくなった。この三十秒のあいだに私は生から死へ向かい、死から生にまた舞い戻ってきた。私は窓を割られた電子部品専門店の店主に感謝の祈りを捧《ささ》げた。ミスター・ヴォイスチェンジャーはまちがっていた。私の運はまだ尽きていなかった。その証拠に心臓がまだ早鐘を打っていた。

16

ヘンリー・ジェームズの小説に出てきてもおかしくないようなニューヨークの豪邸だった。パーク・アヴェニューから少しはずれたその脇道《わきみち》に——投光照明が厳かに照らす中に——立っていると、白いドレスの女性や、音楽の夕べや、テディ・ローズヴェルトの外交政策はアメリカ経済に利するや否《いな》や喧々諤々《けんけんがくがく》とやっている、黒いスーツの厳《いか》めしい男たちがどうしても思い起こされた。ライト家は文字どおり〝ライトハウス（灯台）〟と呼ばれるその屋敷に何世代も住んでいる。帝国主義、兌換《だかん》紙幣、安価な労働力といった時代——すでに過ぎ去り、もはや還《かえ》らない時代——の記念碑のような建物だ。ここには観光バスが必ず停まる。カンザス州の田舎からやってきた人たちがニューヨークの富とはどういう見てくれをしているのか、深く記憶にとどめられるように。この建物が象徴するのは、戦後ヒューストンからロスアンジェルスまで席《せっ》巻《けん》した白いキャディラックのような成り金マネーではない。ライトの金は、車椅子《くるまいす》に乗せて押さなければならないほど古いマネーだ。その車椅子はタイタニック号より少し大きいが、そんなことはなんの支障にもならない。それを押すやつなどいつでも雇えるのだから。

さすがにこの時間、ドアを開けてくれる召使いはいなかった。私は巨大な格子《こうし》の門のまえに立ってベルを鳴らした。ベルは管制塔にあるようなインターコム・システムで中につながっているのにちがいない。私は待った。腕時計を見て、一分経《た》ったのを確かめてもう一度鳴らした。さらに同じことをもう一度繰り返し、四回目を鳴らそうかどうか考えていると、ライトの声がスピーカーから聞こえてきた。空電による雑音もなく、ひび割れもないきれいな音だった。まるでライトがすぐまえに立っているかのように聞こえた。

「失《う》せろ。警察を呼ぶぞ」と彼は言った。

「クラインです、ミスター・ライト。あなたと話したいことがあるんです」

「話なら昨日した。もう話すことは何もない」

「十分でけっこうです。それだけで。あなたには得も損もないことだけれど。そう、チャップマンとのゲームはもう終わったんだから。あなたが勝ったんだから」

答えるかわりにライトはブザーを押した。門の鍵《かぎ》が開いた。私は中にはいって玄関階段をあがった。そこでまたブザーが鳴り、屋敷のドアが開いた。私は中にはいった。玄関ホールだけで普通の家の一階分ほどの広さがあった。床には黒と白の四角いタイルが張られ、頭上六メートルほどのところに巨大なカットグラスのシャンデリアが吊《つ》るされていた。はいってきた者を感動させるという唯一《ゆいいつ》の目的を叶えるためにだけつくられた玄関ホールだった。私も素直に感動した。

ライトはカーキパンツにスリッパ、グリーンのセーターという恰好《かっこう》で現われた。まるで今日一日ヨット遊びをしていたかのような恰好で。私を見ると、むしろ嬉しそうな顔をして言った。「昨日会ってからきみはずいぶんと忙しくしていたんだね」

私は自分のジャケットを見た。肘《ひじ》のあたりが破れていた。「ええ」と答えて続けた。「昨日はたまたまセントラルパーク動物園のライオンの餌《えさ》と一緒にされちゃいましてね。今夜は今夜でタクシーを拾うかわりにここまで這《は》ってくることにしたんです。面白かったけれど、服にはちょっと酷な思いをさせてしまいました」

ライトはあいまいな笑みを浮かべると、私に背を向け、居間を抜け、もう一部屋抜け、廊下を歩いて裏の階段の下にある小さな部屋まで私を導いた。ひとつの壁一面がガラス戸棚になっており、その中には黒い切手収集帳がアルファベット順に並べられていた。ところどころ隙間《すきま》があって、そこには切手と初日カヴァー（発行当日の消印の押された封筒類）が額に入れて飾ってあった。内側から明かりがつく、長さ三メートルほどのテーブルがガラス戸棚と向き合う壁のほぼ端から端まで占める恰好で壁ぎわに置かれ、部屋の真ん中には丸いオークのテーブルが据えられ、その上には開いたままの切手帳、ばらばらの切手、ピンセット、グラシン紙の封筒、拡大鏡などが散らかっていた。家の中にこんな部屋があるのを見るのは初めてだった。なんだか霊廟《れいびょう》にでも足を踏み入れた気分だった。

「いちいち説明するまでもないだろうが」と彼は言った。明らかに得意げに。「切手室だ。湿気によるダメージを防ぐために温度も湿度も管理されている。見るといい。この国でおそらく最も価値あるコレクションだろう」

「すばらしい」と私は額に入れられ、そのまえに拡大鏡が据えられているものを見て言った。「こうした刺激的な趣味に没頭できるとは実にすばらしい」彼は私のそのことばに皮肉の響きは聞き取らなかったようだった。

「ああ。一週間に少なくとも何時間かは割《さ》くことにしている。これは自分を相手にした対話にもなる。過去を忘れずにいるのにも役立つ。切手には現代史のすべてが刻まれているからだ。時代を画す重大な出来事を日常的に記録したものとも言える」彼はそこでわれに返ったようにいきなりことばを切った。「きみにはあまり興味はないだろうが、もちろん」

「いや、その反対です。あなたが興味を持っていることには、どんなことにも興味があります。このところはあなたを理解するのに何時間も費やしていたくらいなんです、ミスター・ライト。あなたが心配していることはすべて私の関心事です」

「きみにはどうも過剰なところがある。ちがうか?」と彼は尊大に言った。「夜中の十時に私の家のベルを鳴らしただけでも私にはきみを警察に逮捕させることができる。私がそういう気持ちになりさえすれば。ただ、今夜はきみにつきがあった。今夜はどうもそういう気分になれなかったんだよ。とんでもなくいい気分でいるときに、そのいい気分を自分からわざわざ壊すことはない。私はチャップマンの死を祝ってたのさ。これほど嬉しいこともない」

「相手が私だからと言って何も演じることはありませんよ、ミスター・ライト。祝うなどあなたが今夜はなによりしたくないことだ。チャップマンが死んだことにあなたは動揺している。そう、彼とのゲームには確かに勝ったかもしれない。しかし、同時に彼の死はあなたの愉しみも奪ってしまった。結局のところ、彼とのゲームはいわばルール違反でけりがついてしまった。あなたの一番の望みはジョージ・チャップマンを公《おおやけ》に叩《たた》きつぶすことだったんだから。それはあなたにとってこの上なく重要なことだった。その邪魔をするやつはそれが誰であれ、あなたは躊躇《ちゅうちょ》なく抹殺したでしょう。なのに、こんな結果になってあなたはとことん戸惑っている。それこそあなたが私を今夜屋敷に入れた理由です。何か私から情報が得られるかもしれない。あなたはそう思った」

ライトは丸テーブルの脇に置かれた肘掛け椅子に坐《すわ》り、私をとくと見て、低い声で言った。「きみは賢いんだな、ミスター・クライン。どうやら私はきみを過小評価していたようだ」

「いや、誉《ほ》めていただけるほど賢くはありません。私がそれほど賢かったら、今回の件を理解するのに二日もかからなかったでしょう。もしかしたらチャップマンもまだ生きていたかもしれない」

「ばかばかしい、チャップマンは女房に殺されたんじゃないのか？　彼の死は女房以外のこととはなんの関係もないよ」そう言って、彼はテーブルの上の拡大鏡を取り上げると、いかにも神経質そうに弄《もてあそ》びはじめた。「あくまで夫婦間の問題だ」

「それが公式見解というやつで、よくできた話ではあるけれど、その話には真実はかけらもない。ジュディ・チャップマンはマハトマ・ガンディーと同じくらい罪のない人だ」

ライトは私のそのことばを暗に彼を非難するものと取ったようだった。「何が言いたいんだ、クライン？　容疑者を探してこそこそ嗅《か》ぎまわっていれば、私も事件に巻き込めるとでも思ったのか？」彼はさも不快げに拡大鏡を私に突きつけて言った。「私にはなんの関係もないことだ。私の手は少しも汚れとらんよ」

「あなたが誰かにチャップマンを殺させたなんて誰も言ってませんよ。どうしてあなたが私を屋敷に入れたのか、説明しただけです。ただ、ミスター・ライト、あなたの手は少しも汚れてないわけじゃない。実際のところ、あなたの心と同じほどには汚れている」私はテーブルのまわりをゆっくりとまわり、ガラス戸棚のまえで立ち止まった。少しでも彼をじらしてやりたかった。煙草《たばこ》に火をつけ、マッチの燃え殻を床に放った。私が煙草を吸おうとしているのに気づくと、ライトがぎょっとしたような顔をした。この切手室で煙草を吸ったやつなどこれまでにひとりもいないのだろう。私は彼が抗議の声をあげるのを待った。彼は何も言わなかった。私は煙草を吸った。私がこれから何を言いだすのかわからず、それが怖くて自分から口を開く気にはなれないのだ。「殺さねばならないとなったら、あなたは迷うことなくチャップマンを殺していたでしょう、もちろん。しかし、どのみちそれはもっとずっとあとのことになっていたでしょう。目下のところ、あなたは公に彼を辱《はずかし》めて破滅させることにしか関心がなかった。あなたは金を必要とはしていない。それは明らかだ。しかし、あなたはほかのあらゆる点では実に浅ましい脅迫者だ。いずれにしろ、すべてがあなたの思惑どおりに進んでいた。私が登場するまでは。チャップマンは上院議員候補に名乗りをあげ、民主党の推薦をまずまちがいなく得られる勢いだった。あなたにとってはそれは絶好の機会だった。彼がどこまでも傷つきやすくなるときを狙《ねら》って、彼をとことん痛めつける。それがあなたの計画だった。ところが、チャップマンは私を雇った。それであなたは自分の計画をチャップマンに悟られたのだと思った。さらに、あなたが天下にさらそうとしている彼の秘密は私も知るところとなったと思った。チャップマンがあなたの計画を知っても、それはあなたの計画の支障にはならない。なぜなら、脅迫の標的になる者は誰しもジレンマを抱えているものだから。脅迫者から身を守る方法はただひとつ。秘密を明かしてしまうことだ。なんとしても隠しておきたい秘密を。しかし、それでは身を守ったことにはならない。一方、私もあなたの計画を知ったとなると、これはいささか問題になる。で、あなたはすぐさま私にプレッシャーをかけた。ごろつきをふたりばかり送り込んできて、金で私を買収しようとした。が、それはうまくいかなかった。次の手は脅しだった。それもうまくいかなかった。実のところ、チャップマンがすぐに死んだのは、ある意味で私にとってはきわめて幸運なことだったのかもしれない。脅しが効かないと見たあなたはまずまちがいなく早晩エンジエルとテディを私のところに寄こしただろうから。そのときは私を殺しに。あなたは私がチャップマンの意に逆らってでも秘密を公にすることを恐れた。それを阻止するためならなんのためらいもなく私を殺そうとするほど」

ライトは身じろぎひとつすることなく坐っていた。私に事実をほぼ言いあてられ、すぐには返答できなくなっているのだろう。私は煙草の火をガラス戸棚に押しつけて消した。それでも彼はなんの反応も示さなかった。ややあって声を発した。柔らかくて遠い声だった。彼自身の遠い隅から聞こえてくるような。ほとんど無意識に話しているようだった。

「何が望みだ？」

「あなたと取引きがしたい」と私は言った。

「金か？　きみは金には興味がないんだと思っていたが」そう言って、彼は失望と疲労の入り交じったようなため息をついた。

「私は取引きと言ったんだ。金とは言ってない。私の知りたいことを教えてほしい。教えてくれても他言はしない。それは約束する」

「まるで話が見えなくなった」

「あなたは大きな力を持っている人だ、ミスター・ライト。私がどんなことをしようと、私のような人間にはあなたに致命的なダメージを与えることはできない。それでも、あなたにとってきわめて不愉快な状況ぐらいはつくれる。あなたの名声にいささか傷をつけるぐらいはできる。あなたは今では政治にも関わっている。そういう世界では些細なスキャンダルが大怪我《おおけが》になることもないではない。私としては知り合いの〈ニューヨーク・タイムズ〉の記者にただ話せばいい。あなたがどれほど汚い真似《まね》をしようと企《たく》んでいたのか。そういうことになれば、切手を相手に何時間も過ごすのが愉しみだったのに、もう切手を見るのも嫌になるだろう」

「きみのように組織に属さない人間はみな同じことを言う」と彼は声に怒気《どき》を込めて言った。横柄《おうへい》なところがまた戻っていた。「政治とは力だ。そして、力とは汚いビジネスだ。進歩派が何かやろうとすると、必ずそれはプラグマティックなものになる。保守派が何かやろうとすると、それは必ずひどい犯罪になる。そういうことをしているうちに、この国はいずれアカどもの手に落ちる」

「これはそもそも政治的なことでもなんでもなかった」と私は言った。「どこまでも個人的な恨みに端を発したものだった。あなたが政治活動に関与しているのは私も知っている。あなたの眼には、今の政府がクレムリンからの許可なしには朝起きることもできない、共産党員の会員証を持つ連中に操られているように映っていることも。だけど、あなたがチャップマンに狙いを定めたときには、そんな理念などこれっぽっちもなかった。あなたは選挙で彼を落選させたかったわけじゃない。彼を血祭りにあげたかったんだよ」

「同時に私の考えの正しさも立証できていただろう。きみたちのような社会主義者はほんとうはどんな輩《やから》なのか、白日のもとにさらせていただろう」

「おかしいのは、何もしなくても、あなたは今みたいなドツボにはまっていたということだ。いずれにしろ、あなたはやりすぎた。政治の世界でやりすぎているように、この件でもやりすぎた。私としてもそうそう簡単に忘れるわけにはいかない。あなたはふたりの阿呆《あほう》を私のアパートメントに来させて、私の居間を滅茶滅茶《めちゃめちゃ》にさせ、私を痛めつけさせた。彼らにしてみればそういうことはディズニーランドに行くのと同じなんだろう。いつかあなたも彼らを使って自分にもそういうことをしてみるといい。それがどれほど愉しい体験かわかるだろう」

ガラス戸棚を開けて、私は切手帳をひとつ取り出した。それだけでライトはパニックになった。「何をしてる！」と叫んだ。

私は切手帳を床に放って言った。「今のは実際に起きたことのスローモーション再生映像だ。これで自分自身の眼でさらによく見えるようになったんじゃないか？　ラジオでニュースを読み上げられるよりずっとよくわかったんじゃないか？」

私はもう一冊床に放った。実のところ、そっと放った。無造作を装って。彼のコレクションにダメージを与えることに関心はなかった。それでも彼を動揺させたかった。もはやこの場を支配しているのは彼ではないことをわからせたかった。

彼は弾《はじ》かれたように椅子から立ち上がると、ヒステリックな怒りに駆られて私に突進してきた。老人ながら、彼は体を鍛えており、まだまだ腕力があった。彼に怪我をさせたくはなかったが、彼のラッキーパンチを食らいたいとも思わなかったので、彼の胸のあたりを思いきり突いた。彼はうしろのテーブルまで吹き飛び、床に倒れた。それだけで同じことを試そうという気持ちがなくなったようだった。ただゆっくりと立ち上がった。

「もういいだろう」と私は言った。「話し合いたい。正直に話してくれたらすぐ退散するよ。だけど、まだたわごとを繰り返すなら、この部屋の切手を全部破ってやる」

ライトはまた肘掛け椅子に腰をおろした。彼にとっては大変な屈辱だっただろう。それでも彼には何も為《な》す術《すべ》がないわけで、そういう状況は彼のような人間には途方もない屈辱なのだろうが、そんな彼を見てもどんな感慨も覚えなかった。

「なんでも訊《き》くといい」と彼は言った。「話すよ。何も隠すことなく」

「いったいあんたはチャップマンのどんな秘密を握ってたんだ？　何が彼を破滅させるとあんたは思ってたんだ？」

彼はとことんびっくりしたような顔をした。そう、私が彼の秘密を知らなかったとは、夢にも思っていなかったのだ。彼の戦略はすべて、私もまたチャップマンの秘密を知ってしまったという前提に立っていた。それが今、まったくの誤りだったことに気づかされたのだ。ひとり相撲を取っていたことに。私にしてみればまさに至福のひとときだった。私はそのひとときを目一杯享受《きょうじゅ》した。一分以上が過ぎて、ようやく彼は口を開いた。

「チャップマンはマフィアと関わりがあった」と彼は私の眼をまっすぐに見すえて言った。その事実を明かしても自分にはどんな不利益も生じないと言わんばかりに。

「そのマフィアとはヴィクター・コンティニのことか？」

「そうだ。コンティニだ」

「どんなふうに関わってたんだ？」

「チャップマンはコンティニに多額の借金をしていた。賭《か》けで負けた金だ。彼はそれを返さなかった」

「貸した金が返ってこないことがわかって、コンティニはあの事故を仕組んだ?」

「私が知っていることはきみもだいたい知っているようだな」

「いや、そうでもない。わからないことがまだいくつかある。たとえば賭けだ。チャップマンがギャンブルにのめり込む男だったとは私にはとても思えない」

「彼のギャンブルは普通のギャンブルとはちがっていた。チャップマンは何かでコンティニと知り合った。たぶんコンティニの息子を通じてだろう。その後、深くつきあうようになった」

「あんたはどうやってそのことを知った?　今のは誰もが知ってるようなことじゃない」

「私は私のチームの選手には常に眼を光らせてる。彼らが世間体の悪い状況に陥ったりしないように。彼らの手に負えない事態になるまえに対処できるように。ロードに出ると、選手はたいてい退屈する。で、トラブルを起こしがちになる。たいていが女がらみのトラブルだ」

「つまり、あんたはあんたのために働くスパイを選手たちの中に送り込んでいたというわけか」

「私はスパイをしていたとは思わない。これは自己防衛策だ。チームのイメージというのはとても大切なものだ。私にはそれを維持する責任がある。野球選手というのはブン屋の恰好の餌食になる。そういう若者を大勢抱えている身として、スキャンダルを避けるのは当然のことだ。フィールド内外での彼らの一挙手一投足が半年以上、新聞記事のネタになるんだから。彼らはみな普通の若者なのに、大統領並みに世間から監視される。偉大な俳優にしろオペラ歌手にしろ、彼らが批評されるのは公演初日の夜だけだ。一方、野球のチームは一シーズンについて百六十二回批評される。それもひとつの都市のことじゃない。全国でだ。それに新聞だけじゃない。テレビでもラジオでも雑誌でも。ひとりの選手が不適切な行動をしたら、それがどんなに些細《ささい》なことでも、あっというまに全国的なスキャンダルになりかねない。なぜなら野球はアメリカの偉大なスポーツだからだ。この国の象徴のようなものだからだ。そんなものを破壊するやつが現われたら、私はそれがどんなやつでも容赦はしない」

自分がどれほど選手を——その生活まで——管理しているか口にしたことで、少し落ち着いたようだった。また、自分が重要人物であることを改めて思い出しもしたのだろう。私とのやりとりにおけるパワーバランスをまた取り戻したような顔になっていた。私としては話をそらさせたくなかった。彼がさらに何か言うまえに機先を制して言った。

「チャップマンのことだが、どんなギャンブルだったんだ？」

「チャップマンは悪魔との契約にサインしてしまったのさ」

「今のは彼がしたことに対するあんたの意見だ。それよりもっと正確に言ってくれ」

「だから言ってるだろうが。チャップマンは悪魔との契約にサインしてしまったのさ。彼は自分に賭けてたんだ。ゲームのまえに自分の成績を予告するんだ。ヒットの本数とか、打点の数とか、ソロホームランとか、ツーランホームランとか。賭け金はその都度コンティニと決めていた。かなりの額になる賭けだ。まずまちがいないところとして、シーズンが終わったときにはチャップマンはコンティニに五十万の借りができていたみたいだ」

私はもっと軽く考えていた――不作為のミスとかちょっとしたエラーとかボーンヘッドとか――こんなこととは思いもよらなかった。これはもう狂気の沙汰《さた》としか言いようがない。自分から破滅を求めていたとしか。チャップマンは自らの才能を試すことで、自らの才能を支配しようとしたのだ。そんなことをしていれば、いつかは必ず負ける。それがわかりながらやっていたのだ。どんな選手にとっても信じられないようなすばらしいシーズンを過ごしながら、彼自身は何も成し遂げられない気分でいた。

それでも、そういうギャンブルをしていれば、才能という怪物を相手に有利な立場に立てる。その過程で自己破壊することになっても、彼にはどうでもよかったのだ。自分が自分の主人公になること以外、彼にはどうでもよかった。たとえそれが一時のことであれ。喩《たと》えて言えば、火の中を歩むようなものだった。彼にとっては苦痛こそが自らをリアルな存在に感じさせてくれるものだったのだ。

ライトは私ににやけた笑みを向けていた。私の困惑を目《ま》のあたりにできたことが嬉《うれ》しいのだ。結局のところ、切り札を握っていたのは自分だとわかったことが。確かにそれは小さな勝利かもしれない。そのおかげで、すでに戦争に負けていることをいっとき忘れられたのだろう。

「驚いたかね、ミスター・クライン」と彼はさも嬉しそうに言った。「どうしてあの男がそんなことをしたのか、いささか不思議に思えなくもない。が、いずれにしろ、これは大いにまずいよ。上院の議席をめざす者にとってこれがどれほど痛手となるか、言うまでもない。これが明るみに出たら、彼はまちがいなく終わっていた」

「チャップマンはどうしてコンティニに借りを返さなかったんだ？　そもそも狂気の沙汰だ。それでも、まずは借りを返そうとするのが普通なんじゃないか？」

「そこのところは私としてもなんとも言えない」と彼はその問題にはさして興味がな

さそうに言った。「もしかしたら返したくても金がなくて返せなかったのかもしれない。あるいは、ただそういうことをするのが面白かっただけで、そもそも負けた金を払うつもりなどなかったのかもしれない。実際のところ、あの男は自惚《うぬぼ》れの塊だった。あの男ほど自惚れの強い人間を私は見たことがない。だから自分は不死身だとでも思っていたのかもしれない」

「自惚れは確かに強かった。だけど、あんたほどじゃない」

「かもしれん」とライトは私を見てまたにやりとした。今やこのときを愉しんでいた。私との会話をむしろ長引かせたがっているようにさえ見えた。私としては彼にそんな余裕を与えるつもりはさらさらなかった。だしぬけに尋ねた。

「ブルーノ・ピグナートのことはどれだけ知ってる？」

笑みが消えた。私を見て、眉《まゆ》をひそめた。「聞いたことのない名だが」

「あんたは選挙戦が始まるまではチャップマンの事故の真相を伏せておきたかった。ピグナートはコンティニの手下で、チャップマンの車が突っ込んだトラックの運転手だ。この水曜、私は彼に会いにいった。言わなくてもあんたにはわかってると思うが。すると、木曜、彼の死体が見つかった。自分の家で殺されていた。そのことについて話してくれ」

「そう言われても私にはなんのことかまるでわからない。知りもしない相手をいったいどうして殺さなきゃならない？」

「ピグナートはまるであてにはできない男だったからだ。チャップマンのキャリアを終わらせてしまったということで、罪悪感に取り憑《つ》かれていたんだろう。だからそのことについては相手が誰であれ、自分から話したかもしれない。つまり、あんたが公にするまえにピグナートが公にしていたかもしれないということだ」

「きみは誤解してるよ、クライン。今きみが言ったことについて私はまったく何も知らない」

私はこの線でそれ以上追及するのはやめた。ライトにとってはチャップマンが唯一関心の対象だった。もうひとりの事故の当事者についてはこれまでほんとうに考えたこともなかったのかもしれない。

「もうひとつ訊きたい」と私は言った。「チャップマンとコンティニがやっていたことに関する情報は、あんたのチーム・スパイ経由であんたのもとに届けられたんだろうと思うが、それ以外のことは、賭けの詳細にしろ、事故は仕組まれたものだったことにしろ、それらはまた別の人間経由の情報だった。〈ダンプラー・エイジェンシー〉のウォレス・スマートという調査員が突き止めたことだった」

「あの不愉快な小男」

「いくら払ったんだね？　そうした情報があんたにはどれほどの値打ちのあるものだったのか、後学のために教えてくれないか」

「二万ドルだ」

「それはまたスマートという男も商売上手なものだ」

「まあ、本人はそう思っただろうよ。ただ、こっちとしてはもっと払う心づもりをしていた。あの手の男は望みも小さい。まあ、結果的に双方満足できたわけだが」

「昨日までは」

　ライトは肩をすくめて言った。「それは見方によるだろう。金を払ったことを後悔はしてないよ。正しい目的のために使った金だったんだから」

「人を破滅させることが正しい目的と言えるのか？」

「私にとってはね」

　私は嫌悪《けんお》を隠さず言った。「金持ちというのがみんなそろいもそろってあんたみたいなクソ野郎というのは返す返すも残念なことだ」

「かもしれん」とライトは笑みを浮かべて応じた。「しかし、少なくとも私は人生を愉《たの》しんでいる。私という人間でいることがどれほどすばらしいことか、きみにはきっと想像もつかないだろう。チャールズ・ライトでいるというのは、世界じゅうの誰よりわくわくすることだよ」

「チャールズ・ライトの世界ではたぶんそうなんだろう。だけど、われわれの世界じゃ、肺がんになるのと同じくらい魅力的なことだな。世間の鼻つまみでさえあんたとは立場を交換したがらないだろう。死人すら。せいぜい人生を愉しむことだ、ミスター・ライト。ダンスフロアで足をすべらせて首の骨を折る日が来るまではせいぜい」

私は見送りは要らないと言った。玄関のドアがどこにあるのかぐらい覚えていた。

17

家に帰ったときには午前零時をとっくに過ぎていた。建物のロビーに足を踏み入れると、長く外国に滞在し、ようやく祖国に戻れた人のような気分になった。ライトの屋敷にいたあいだはずっと居心地が悪く、家に帰ってきただけでなんだかほっとした。私は地上に暮らす市民だった。車の排ガスや、ゴミのあふれたゴミの缶や、油でぎとついたスプーンから立つ煙にもかかわらず、私はここでは息をすることができる。そんな私が、ライトが息をしている上の世界で生きるには、逆に酸素マスクが要りそうだ。そんな暮らしに興味はない。酸素マスクなど人を昆虫みたいに見せるだけの道具だ。

長い一日で疲労困憊《こんぱい》していた。とことん酷使された私の体は私になにより睡眠を要求していた。それでも今日という日が始まったときより気力は充実していた。今回の事件の概要が心の中で形を成しつつあった。自分がどこに向かっているのかさえわからないような感覚にはもう陥らない。それが確信できた。あとはやるべきことをやるだけだ。自分が進んでいる道はまちがっていないのだから。ただ、その道をあとどれだけ歩けば目的地にたどり着けるのかまではまだわからなかったが。

アパートメントのドアを開けようとして、中のどこかに明かりがついているのに気づいた。今朝アパートメントを出たときには明かりはすべて消した。それはまちがいない。反射的に体が警戒した。全身が強《こわ》ばった。もう暴力沙汰はごめんだ。一日に二度も銃で狙われたくはない。が、まわれ右をして立ち去るには遅すぎた。中で誰が私を待っているにしろ、そいつはすでに鍵が開けられ、ノブがまわされる音を聞き、ドアを開くところを見ているはずだ。私は賭けに出ることにした。

私が中にはいると同時に、ジュディ・チャップマンが顔を上げて微笑《ほほえ》んだ。靴を脱いで脚をたたんでソファに坐っていた。本棚から選んだジョン・ダンの『緊急時の献身』を読んでいた。緑のヴェロアのスラックスにグレーのタートルネックのセーター。なんとも美しかった。

「お帰りなさい、マックス」

「どうやってはいったんだ?」と私は言った。どうしても怒気のこもったざらざらとした声音になった。

彼女は小悪魔のような笑みを浮かべて言った。「ここの管理人はとてもとてもロマンティックな人ね。あなたとちょっと喧嘩《けんか》をしちゃったんだけど、こっそりここで待っていて、あなたを驚かせようと思うの、なんて言ったら、それが気に入っちゃったみたいで、ドアを開けてくれたのよ。アドヴァイスまでしてくれたわ」

「死ぬほど驚いたよ。私が銃を持っていなくてきみはラッキーだったね。持っていたら、撃ちながらはいってきていたかもしれない」

彼女は午後会ったときとはまるで別人に見えた。十二時間まえの張りつめた不安はもうなかった。今はむしろうわついた感じさえあった。これはさらに深い不安に向かう序章なのか、それとも彼女はプレッシャーをそのまま受け入れ、不安との共生を試みているのか。ソファのうしろにあるフロアスタンドの光が彼女の髪を透かし、ぼんやりとしたろうそくの明かりのようになって、彼女の顔の輪郭線上で揺れていた。ルネサンス期の肖像画によく見られるように。そんな彼女はどこまでもはかなく見えた。ほんのちょっとでも空気が揺らげば、その揺らぎにあっというまに蒸発して消えてしまうのではないか。そんなふうにさえ思えた。

「なぜやってきたのか訊かないの？」

けど」

私は彼女を見て、取りすまして言った。「そのわけはさっき言ってくれたと思った
彼女はその私の軽口が気に入ったらしく、また笑みを浮かべた。が、そのあと真顔になって言った。「ほんとうはあなたに謝りにきたのよ。今日わたしがしたことについて。ごめんなさい。まるでわたしらしくないことをしたわ」

「まあることだよ」と私は言った。「大変なプレッシャーを感じた人間が癇癪《かんしゃく》を起こすというのは」

「ビルがやってくるなんて思いもしなかった。でも、あなたたちふたりがやり合っているのを見ていたらつい……」彼女は首を振り、最後までは言わなかった。

「ブライルズみたいな男はどうも苦手でね。まあ、私が極端に狭量《きょうりょう》なせいかもしれないが。きみを好きだというところだけがただひとつ、彼と私との共通点だ」

軽いとは言えない台詞《せりふ》だった。ふたりとも決まりの悪い思いをするような。ぎこちない沈黙が降りた。それが長くなった。窮屈すぎる靴を履いてしまったことに気づかざるをえなくなるほど。自分でつくってしまった状況に自分を合わせるのに苦労した。彼女がわざわざやってきたのはいまだに謎《なぞ》だ。が、今はどんな問題も解決するには疲れすぎていた。こうなったら最後まで演じきるしかない。私はそう決めて言った。

「せっかく来たんだから、私のワインセラーにある特上品をいくつか味わっていくといい。ボルドーとボルドーがあるんだけど、どっちがいい？」

「もちろんボルドーがいいわ」と彼女はためらうことなく即答した。「だってどう考えたってボルドーよりよさそうだもの」私たちは笑みを浮かべ合った。それでまたもとに戻れた。

私はワインとグラスを取りにキッチンへ行った。居間に戻ると、彼女はテーブルの脇に立って煙草を吸っており、部屋の中を見まわしながら言った。

「あなたのこのアパートメントのほうがあなたのオフィスよりずっと好き。あなたの別な面が見られる。もうひとつの面よりこの面のほうが好きよ」

「典型的なひとり者のねぐらだな。家具はあんまりなくて、みすぼらしくて、散らかってる。それでも、ここでまたひとりで暮らしはじめた頃に比べたら、少しはエレガントになったね。少しまえまではサンフランシスコの大地震後のニューヨーク版みたいだった」

私たちはテーブルについてワインを飲んだ。いいワインだった。そういうワインがたまたまあってよかったと思った。

どうでもいい話を数分したあと、ジュディが言った。「あなたが結婚していたなんて知らなかった」

「われわれはみな、さかのぼれば小さな秘密のひとつやふたつは抱えてるものだよ。たとえば私には九歳の息子がいる」

彼女は私のその話に食いついてきた。今の私のことばで彼女には私がより生身の存在に感じられるようになったのだろう。今まではむしろ生活を持たない謎の存在、謎の仕事をしている謎の探偵だったのだろう。それが今のひとことで一気にリアルな人間になったわけだ。小学校の幼い生徒が土曜の夜、映画館で理科の先生にばったり出会ったみたいに。先生もまたほかのみんなと変わらず、妻がいて、子供が何人かいて、ポップコーンを食べたりもするのだという事実の発見は子供にはショッキングなものだろう。われわれは他人の一部だけを知ることに慣れすぎている。互いに接点ができた一部だけを知ることに。そういう相手は眼のまえから姿を消せば、それだけでもう存在すらしなくなる。

彼女は私の結婚生活について訊いてきた。私はキャシーのことを話し、ふたりの関係が徐々におかしくなったことも正直に明かした。話を聞くかぎりキャシーはいい人のように思えるけれど、とジュディは言った。私もそう思うと言い、離婚の責任は主に私にあるとも言った。次に彼女は息子のことを知りたがった。私はしばらくリッチーのことを話し、週に一度はできるかぎり会うようにしていると言った。ジュディはそういう私の話をいかにも愉しそうに聞いていた。その様子を見て、私は私たちの関係が少し変わったことを悟った。初めて会ったとき、彼女は私に魅《ひ》かれた。そうした感情が今は徐々に好意に変わりつつあった。これは重要なちがいだ。さきほど会話を始めたときには、交わすことばに性的な仄《ほの》めかしが含まれていた。それが今はもっと正直で率直なものに変わっていた。このまま行けば、互いにわかり合える関係になれそうだった。

実際のところ、彼女はただ夜をひとりで過ごしたくなくて私のところに来たのだろう。ここ二日に経験したことをただ忘れたくて。いったい何があったのか説明することなく行けるところは、私のところしかなかったのだろう。彼女が今置かれている状況について尋ねてこない唯一の相手が私だったのだろう。もしかしたら私と寝ることも考えていたかもしれない。今の鬱屈《うっくつ》をいっとき忘れるただの手段として。が、それが正直なことばのやりとりになり、ただの肉体の交わりより深いものになった。ほんとうの会話というのは心からの抱擁に似ている。最初にことばを交わしたときから私たちは愛も交わしていた。そんな気がした。

二本目のボルドーを開けても、ジュディは私に関する質問をしつづけた。私は答えつづけた。彼女は私が弁護士にはならずに探偵になったのを不思議がり、安全で確実なキャリアを自ら捨てた人など自分の知り合いにはひとりもいないと言った。私は説明した。

「法と正義がもたらす昔ながらの軋轢《あつれき》に見舞われたのさ」

「昔ながらの軋轢？」

「誰かにやれと言われることと正しいことをすることのちがい、その軋轢だ。子供の頃には法律家になろうと思っていて、そんな自分のことを理想家だと思っていた。困っている人を助けて悪者を刑務所に送り込めば、最後にはこの世界もよりよい場所になる。そう思っていた。でも、そのあと法律家になることは真の問題を解決して、人を人らしく扱うこととはなんの関係もないことに気づいた。裁判などというのは、自分たちで決めたルールと手続きに従うただのゲームに過ぎないことにね。ゲームである以上、そこでなにより大切なのは勝つことだ。で、思ったのさ。自分は時間を無駄にしている、人生を投げ出してしまってるって」

「あなたはそういうゲームができる人間じゃなかった。たいていの人は身を置く組織を失って途方に暮れるのに、あなたは自分から組織を捨てるという危険を冒した。つまりそうしてアウトサイダーになった」

「まあね。でも、そのことで自分が接する人間とより近しくなるチャンスが増えたような気がする。少なくとも自分じゃそう思ってる。商売柄、他人の人生の中にはいったり出たり――それもたいてい慌《あわ》ただしく――するわけだけど。今の私にはほとんど何もない。でも、それは失うかもしれないものなど持ちたくないからなのかもしれない。そういう生き方をしていれば、依頼人となんの束縛もなく自由にコミットできる」

「失うかもしれないものとしてあなたにも人生がある。なのにどうしてそれほどよく知らない人のために命を懸けるような真似までするの？」

「それは彼らが私を必要としているからさ。自分たちだけでは解決できない問題を抱えてるからさ」

ジュディはしばらく黙り込んでから、顔をそらして言った。「それってわたしみたいな人のこと、でしょ？」

「ああ、きみみたいな人のことだ」

「でも、あなたはそうすることで何を得るの？　そうすることはあなたにとってどんな役に立ってるの？」

「そこのところは自分でもよくわからない。それでも、そういうことをしている自分とは折り合いがつけられる。そういうことをしているとわかっていれば、それが朝眼を覚ますための立派な理由になる」

「あなたにとって探偵業は仕事以上のものなのね」と彼女はおもむろに言った。「仕事そのものを信じてる」そのあとまた顔をそむけた。急に恥ずかしくなったかのように。「あなたと恋に落ちることもできなくはないけど、マックス」

私は煙草に火をつけ、いっとき間《ま》を置いてから笑みを向けて言った。「ワインがきみにそんなことを言わせてるんだよ。きみの頭にはいり込んで、思考をぼんやりさせて」

「いいえ、わたし自身がそんなことを言ってるのよ。あなたといると、わたしは自分が安全だって思える。あなたはわたしがこれまで会った中で初めてわたしを利用しない人よ」

「いや、私はきみを利用してる。この事件を解決したくて、その理由にきみを利用している。この事件が解決したら、われわれはたぶんもう二度と会うこともないだろう」

「あなたがそうしたいのなら。でも、中に入れてもらった以上、出ていくように言われないかぎり出ていくつもりはないから、マックス」

「ドアはわれわれが最初に会ったときから開いていた」と私は言った。「だからその事実は今さらどうすることもできない。もう遅すぎる。きみはもう中にいるのだし」

時間が過ぎた。この三日間起ころうとしていたことがついに起きた。こういう儀式についてはふたりとも経験ずみだった。が、今回についてはふたりとも経験に頼って行動しようとはしなかった。互いの肉体の闇《やみ》の中で互いに震え、すべてがまた新しくなる地点にともに達した。さらに、そういうことが起きているそのときにさえ、この経験は何をもっても計れないものであると、ともに感じていた。ふたりとも自分のすべてをあとに残した。

午前四時。ジュディと私はベッドの上で上体を起こして煙草を吸った。ことばはなかった。ただ、体を寄せ合った。眠りに漂いだすまでのあいだ、ただ互いに体を休ませた。

「言っておきたいことがある」と私は言った。「このあと言える機会があるかどうかわからないんで。このことは私の口から言っておきたい」

彼女が応じるにはしばらくかかった。彼女としては今ある沈黙を壊したくなかったのだろう。部屋にことばを響かせたくなかったのだろう。煙草の火を消すと、私の胸に頭をあずけて言った。

「そんなふうに言わないで、マックス。そんな言い方をされるとなんだか怖くなる」

「われわれに関することじゃないよ。五年まえのことだ。ほんとうのところ何があったのか、やっとわかった」

　私は、チャップマンがやったことがコンティニを怒らせ、事故を仕組ませたのだという話をした。そう説明しても、ジュディは驚くほど無反応だった。ショックを普通には受け止められないところまでもう行ってしまっていたのか、もはやチャップマンは彼女にとって気にしなければならない存在ではなくなってしまっていたのか、そのどちらとも判断しかねたが、いずれにしろ、無反応というのは私にしても予想外の反応だった。

「そういう話はもうやめましょう」私が説明しおえると彼女は言った。「わたしが話し合いたい唯一《ゆいいつ》のことは今夜のことよ。あなたとわたしのことよ。ジョージはもう死んだの。彼が生きているあいだに何をしていようともうそれは大切なことじゃない。大切なのは今、わたしたちがしていることよ。互いに愛しつづけることよ」

　長い沈黙のあと私は言った。「いろいろなことがあったにしろ、チャップマンの死がきみの心にどんな影響も及ぼさないなどとは信じられない。正直な思いを私にまで隠すことはないよ、ジュディ。話したいことがあればなんでも話してくれ」

「もちろん、なんの影響もないなんてことはないわ。それでも、今のこのわたしの態度はわたしなりに理由があることよ。十年という年月をわたしから奪った男の死を悼《いた》むふりをするなんて、そんな真似はわたしにはできない。こんなことを言うと、ひどい女と思われるのはわかってる。でも、ジョージが死んでくれてわたしはむしろほっとしている。彼の死でわたしは解放されたんだから。今、わたしは人生を最初からやり直そうと思ってる」

「皮肉なことに彼は死んでなおきみを支配しようとしている」

「わかってる。でも、それは今だけのことよ。そのことについてはわたしには確信がある。すべてきちんと収まるべきところに収まるはずよ。わたしにはわかる」

「ああ、私もだ」

「すべてが終わったら、わたしはあなたをもっと愛するようになる。そうすることで、マックス、わたしたちはお互いを知らずに過ごした無駄な時間を取り戻せる。わたしはあなたのために料理をして、繕いものをして、あなたの子供を産んで、あなたを見たらいつもセックスする」

彼女のその口調があまりに真剣で、あまりに熱かったので、私はつい笑い声をあげて言った。「あまり進歩的な女性の思い描く人生には聞こえないけど」

「それはちがうわ。人生を自分で選択するかどうかが進歩的かそうでないかのちがいだもの。何が欲しいのか知るまえに人はまず自由でなくちゃいけない。あなたがわたしの欲しいものでも、わたしにはあなたをどうすることもできない。でも、わたしはもう決めたのよ。あなたにわたしの男になってほしいって」

「きみの男になるよ」と私は言った。「きみが私の女になるなら。でも、だからと言って私の服を洗濯する必要はないよ。近所の洗濯屋に出せばいい。洗濯屋には洗濯屋の仕事があるんだから」

十分後、私たちは眠っていた。腕と脚をからみ合わせて。眠りに落ちる直前、こんなことを思った。自分たちはひとつの体になろうとしていると。この一夜だけでも、自分たちはもはや別々の存在ではいられなくなったと信じたがっていると。どこか遠くで時計が五時を打った。頭の中で牛が月を飛び越したという童謡の一節が聞こえた。

18

眼が覚めたら九時半だった。自分がどこにいるのか、ゆうべ何があったのか、思い出したときにはもうジュディの姿はなかった。後悔の念を互いに分かち合ったりはしないことに決めたのだろう。素面《しらふ》でまた顔を合わせるのには早すぎると思ったのだろう。たった数時間のあいだにしろ、共有した感情について理解するにはしばらくひとりでいる必要がある。そう思ったのだろう。彼女がベッドの横にいないことがわかったときにはがっかりしたが、すぐにそのほうがよかったのだと思い直した。私のほうも時間が要った。

短時間の睡眠のわりには心身ともに驚くほどリフレッシュされた気分だった。ここ数日、私はほとんど空《から》の燃料タンクで走っていた。ガス欠になるのは時間の問題だった。自分が求める要求に私の肉体はあとどれぐらい持ってくれるのだろう？　あとどれぐらい殴られ、眠れない夜を過ごせば私の体は音《ね》を上げるのか。私は今三十三歳ながら、たいていの場面で自分のことを二十《はたち》ぐらいにしか思っていない。それでも、そう遠くない将来、朝起きたら自分がすでに中年の域に達していることを思い知らされるのだろう。それを恐れるわけではないが、少なくとも心の準備はしておきたい。そういうことだ。

シャワーを浴び、ブルージーンズを穿《は》き、セーターを着て、トーストにジュースにスクランブルエッグのフルキャストで、ヴォリュームのある朝食をつくった。十時十五分、居間のテーブルについて二杯目のコーヒーを飲みながら、ゆうベジュディが本棚から取り出したジョン・ダンの『緊急時の献身』を読んだ。もう十年以上手に取ることもなかった本だが、その本が持つパワーに少なからず動揺した。こんなくだりにことさら――〝われわれはみな母の子宮で屍衣《しい》を得る。その屍衣は受胎のときからわれわれとともに成長し、われわれはその屍衣にくるまれてこの世に生まれ出る。というのも、われわれはみな墓を求めて生まれるからだ〟。われわれは死神の監視下に生き、それから逃れる術《すべ》はない。私はこの文の意味をそう取った。よく言われることながら、われわれは死に出会うのではない。死は始まりとともにあり、われわれがどこに行こうとつきまとう。今の私は単にこう考えると納得できた。誰にも逃げ道はない。

そういうことだ。

呼び鈴が鳴ったときにもまだそんなことを考えていた。私はインターコムのボタンを押して、訪問客の名を尋ねた。チップ・コンティニの声が返ってきた。が、インターコムはそのあとうまく機能しなくなった。彼がなんと言っているのかすぐには理解できなかったのだ。彼の声が何千マイルも彼方《かなた》から聞こえてきているような気がした。嵐《あらし》の吹きすさぶ荒野でただひとり嘆き悲しんでいるような声にしか聞こえなかった。昔の『リア王』を録音したような声にしか。ただひとつ理解できたのは、彼が今すぐなにより私に会いたがっているということだけだった。

私は居間を歩き、彼がエレヴェーターで九階までやってきて、私のアパートメントのベルを鳴らすのを待った。来意の見当はついた。事件のことを私と話し合いたがっているか、それとも昨日私と彼の父親がどんなやりとりをしたのか知りたがっているのか。たぶん後者だろう。ということは、彼は自分のことを話したがっているということだ。彼の父親と会う手筈《てはず》を整えてくれるように彼に無理やり頼んだことで、たぶん私は彼の商売の邪魔をしたのだろう。この歳《とし》になってまで思春期のトラウマを引きずっているとは思えない。一方、子供がかかる病気は治りにくい。大人になっても完治することはないのかもしれない。

彼はドアをノックした——苛立《いらだ》たしげに何度も——私はドアを開けた。挨拶《あいさつ》を交わす間《ま》もなかった。激しい剣幕でドアを抜けると、彼は両手で私の胸を突き、私を居間に押し戻して言った。

「このクソ野郎。この腐りきったクソ野郎。素手でおまえを殺したいくらいだ」

そう言って、私にまた迫ってきた。私はあとずさって言った。「落ち着け、チップ。とにかく坐《すわ》れ。きみと喧嘩をするつもりはないから。きみがどれほどしたがっていようと。とにかく坐って、何があったのか話してくれ」

その私のことばに彼は一瞬動きを止めた。それでも怒りが収まる気配はなかった。彼がこんな暴力的な真似をするのを見るのは初めてだったが、体の内部に発生したハリケーンにどう対処すればいいのか、彼自身にもよくわかっていないのは明らかだった。制御不能の生《なま》の感情と闘っていた。そんなことは彼には生まれて初めてなのかもしれない。今の彼は私の知らない別人になっていた。

「親父《おやじ》のことだ」と彼は怒りに顔を真っ赤にして言った。「死にかけてる。おまえのせいだ、マックス。おまえが親父を殺したんだ」

「なんの話かまるでわからない。とにかく坐って、最初から話してくれ。私にもわかる話をしてくれないかぎり、聞く気はないから」

「誓って言うからな、マックス。親父が死んだら、またここに戻ってきてこの手でおまえを殺すからな。それで自分がどうなろうとかまわない。私はおまえを殺す。絶対に」

私としてももう限界だった。忍耐心が底をつきた。彼を怒鳴《どな》りつけた。酔っぱらった農夫が犬をどやしつけるように。椅子《いす》を指差し、坐れ、と命じた。私の声の大きさに驚いたようで、彼は突っ立ったまま私をまじまじと見つめた。私はもう一度怒鳴った。今度は坐った。

私はキッチンに行き、百ccほどカティサークをグラスに注いだ。居間に戻ると、彼はさきほど坐った椅子にまだ坐っていた。坐ったときの恰好《かっこう》で。緊張病患者のように身じろぎひとつすることなく。

「まずこれを飲め」と私は言ってグラスを手渡した。「話すのはそれからだ」

彼はそのスコッチをまるで水みたいに飲んだ。飲んでもまるで効かない顔をしていた。やはり別人になっていた。もはやどんなことにもノーマルに対処できなくなっているようにさえ思えた。緊張しまくった立哨《りっしょう》のように身を強ばらせながら、心はどこか遠くにあるみたいだった。同時に、彼のまわりをオーラのように取り巻いている苦悩の巣穴にもぐり込もうともしていた。そこで私にも彼がとことん疲れているのがわかった。昨日会ったときと同じ服を着ていた。ひげも剃《そ》っていなかった。ここ二十四時間一睡もしていないような顔をしていた。

「さあ、話してくれ」と私は言った。「昨日きみの親父さんと話して別れたときにはぴんぴんしていたけれど」

「今はまるでぴんぴんしてない」と彼はぼそっと言った。むしろ自分を憐《あわ》れむように。「レノックス・ヒル病院の集中治療室で酸素マスクをつけられてる。死にかけてる」

「メロドラマはいいから、チップ」と私はあえてきつく言った。「親父さんが死にかけてるのはわかったよ。さっき聞いたから。何があったんだ？　話してくれ」

「おまえが帰ったあと、私と親父は口論をした。かなりひどい口論だ。私がこれまでに経験した中でも最悪と言えるほどの。互いに怒鳴り合って、罵《のの》り合った。それはもうひどい罵り合いになった。それでも、そのうち少しは落ち着いて、ウェストポート行きの早い列車に乗ることに決めて、ふたりでオフィスを出た。そのあとエレヴェーターに乗るなり、親父は心臓発作を起こした」彼はそこでことばを切って、今にも泣きだしそうな眼で私を見た。とことん打ちひしがれた眼だった。私はまともには見られなかった。「おまえのせいだ、マックス。あんな会合を設定するなんておまえは私に頼むべきじゃなかった」

「親父さんとはどんなことで口論になったんだ？」

「私は真実が知りたかった。どうして親父は私に嘘《うそ》をついてきたのか、そのわけが知りたかった」

「で、わかったのか？」

「部分的には。残りは自分じゃ確かめようがない」

やっと話す気になって、彼もいくらか落ち着いたようだった。恨みがましさは残ったものの、どこかあきらめたような雰囲気になっていた。起きたことを誰かに声に出して話すことには、起きたことを過去の出来事にする効力がある。話すことで、起きたことを手の届かないところに置いて、既存のものにすることができる。もはや変えることができない以上、受け入れざるをえないものに。

私は言った。「きみがチャップマンを親父さんに紹介したんだね？」

チップはうなずいて言った。「私はしたくなかった。だけど、ジョージがどうしてもと言ったんだ。私の親父に興味があったんだろう。ジョージはどんな力の権化《ごんげ》にも興味を持つ男だった。自分もできるかぎりそういう存在に達したいと思っていた。それで私も根負けして、ウェストポートでふたりが夕食をとる機会をつくった」

「その席にはジュディもいたんだろうか？」

「いや。その頃は彼女とジョージはあまりうまくいってなかった。だからふたりで出かけることもほとんどなくなっていた」

「ジュディとブライルズとの仲がまた始まっていたことは知ってたんだね？」

「ブライルズのことは知ってたよ。ほかの男のことも。ジョージに聞かされて。ジョージはむしろ私に私生活を打ち明けたがっていた」

「その頃、彼はジュディのことをどう思ってたんだ？　彼女との関係を修復しようとしていたのか、それとも夫婦の体裁さえ整っていれば、それで満足していたのか？」

「いや、彼は彼女を憎悪《ぞうお》していた。それはすさまじい憎悪で、いつか彼女を殺すんじゃないかと心配になったほどだ。ジョージは私の大切な友達だったが、私にしても彼のことをよく理解していたとは言えない。彼には普通の人間が持つ感情がなかった。彼の心には何かものすごく固いものがあるみたいだった。からからに燃え尽きて、かちかちになってしまったようなものが。で、よく探偵を雇って彼女を見張らせていた。彼女が寝ている相手を調べていた。離婚するつもりだったのなら、それもわかるよ。だけど、離婚する意志は彼にはなかった。証拠集めをしてるんだとは言っていたけど。実際のところ、どういうつもりでそんなことをしていたのか、私には見当もつかない」

「きみはジュディ・チャップマンのことをどう思ってる?」

「悪い人間じゃないよ。ちょっと弱いところがあるけれど。でも、彼女は彼女でいろんなことに耐えなければならなかった。どうやってこんなに長いこと耐えていたのか、これまた私には見当もつかない」

「彼女にチャップマンが殺せると思うか?」

「いや。彼女は無実だよ。あんなことができる人じゃない」

私は煙草《たばこ》を彼に差し出した。彼は黙って首を振った。私は一本に火をつけて言った。

「きみの親父さんとチャップマンはきみが設定した夕食の席で賭《か》けのことを話し合ったんだろうか?」

「いや、あれはただ互いを引き合わせるためだけの夕食だった。だから話題になったのは毒にも薬にもならないようなことだけだ」とチップは言い、そこで急に戸惑ったような顔になって尋ねた。「いったいなんでふたりが賭けのことなんか話し合わなきゃならないんだ?」

「昨日、親父さんから聞かなかったのか?」

「何を?」

私は一呼吸置いた。チップの親父さんは詳細についてはできるだけ伏せておきたたかったのだろう。「聞かなかったんだな」と私は念を押した。

そのあと彼にも伝えた。昨夜ジュディに聞かせたのと同じ話を。チップはその話をジュディよりはるかに大きな衝撃を持って受け取った。彼の父親とチャップマンとの取り決めについて説明したときには、実際に口をあんぐりと開けた。私が話しおえると、立ち上がり、無言で居間をしばらく歩きまわった。なんと言っても彼はまともな男だった。だからこれまでの人生において、今感じているような嫌悪と闘う心の準備がまるでできていなかったのだろう。そんな彼にしてみれば、今初めて私に地獄を垣《かい》間見《まみ》せられたようなものなのだろう。

「親父はあくまでビジネスだったと言っていた」と彼は低い声で言った。「だけど、どんなビジネスかまでは教えてくれなかった」彼はカウチに坐ると、眼鏡をはずして両手で顔を覆《おお》った。そのあと繰り返し言った。「そんな邪《よこしま》で堕落したことを考える人間がいるなんて。そんな邪悪なことを――」

「チャップマンがその賭けで負けた金を払うことを拒むと」と私は言った。「きみの親父さんはミルブルックの家で話し合おうと、チャップマンを呼びつけた。が、もちろんチャップマンはそこまでたどり着けなかった。この殺人計画は未遂に終わった。チャップマンはなんとか生き残った。しかし、結果は死んだのとさして変わらなかった。彼はそこで終わってしまった。きみの親父さんはスポーツ好きの紳士だった。だからそれ以上追及はしなかった。結局のところ、実質的な損失はなかったわけだし」

チップにしてももはや限界を超えていた。その巨体を揺すって泣きだした。部屋が彼の悲哀が立てる音に包まれた。私は慰めようとは思わなかった。彼は父親のことを、自らの無垢《むく》が失われたことを、嘆いているのであって、私が何を言おうと意味はない。今の彼の涙は流す必要のある涙だった。これでもう嘘はない。逃げ道もない。これは苦くとも必要な涙だ。彼が大人の男になるには流さなければならない涙だ。

愁嘆場《しゅうたんば》が去るのを待って、私は彼をバスルームに連れていって、タオルを渡し、顔を洗うように言った。そして、キッチンに戻って朝食の残りをたいらげた。十五分後、チップは戸口に顔を出し、弱々しい笑みを浮かべた。眼のまわりはまだ赤かったが、さっきよりはいくらかましに見えた。私の剃刀《かみそり》を使ってひげまで剃っており、顎《あご》のところを切っていた。その傷にあてたティシュペーパーが血で赤くなっていた。

「行こう」と私は言った。「病院に戻るのにつきあうよ」

私たちはセントラルパークに向かって七十二丁目通りを東に歩いた。今日も気持ちのいい日和《ひより》だった。ちょっと肌寒かったが、空気が澄んでいた。通りには日光があふれ、その光がくっきりとした力強い影をつくっていた。公園に着くまでふたりとも何も話さなかった。チップとしても私のまえで大泣きしたのは気恥ずかしいことだったにちがいない。そんな彼の弱さを私は心の中で笑ったりなどしなかった、もちろん。しかし、彼にはどちらとも判断がつかないのだろう。そんな彼の心の内はよくわかった。それでも、笑ったりしていないよ、などと私のほうから言うつもりはなかった。そういうことは自分で勝手に判断してくれ。

通りと公園を隔てている塀の内側にはいると、彼は話しはじめた。思いの丈を語るには草木が誰より気の合う聴衆であるかのように。地味なコルドヴァ革の靴に皺《しわ》のできたスーツという彼の恰好は、サイクリングやボールゲームやジョギングを愉しむ人たちの王国では、いかにも場ちがいだったが、彼は自分がどこにいるかなど少しも気にしていなかった。まわりにまるで注意を払っていなかった。

まず父親のことを話した。問わず語りにランダムに思い出を語った。過去の何年もが脈絡もなく心にどっと押し寄せたかのように。ダートマス大学に入学したときのことを話したかと思ったら、そのあと時を遡《さかのぼ》り、八歳のときにラブラドールレトリバーを買ってもらった話になった。次はまえに進んで、末っ子の娘が生まれたときのことを話した。それらどのときにも父親がいた。どれもこれまでに聞いたことのある話ばかりだった。ある意味で人の記憶というのはみな同じだ。思い起こす事柄はちがっても、われわれがその思い出に付与する質は変わらない。それらこそわれらの人生だからだ。そういうものに対しては、誰しもこの世で一番聖なるものにこそふさわしい敬意をもって接する。チップは父親の気前のよさについて話した。ユーモアのセンスについて、子供への愛情について。まるで父親の墓に頌徳文《しょうとくぶん》を彫っているようなものだった。マフィアのドンとしてのヴィクター・コンティニの残虐性《ざんぎゃくせい》についてはひとことも語られなかった。その真実は彼が語ることばのひとことひとことに、復讐《ふくしゅう》の天使のようにつきまとったが、とりあえず今はそれを無視することに決めたようだった。たとえその天使との闘いに今後の人生の多くを費やすことになろうとも。今、彼が口にしているのは、夢に描いた父への別れのことばだった。そんな父親にやさしく、この上なく思いやり深く、さよならと言っているのだった。ドールハウスを解体する子供のように。

レノックス・ヒル病院の玄関まで来ると、私は言った。「親父さんはきっとよくなるよ。よくなってきみを驚かせるよ」

「ああ」とチップは言った。「でもって、明日はクリスマスになるだろうよ」

「いや、わからないもんだぜ。なにしろ親父さんは筋金入りのタフガイなんだから」

「そんなに気をつかうことはないよ、マックス。もうどうでもよくなった。病室に行ったらもう死んでいてくれたらって半分本気で思ってる。そうなればすべてシンプルになるから」

「死がシンプルであることは決してないよ」

「ああ、そうだな」彼は私から眼をそらし、ガラスのドアの向こうを見すえた。「それでも、もう親父とは話したくないんだよ」

結局、彼が父親と話すことはもう二度となかった。

19

リッチーは東八十三丁目のアパートメント・ビルのロビーで私を待っていた。一時を過ぎた頃で、かなり長いこと待っていたのだろう。有名なNYのロゴ入りのブルーの野球帽に、彼の名前がプリントされた黄色いTシャツ、それにブルージーンズに白と緑のランニングシューズという恰好で、彼の大きさなら五人は坐れそうな肘掛《ひじか》け椅子に坐り、野球のグラヴに右の拳《こぶし》を静かに打ちあてていた。足元には〈パンナム〉のフライトバッグ、その上に折りたたんだ〈スポーティング・ニューズ〉。細い体をクエスチョン・マークのように丸くし、一身にグラヴに集中していた。

「ねえ」顔を起こして私に気づくと彼は言った。「遅いよ。もう三イニングぐらいになっちゃってるよ」

「いや、まだ一時間もある。急げば間に合う。セーターを持ってきたか?」

「バッグにはいってる」

「よし。じゃあ行こう」

　事件はまだ調査中だ。昼間に野球観戦などしている場合ではないことぐらいわかっていた。それでも、今回の件すべてから身を離して考え、新たな眼で見直す必要がありそうな気がしたのだ。同時に、リッチーとふたりでこういう時間を過ごすことほど重要なこともないと思った。私はリッチーにいい日を過ごさせてやりたかった。思い出となる一日を。

　キャシーはリッチーをひとりロビーで待たせていた。それは私にはもう会いたくないという彼女の意思表示だった。もう決心したのだろう、と私は思った。ニューハンプシャーに引っ越すことに決めたのだろう。

　メジャーリーグのスタジアムに足を踏み入れる。こんな体験は世界じゅうを探してもほかでは絶対に味わえない。まず地下鉄に乗り、ほかの人と一緒に狭い空間に押し込められ、金属と機械に囲まれ、そのあとどこでも見られる煉瓦《れんが》と石と都市の荒廃の景色の中に放り出され、ほかの数千の人たちと一緒にスタジアムのまわりをぞろぞろと歩く。めざすべきゲートにたどり着くまで。たどり着くと、制服を着た係員にチケットを渡し、回転腕木を抜け、コンクリートが剝《む》き出しの飾り気のないトンネルの薄闇を進む。人と体をぶつけ合い、声をトンネル内に響かせながら。そこまで来ると、なにやらフェデリコ・フェリーニの映画の夢のシーンの登場人物にでもなったような気分になる。

が、そのあと傾斜路をあがると、そこにある。それを一度に吸収するのは無理だ。いきなり眼前に現われる空間の広がりに、自分がどこにいるのかも一瞬わからなくなる。何もかもが巨大で、見渡すかぎりグリーンで、完璧《かんぺき》に整っている。まさに巨人の城の中に造られた美しい庭園。

そのあと少しずつ順応できるようになる。より細かなディテールに気づきはじめる。小さなもののひとつひとつがこの壮大な効果をあげている。まずベースの無垢なる白。ピッチャーズ・マウンドのシンメトリー。非の打ちどころなく均《なら》された内野の土。スコアボードの巨大な電光の文字と数字。そのあとようやく観衆と交ざり合う。身のまわりの見知らぬ人たちと。ぼんやりとした色とざわめきにすぎない遠くの人たちとも。その後の二時間か三時間、眼のまえの幾何学に完璧に心を奪われる。都会のど真ん中にあって、牧歌的な宇宙に包まれる。その宇宙では白球が飛びまわり、白球が十八人の大の男の動きすべてを指揮する。その白球以上に意味あるものは何もない。その白球に囚《とら》われ、最後にスタジアムを出て普段の世界に戻っても、それまでの宇宙はすぐには去っていかない。カメラのフラッシュバルブの閃光《せんこう》が眼にしばらく残りつづけるように。

私たちの席はホームと一塁のあいだのグラウンドレヴェルのなかなかいい席だった。監督がダグアウトから出てきて、アンパイアと話をし、メンバー表を交換し合うのに間に合い、ゲームが始まるまえから見られてよかったと私は思った。リッチーが生《なま》で試合を見るのはこれが初めてなのだ。今まではテレビでしか見ていなかった。しかし、馬鹿《ばか》げた短縮版のテレビの映像は野球の試合を正しく伝えるものではない。野球というものがビールのコマーシャルに中断される、アナウンサーのとめどないおしゃべりではないことを知る必要がリッチーにはあった。私は彼自身の眼ですべてを見せてやりたかった。

しばらくのあいだリッチーはただただ驚いていた。だいたいのところ、どちらかと言えばリッチーはひかえめで、感情を素直に表現することがあまりないのだが、今はどんな九歳の男の子でも示すような反応を示していた。ぽかんとまわりに見惚《みと》れ、一度にあらゆる方向に体を動かそうとして、席にただ坐っていることができなくなっていた。見るかぎり、そんな彼をなにより驚かせているのがアメリカンズの選手が白黒の二次元の世界の産物ではなく、血肉を備えた生身の人間であることがわかったことのようだった。自分のヒーローがほんとうに存在するという事実にひたすら圧倒されていた。

アメリカンズの選手が守備につき、国歌の演奏に誰もが立ち上がったところで、リッチーが私の袖《そで》を引っぱって言った。「次はいつ来れる、パパ？」

「まだ試合も始まってないのにどうして次の心配をするんだ？」

「トイレとか行きたくなったらチャンスを逃すかもしれないでしょ？　ホームランを見そこなうとか。そんなことになったら絶対自分をゆるせなくなると思う」

「それって今トイレに行きたいってこと？」

リッチーはどこか決まり悪そうな顔をして下を向き、私と眼を合わせるのを避けた。

「うん、たぶん」

「だったら行こう。誰もまだホームランは打たないよ」

われわれは国歌演奏の途中で席を離れ、トイレに向かった。男性用トイレは混んでいて、リッチーはそのざわめきと葉巻の煙のにおいにいささか臆《おく》したようだった。彼が順番を待つあいだ私もそばに立って待った。スタンドから歓声があがるたび、リッチーはホームランだと思うかと私に訊《き》いてきた。私はちがうと答え、たぶんいいストライクがはいったか、誰かがファインプレーをしたかだろうと答えた。リッチーは私のことばを信じなかった。彼が勘定したところによれば、われわれが席をはずしているあいだに五本ホームランが出ていた。

席に戻ると、デトロイトはツーアウトながら、一塁に走者を出していた。まだ一回の表。スコアボードにはヒットの表示もエラーの表示も出ていなかったので、私はリッチーに、今一塁に選手がいるのはフォアボールを選んだのだろうと言った。リッチーはそれぐらい言われなくてもわかっているといった顔をした。アメリカンズのピッチャーは口ひげを生《は》やした長身の右腕、マーストン。昨シーズンは十八勝も挙げている。結局、低めを外角に逃げる巧みなカーヴで、デトロイトのクリーンアップ・バッターを三振に打ち取った。その球を評して「いいものを持ってる」とリッチーは言った。

彼のことばにまちがいはなかった。マーストンは好調だった。が、それはデトロイトのピッチャー、アマドも同じだった。通算記録で二百勝以上挙げているヴェテランの左腕だ。試合はすぐに昔ながらのピッチャー同士の一騎打ちのような投手戦の様相を呈した。折れたバットによるヒットとかエラーとか押し出しのフォアボールとかで勝敗がよく決まる試合になった。三回を終わっても両チームとも得点はなく、デトロイト・タイガースはヒット一本、ニューヨーク・アメリカンズはまだ無安打だった。キャシーはフライトバッグにサンドウィッチを詰めていて、それを食べおえないかぎり私にホットドッグを買わせてはいけないとリッチーに指示していた。リッチーに腹痛を起こさせてその責任を取るのは嫌だったので、私は彼に母親との約束を守らせた。彼のほうはピーナツ一袋とコーラ二本で満足しているようだった。その二本目のコーラの十分後、われわれはまたトイレに行った。

そうこうしながらも私はリッチーが試合にとことん集中していることに感心していた。九歳の子供にとっては一時間以上ただ坐っているだけでも苦行のはずだが、リッチーは眼のまえの試合に集中し、そわそわするそぶりも見せなかった。動くのはファウルボールが時折一塁側に飛んできたときだけで、飛んだ方向が離れていても、そのたびに立ち上がり、グラヴを叩《たた》いて叫んだ。「こっち、こっち！」一度か二度、最終的にファウルボールを誰が取ったのか気になって、確かめようとしていたことがあったが、それ以外はファウルのあとはすぐにまた試合に集中した。

五回表、デトロイトの先頭バッターのショートの選手がライトにきれいに打ち返し、それは二塁打になった。マーストンは悔しげにマウンドを踏み鳴らし、ロージンバッグを取ったあとグラウンドに投げつけた。白い粉がぱっと散った。そのあとは踏んばり、続く打者をふたりとも内野のポップフライに打ち取った。デトロイトの若い四番目の打者はヒルマン。現在ホームランの本数でも三振の数でもリーグ・トップの三塁手だ。彼はファンファーレも何もなく、こともなげにマーストンの初球を左中間に運んでヒットにした。これでデトロイトに一点がはいった。試合はその後1対0のまま三イニング進んだ。アマドの奇妙な投球フォームは機械仕掛けのおもちゃを思わせたが、アメリカンズのバッターはそのフォームにすっかりタイミングを狂わせられていた。アマドはこれ以上ないほど調子がよかった。速球はうなり、カーヴは沈み、アメリカンズのバッターにはどうしても彼を捕らえることができなかった。そんなアマドもただ一度だけピンチになりかけたときがあった。アメリカンズの右翼手、ウェブスターが右中間深く弾丸ライナーを放ったときだ。まずまちがいなく三塁打になりそうな打球だった。ところが、俊足のデトロイトのセンター、グリーンが少なくとも三十メートルは走り、フェンスが近いことを野手に知らせるための燃え殻を敷いたエリアでキャッチしたのだ。その結果、八イニングが過ぎてもアメリカンズはフォアボールのランナーをふたり出しただけだった。アマドは涼しげにノーヒット・ノーランを維持していた。

九回の表、デトロイトは先頭打者がシングルヒットで出塁し、犠牲バントで二塁に進み、さらに内野へのゴロで三進した。そのあと当たりそこねの安打で一点がはいり、2対0となった。マーストンはすばらしいピッチングでデトロイトを五安打に抑えたのだが、それでは充分ではなかった。九回の裏、アマドがマウンドに上がったとき、彼のノーヒット・ノーランの達成を疑う者は球場にひとりもいなかったのではないだろうか。先頭打者は三球三振に倒れた。リッチーは残念そうに首を振って、もう駄目だね、と言った。ところが、次の打者、二塁手のロイス――好打者だが、長距離バッターではない――が打席に立って、すべてが一変した。アマドがワンボール・ツーストライクのカウントで投げたきわどい速球をカットしようとして振ったのだが、ふらふらっと上がったそのフライがなんとライトのファウルラインに沿って球場の最短距離を飛び、観客席の最前列に飛び込むホームランになったのだ。ロイスがベースをまわるあいだ、球場は歓喜の渦に呑《の》み込まれた。観客の歓声はいつまでも鳴りやまず、ロイスは一旦《いったん》戻ったダグアウトからまた出てきて、観客に向け、帽子に手をやった。私はそのあとのアマドの反応が気に入った。グラヴを掲げて、アンパイアにボールを要求すると、何事もなかったかのように、ボールを両手でこねはじめたのだ。それまでやっていたのと少しも変わらないやり方で。ゆっくりと几帳面《きちょうめん》に。顔には退屈しきったような表情を浮かべて。いつもの仕事と言わんばかりに。

次のバッター、ウェブスターはセンターまえに弾《はじ》き返した。それで試合の様相がさらに変わった。アマドはノーヒット・ノーランを逃がしただけでなく、下手をすれば負け投手にもなりかねない。次のターナーも打った。シングルヒットの当たりだったが、右翼手がボールの処理にもたつき、二塁打となってランナー二塁三塁。そこでアマドは降板し、デトロイトのリリーフピッチャー、ひょろりと背の高いウィルトンがブルペンから呼び出され、マウンドに立ち、現時点でアメリカンズで最も調子のいいバッター、コステロと相対した。リッチーはもう立ち上がっていた。ほかの四万人の観客同様。そして叫んでいた。自分の命が懸かっているかのように。

次に起きたことを予測できた観客はひとりもいなかっただろう。私自身そのプレーを見たのは一度だけで、それも十五年まえ、大事なゲームを落としたのだ。このプレーの鍵《かぎ》は、走者がチームの中でも俊足で知られる選手であること、そもそも俊敏さが求められること、このふたつだ。ウィルトンが初球の投球モーションにはいったところでそれは起きた。ウェブスターとターナーが二匹のネズミのように同時に走りだし、バッターのコステロがスクイズ・バントをしたのだ。犠牲バントというのは、それがうまくいったらそのあとはもう誰にも止められない。実際、コステロのバントは絶妙で、ウィルトンがピッチャーズ・マウンドから慌てて降りてきてボールをつかんだときには、ウェブスターはもう同点のホームを駆け抜けていた。ウィルトンとしてはつかんだボールを一塁に投げて、コステロをアウトにするしかなかった。ゆっくり放っても、コステロは一塁ベースまで三歩も四歩も足りなかった。ただ、ウィルトンは二塁走者のターナーも走りつづけていたことに気づかなかった。ターナーが三塁ベースもまわり、ホームに向かって突進していることに一塁手が気づいたときにはもう遅すぎた。ボールがすばやくホームに投げられ、ターナーがスライディングし、砂煙があがった。セーフだった。それで試合は終わった。一挙二得点の見事なスクイズ。3対2でアメリカンズが勝利した。このプレーはシーズンを通じて繰り返し語られることだろう。

マンハッタンに戻る地下鉄はぎゅう詰めで、ただ息を凝らし、ひたすら誰かに踏みつけられないようにしている以外何もできなかった。それでもどうにかリッチーに座席の隙間《すきま》を見つけてやると、リッチーは球場で買ってやったアメリカンズの年鑑に没頭しはじめた。数字と写真を一心に見はじめた。プリンストン大学の図書館で誰にも邪魔させない集中力で古書に取り組む中世学者さながら。私のほうは汗まみれでビールくさい乗客にもまれ、手すりに手を伸ばすこともなかった。まわりからこれだけの肉を体じゅうに押しつけられていたら、倒れる心配はない。四十五分間そんな按配《あんばい》だった。

すべてがようやくはっきりしたのもそんな地下鉄の車両の中でのことだった。記憶の断片が心の中でつながり、この四日間ずっと見つづけていた壁の一部が壊れ、気づいたときにはもう、その向こう側の明るい陽射《ひざ》しを見つめていた。自分でもわからないうちに見ていたので、最初のうち自分が何を見ているのかわからなかった。いずれにしろ、世界を一周したような気分だった。実際に一周してみて、出発点が目的地だったことがわかったのだ。私は敬虔《けいけん》な真実と包括的な答を求める冒険に出た。その結果、見つけたのはほんとうに重要なことは見た目も重要に見えるとはかぎらないということだった。剽軽《ひょうきん》なタクシー運転手の話にしろ、意表を突く野球の戦術にしろ。私が苦労して手に入れたすべて——重要と思われ、命を危険にさらしてまで得た情報も——ただのディテールにすぎなかった。私に必要だった教訓はただで私に与えられた。タクシーの運転手J・ダニエルズは、物事はときにただ見た目どおりのこともあると教えてくれた。さきほどの野球の試合では、スクイズ・プレーがときにホームランとも変わらない威力のあることを教わった。これらのメッセージを読み解くのにはいささか時間がかかったが。今回の事件のメタファーとして正確に理解するには。私は事実を求めていた。冷徹で揺るぎないリアリティを。なにより重要な事実――リアリティ――はそれを見ようとする者の想像力なしには存在しない。そのことが今の自分にははっきりとわかる。これ以上まえに進む必要はもうなかった。夜ベッドにはいる頃にはすべて片がついているだろう。

試合時間は二時間ちょっとで、五時十分にはもうリッチーをキャシーの家に送り届けていた。一杯飲んでいかないかとキャシーに誘われたが、残念ながら今日は都合が悪いと答えた。彼女が話したがっているのはわかった。何を私に伝えようとしているのかも。私が望めば彼女が心を変えることも。彼女はすでに決心していることも。彼女の眼を見れば、その決心を覆《くつがえ》すよう私に説得されたがっていることも。これが私に与えられる最後のチャンスであることも。ほんの一瞬、誘われるままドアを抜け、ここに引っ越してくると彼女に告げたい誘惑に駆られた。ふたりのあいだにリッチーが立っていた。私と彼女の顔を交互に見ていた。何か重大なことが起ころうとしていることだけはわかっても、正確にそれがなんなのかまではわからないといった顔で。父親と一緒に過ごした一日の一齣《ひとこま》として、この一瞬は彼の記憶にいつまでも残ることだろう。そんなことをふと思った。彼女はもう一度私を誘った。私はもう一度断わった。彼女の中で何かが壊れるのがわかった。彼女は唇を引き結び、鋭い眼で私を見つめた。

まるで私に平手打ちでも食らったみたいに。私たちは五年まえの私たちに戻っていた。

「水曜の夜にあなたがしたことはとても残酷なことよ、マックス」と彼女は言った。

「わたしは決して赦《ゆる》さないから」

「キャシー、おれはきみに赦しを乞《こ》おうとは思わない。おれはきみに正しいことをしてほしい。それだけだ」

私たちは互いの眼を見つめ合った。彼女は怒りに圧倒された涙の中にくずおれた。自制心をなくした声で私を罵った。込み上げて尽きない苦々しさに呑まれ、ひたすら怒鳴り散らした。そしてその一秒後、ドアを荒々しく閉めた。私は閉められたドアのまえにたっぷり一分佇《たたず》み、中から洩《も》れる苦悶《くもん》の泣き声を聞いた。リッチーが金切り声で尋ねていた。どうしたの？　と。私はそれでもドアをノックしなかった。

エレヴェーターに向かいかけて、銃のことを思い出した。銃をなくすというのはなんと愚かなへまを犯したことか。私は自分に悪態をついた。それこそただひとつそのときの私に必要な行為だった。

20

ブライルズは百十六丁目通りとモーニングサイド・ドライヴの角に建つ、居住者が共同所有するアパートメントに住んでいた。居住者はみなコロンビア大学のなんらかの関係者で、その一画はまるでコロンビア大学とそれ以外の下々の世界を隔てる要塞《ようさい》のように高台に鎮座していた。通りの反対側にモーニングサイド・パークがあり、そのへりに岩が露出して雑草の茂る崖《がけ》があり、その崖の下の果てしない一帯が貧者の住む平らなハーレムだ。その存在を知らずにモーニングサイド・ドライヴに立てば、眺望が望め、その景色を賞賛することができるかもしれない。ただ、そこにそういうご近所——観光客を引き寄せる魅力にはならないご近所——があることは誰もが知っている。

建物の玄関にあがる階段をのぼっていると、杖《つえ》をついた老人が中から出てきて、私は老人が開けたドアを急いで支えた。できればブライルズのアパートメントの呼び鈴を押さないではいりたかったので、これは幸先よしと思うことにした。老人は愛想よく私に微笑《ほほえ》み、こんにちはと言った。よく見ると、エドワード・ビゲローだった。私が大学一年のとき、一学期に受けた経済学の講義の教授だ。もう少なくとも八十歳にはなっているだろう。私のことがわかったとは思えなかった。長年教えてきた何千という学生の中のひとつの顔を覚えているとは。私のほうも彼のクラスではひとことも発した記憶がない。その眼を見るかぎり、彼もごく当然の類推はしたようだが。この界隈《かいわい》でばったり出くわす五十歳以下の相手が、彼のかつての教え子である確率は五分五分といったところだろう。が、いずれにしろ、その学生がみな私のような学生だったら、これだけは言える。経済について少しでも何か知っている者はひとりもいないだろう。

ブライルズは四階に住んでいた。私は階段をあがることにした。ボタンを押すと、彼のアパートメントの緑のドアの呼び鈴は〝ピンポン〟という鈍い音をたてた。いっときが過ぎ、ドアののぞき穴の蓋《ふた》がずらされ、そこに押しつけられた眼が私を見た。さらにいっときが過ぎて、その眼がしゃべった。

「ここで何をしている？」ドア越しにブライルズの声が聞こえた。

「謝りにきたんだ」

「何を？」その声はまだ敵対的だった。むしろその度合いが増していた。

「昨日のいきちがいについて。感情のしこりが残ってもいけないと思ってね」

「わかった。そんなものはないよ」

のぞき穴の蓋が閉まり、足音がドアから遠ざかった。私は呼び鈴のボタンを力を込めて押しては離した。それを何度か繰り返した。三十秒ばかり。それでやっとのぞき穴がまた開いた。

「帰ったらどうだ、クライン？」とブライルズは言った。「仕事中なんだよ。迷惑千万だ」

「重要なことなんだ。ジュディ・チャップマンの無実を証明できるかもしれない情報を持ってきたんだ。だけど、証明するにはおたくの助けが要るんだ。ふたりで力を合わせれば、きっと解決できるはずだ。彼女を刑務所送りにはしたくないだろ、ブライルズ？　彼女はおたくにとって大切な存在なんじゃないのか？　中に入れて、とにかく話をさせてくれ」

のぞき穴の蓋がまた閉まり、そのあと長い沈黙が続いた。さらにしばらく経《た》ってドアが開いた。ブライルズは茶色のコーデュロイのズボンを穿き、緑と白のストライプのサッカー用のシャツを着ていた。靴はインテリの世界でファッショナブルとされたワークブーツのように見える代物《しろもの》だった。左手に本を持ち、栞《しおり》がわりに人差し指を本のあいだにはさんでいた。どうやら仕事をしていたというのは嘘ではなかったようだ。ただ、憔悴《しょうすい》しきった顔をしていた。疲労が眼の下に浮かび、実年齢があらわになっていた。どれだけ睡眠を取ったかということと、どれほどの緊張状態に置かれているかということが顔に出る年相応の顔をしていた。調子のいい日には若く見せることもできるだろうが、今日はそうはいかない日のようだった。

彼は私を居間に案内した。そこにはフランス戸があって、その向こうに小さなバルコニーがあり、さらにその向こうの景色が望めた。ひかえめな調子の家具が置かれた、いかにも居心地のよさそうな部屋だった。私的な愉《たの》しみのための部屋なのだろう、本や書類といった仕事に関連するものは何ひとつ置かれていなかった。彼は窓辺に置かれたツイード張りの肘掛け椅子に坐った。彼の左側の壁ぎわには、ニスを塗った竹でつくられた大きなリカー・キャビネットがあった。私は窓のほうに向けて置かれた青いソファに坐った。私たちはふたりのあいだに射す少し早い黄昏《たそがれ》どきの光の中、いっとき互いを見合った。

「情報と言ったね」と彼が固い声音で言った。「どんな情報なのか、聞きたいものだ」

「今回のことすべてに関わる情報だ」と言いはしたが、手の内を慌《あわ》ててさらすつもりはなかった。「水曜日におたくのオフィスで話し合って以来、わかったこと大半に関わる情報だ。今なら私にもわかるよ、おたくにプレッシャーをかけたのはまちがいだったとね。あのとき私はおたくが何かを隠してると思った。だけど、実のところ、おたくとしてもそれはそう簡単に明かせることじゃなかった。そこまでは私にもわからなかった」

「きみは私とジュディとのことを言ってるのか？」

「そう、おたくとジュディとのことだ。しかし、それはジョージとのことでもあった。私がおたくのオフィスを訪ねたのは、そもそもジョージのことを訊くためだったわけだけれど、当然のことながら、おたくとしてはジョージのことなど訊かれたくなかった。いずれにしろ、おたくは私がおたくとジュディの関係を知っていて、それをネタに何かよからぬことを企《たくら》んでいるのにちがいないと思った」

ブライルズは私のことばを遠ざけるように手を振って言った。「わかった。最初の日、われわれはお互いについてお互いにまちがった考えを持っていた。でも、そんなことはもうどうでもいいよ。私とジュディの関係は今やもう、誰もが知るところとなってしまったんだから。彼女を貶《おとし》める材料のひとつになってしまったんだから」彼はそこで椅子の背にもたれると、眼を閉じた。「まったく。彼女が殺人容疑で告発されるなんていまだに信じられない。あまりに信じがたいことだよ」

「まだ彼女を愛してるんだね？」と私は尋ねた。

彼は頭をのけぞらせ、天井を見上げて言った。まだ眼を閉じていた。その声は耳をそばだててやっと聞こえるほど小さかった。「ああ、まだ愛してる。とても」

私はどうにか嫌悪《けんお》を抑え込んだ。努めて感情を抑えた。昨日ジュディのアパートメントで演じたような茶番は繰り返したくなかった。どれほどブライルズを軽蔑《けいべつ》していようと、ここは冷静を保つことが肝心だ。「私は彼女が殺人罪で起訴されるとは思わない。だからそんなことは少しも心配してないよ」と私は続けた。「彼女がやっていないのは容易にわかることなんだから。ただ、さらにもう少し事実がわかると、無実がわかるだけでなく、それを証明することができる。この件は裁判にもならずにすむ」

ブライルズは眼を開けて私を見た。その顔にはどこか中途半端《はんぱ》な表情が浮かんでいた。希望と疑念とのあいだを揺れ動くような。彼は私を信じたがっていた。一方、自分は今罠《わな》にかけられようとしているのではないかという疑念も拭《ぬぐ》いきれないのだ。

「それは確かなのか？」と彼は言った。「何がわかったんだ？」

「ジョージ・チャップマンは妻に殺されたわけじゃない。実際のところ、彼は誰にも殺されてない。自殺したのさ」

私のことばをブライルズが理解するにはしばらくかかった。最初のうち、私がどんなことを言いだすのか怖くて、きちんと聞いてさえいなかったのかもしれない。顔から色がなくなっていた。ひとつ長い息を吐くと、力が抜けたように椅子《いす》の背にもたれた。「彼はどこかおかしくなっていた。それはわかっていた」自分に言い聞かせるような声音だった。「つまり、私が思うよりはるかにおかしくなっていたということか」

「自殺であることがわかったからと言って、それが証明できるとはかぎらない。今度のことが複雑になるのもそこからだ。裁判なしにジュディを解放するには、とにもかくにも反証を集めなきゃならない」

「だけど、きみには考えがあるんだね？　今回の事件の全体像がちゃんとわかってなきゃ、わざわざ私のところまで来ないだろうし」

「考えなら山ほどあるよ。だけど、それはあらゆる方向に枝分かれしてしまっている。私がやらなきゃならないのは、それをひとつにまとめて、きれいな小さなパッケージにしてグライムズ刑事の机の上に置くことだ。さもないと、彼は私には話もしてくれないだろう。彼に関するかぎり、事件はもう終わってるんだから」

「今のはあまり人を勇気づけることばには聞こえないが」

「勇気づけるどころか、昨日まではむしろ絶望に近かった」と私は言った。「答に近づいたと思うたび、何か奇妙なことが起こるんだよ。私のオフィスの金庫から脅迫状がなくなったり、ニュージャージーで人が殺されたり、電話で脅迫されたり、誰かが私を銃で撃とうとしたり――そういったちょっとした奇妙なことがね。私としてはこの商売をたたんで、保険会社のお抱え損害査定人にでもなろうかと思ったほどだ。ところが、そんなときに思いがけないところから救いの手が差し伸べられた」

ブライルズは怪訝《けげん》そうに私を見た。まだ演技を続けるつもりのようだった。それでも私には彼を解放するつもりがないことだけはわかったようだった。「救いの手？」

「これが実に奇妙な救いの手でね。昨日の午後本屋に行って犯罪者の心理を考察したすばらしい本を何冊か買ったんだ。ブライルズ教授、おたくは実にすぐれた作家だよ。おたくの文体の正確さ。すごいよ。執筆者がいかに頭脳明晰《めいせき》か、そのことの証《あか》しとなる文体だ」

「私の著作をそれほど高く買ってくれて光栄だが」と彼は言って立ち上がり、リカーキャビネットのところまで歩いた。「そういうお世辞を言われると、どうしても面映《おもは》ゆくなってね。面映ゆくなると、咽喉《のど》が渇く」そう言って、彼はわざとらしい追従《ついしょう》笑いを浮かべた。「きみもつきあってくれないかな？」

「いや、けっこうだ」と私は言った。「次の一戦に向けてトレーニング中なんで」

ブライルズはキャビネットの両開き扉を開けて、しゃがみ込んだ。壜《びん》とグラスが見えた。また立ち上がった彼の手に飲みものはなかった。あったのは拳銃《けんじゅう》だった。その銃口を私の腹のあたりに向けていた。四五口径だった。たぶんピグナートに使ったのと同じ銃だろう。ブライルズはいかにもまぬけな笑みを私に向けた。ぴりぴりしていた。手にしているのが銃ではなく、ちゃんと言うことを聞かせられるかどうか自信が持てない、攻撃的なペットででもあるかのように。

「もっと話してくれ、クライン。だんだん面白くなってきた」

「もうまともにものが考えられなくなったみたいだな、ミスター・ヴォイスチェンジャー？」と私は言った。「私に弾丸《たま》をぶち込んだら、ジュディを救う手だてがなくなるのに。私こそ彼女を窮地から救う唯一《ゆいいつ》の希望なのに」

「そういう心配は要らないよ。これですべてうまくいくから。いいから話を続けるんだ。きみがどれだけ知っているのかわかっておきたい。これからやらなきゃならない仕事に移るまえに」

私は話すことにした。自分の声だけが命の綱だ。そう思った。話を長引かせられれば長引かせられただけ、話が終わったあと私がここから歩いて出ていけるチャンスが増える。話をすることで王の気をそらし、処刑されるまでの時間稼ぎをした女性、シェヘラザードのことを思った。彼女はそうして処刑のときを千一夜引き延ばした。そこまで楽観的にはなれなかったが、数分程度は期待した。

「すべてはおたくの本にあった」と私は言った。「たとえば『グレーのフランネル・スーツを着たギャング』とか。その中に匿名《とくめい》の大物ギャングとのインタヴューがあった。その親分は――本人が言うには――世間のまちがった認識を正し、闇《やみ》社会も昔とは様変わりしていることを世間にわからせたかった、だからインタヴューを受けた。そういうことだった。彼の世界にアル・カポネはもう存在せず、自分自身もビジネスマンだとその親分は言いたかったわけだ。私は本人に会っている。だから口癖からその親分がヴィクター・コンティニであることは容易に察しがついた。ヴィクター・コンティニはいつでもどこでもヴィクター・コンティニだよ。活字が印刷された紙の上でも。おたくとコンティニのこのつながりから、おたくがジュディとは関係ないところでもこの件に関わっている可能性が出てきた。お次はどうやって私のオフィスの金庫が破られたかだ。チャップマンに送った馬鹿げた脅迫状のことなどおたくはもう忘れているなら、もう話にはならないが。グライムズ刑事も興味を示さなかったから、ジュディを起訴する邪魔にもならない代物だ。ところが、そんなものが盗まれるという事件が起きた。それも実に手ぎわよく。こじ開けた跡も何か道具が使われた跡もなかった。まさに泥棒の教科書に載りそうな見事なコンビネーション錠破りだった。今回の件はその手のプロが関わってくるような事件じゃないのに。その答は簡単だ。誰かがその手のプロを雇ったのさ。脅迫状を取り戻すために。その誰かとはおたくにちがいない。私はそう思った。金庫破りに関する腐れノンフィクションを書いてるおたくにちがいないとね」

ブライルズはにやりとした。そうせざるをえなかったのだろう。自分がいかに賢かったかということがわかり、嬉《うれ》しくなったのかもしれない。「ウィリー・ショー」と彼のほうから明かした。「その世界ではトップだ。あの本が出たあと、彼に言われたよ。あんたはおれをスターにしてくれたって。彼は私を崇《あが》めてた。だから電話して、ちょっとしたことを頼まれてくれないかと言ったら、むしろその仕事を名誉なことと思ったみたいだった」

「おたくは実に好奇心旺盛《おうせい》な男だよ、ブライルズ。それでいながらいかにも安全で心地よい暮らしを送ってる。有名大学の有名教授で、執筆に教育。しかし、同時におたくは汚いものに、邪悪なものに、社会の下水管から出てくるような生きものに取り憑《つ》かれてもいる。そんなおたくは私にヴィクトリア朝時代の礼儀正しい紳士を思わせる。自らの淫《みだ》らな欲望をみだりに満足させながら、家に帰ったら平気な顔で家庭人を演じる紳士だ。おたくの場合も、それでずっとうまくいってたんだろう。自分の妄念をご立派なキャリアにすり替えることで。自分のすべてをきれいに区分けして整理して、それらが混ざり合わないようにすることで。おたくはおたくを惹《ひ》きつけてやまない無法者たちと接することで、スリルを得ると同時に、安全な窓から闇世界をのぞき見て、のぞき見願望を満足させていた。ところが、思いがけずある女性と関わりができた。おたくの言いなりになどとてもならない女性と。ちがうかね？　ジュディ・チャップマンは邪悪で倒錯した心を持つ売女《ばいた》だった。おたくはそんな彼女にひれ伏した。そこまでやっても彼女のすべては得られなかった」

「ジュディのことをそんなふうに言うのはやめろ。今のは事実に反する。それはきみ自身わかっているはずだ。そういうことをきみに言わせて黙っているわけにはいかない」

「たわごとは要らないよ、ブライルズ、彼女は可愛《かわい》い顔をして、いかした服を着た売女さ。安っぽい尻軽《しりがる》女だ。そんな女におたくは骨の髄まで吸い尽くされてしまった。ショーツひとつでおたくのベッドに転がり込んできた彼女にとことん夢中になってしまった。ちがうかね？　彼女はまばたきひとつすることもなく、犬とファックできる女だよ。この市《まち》のどこを探しても彼女ほど簡単に寝る女もいない。今から電話して、ゆうべ彼女はどこで誰と寝たか訊いてみるといい」

「ゆうべ彼女がどこで夜を過ごしたのか、そんなことは先刻承知だ。それより腐りきったその口を少しは閉じたらどうだ、この豚野郎」とブライルズは怒鳴った。「今すぐ。黙らないと殺すぞ」

「すぐにおたくはもう自分ではどうにもならなくなった、ちがうか、ブライルズ？　彼女をどうしても自分ひとりだけのものにしたくなった。だからチャップマンが離婚に同意しないことがわかると、チャップマンを舞台から退場させなきゃならないと思った。そのための方法を何か見つけなきゃならないと。そんな矢先、コンティニとの出会いがおたくにチャンスを与えた。コンティニからチャップマンとの賭《か》けの話を聞いたことで。その件についてコンティニがどうしようとしているのか聞いたことで。おたくはコンティニの計画を聞いても、チャップマンには何も知らせなかった。警告を与えようとはしなかった。その不作為によって、おたくはコンティニの企みの一部になった」

ブライルズは怒りに駆られた眼で私を睨《にら》んでいた。ずっと長いこと自分の中にだけしまっていた秘密を私に明かされたわけだ。面白いわけがない。それでも黙って聞かないわけにはいかないのだろう。昔のことが一気に甦《よみがえ》り、後知恵にしろ、自分のしたことにただ純粋に戸惑っているのだろうか。その隙を狙《ねら》えば取っ組み合いにならずに銃を奪えたかもしれなかった。が、それに気づいたときにはもう遅すぎた。とっさの行動を取るには、私にしてもさまざまな感情が去来しすぎていた。その感情に少なからず圧倒されていた。ブライルズはいずれ崩壊する。そうなるまでどれだけかかるにしろ。

「しかし、チャップマンは徐々に立ち直りはじめた」私は話を続けた。「そして、驚くべきことに、彼ら夫婦の関係はもとどおりになった。おたくにとっては暗転というほかないわけだが。ジュディの心はすでにおたくから離れはじめていた。チャップマンの車がトラックに突っ込んでいった夜がおたくたちのピークとすれば、そのあとは坂を転がり落ちるようなものだった。おたくらの情事はマンネリ化して、そのあと自然消滅した。半年まえ、おたくはジュディにはっきりと捨てられた。それでおたくは壊れちまったんだ、ブライルズ。心がばらばらになってしまった」

「あんな仕打ちはなかった。私は彼女にあんなに尽くしたのに。危険を冒してまで。なのにあんな仕打ちをするなんて。彼女にしても少しは私の気持ちを考えるべきなんじゃないのか」

「いずれにしろ、おたくはあきらめなかった。別れを告げられてさらに彼女を取り戻したいと思う気持ちが強くなった。いずれにしろ、またジョージがおたくの恋路を邪魔する存在になった。だからまた彼を除外しようとした。今回のほうがその意志は強かった。今回はただうしろにさがって見ていただけじゃなかった。自分から計画を練った。その計画は民主党がチャップマンの身辺調査をしたときから始まった。ウォレス・スマートがおたくのところにチャップマンの話を聞きにやってきたときから。おたくは即座に見て取った、これこそ自分の手を汚すことなく、油まみれの機械を作動させるチャンスだと。おたくは調査員のスマートに、事故の背後にあった事実を明かして、その話をライトのところに持っていくように言った。スマートは小躍りして喜んだ。そのネタを売って大金が手にはいれば、それで引退することができる。ライトも喜んだ。これでチャップマンを叩きつぶすことができる。おたくも喜んだ――少なくともしばらくのあいだは。そのあと問題が生じた。ライトはすぐにはその情報を明らかにしなかった。チャップマンの選挙キャンペーンが始まるまで待とうとした。おたくはそれにしびれを切らして、チャップマンに脅迫状を書いた。チャップマンを混乱させ、秘密はやがて明るみに出ると脅して、プレッシャーをかけた。が、チャップマンはおたくが思うような行動は取らなかった。どれほどいかれていたにしろ、彼はガッツのある男だった。この秘密が公《おおやけ》になったら、自分の政治家としてのキャリアは始まるまえから終わり、自分の人生もそれで終わる。ガッツだけじゃなく、それぐらい容易に理解できる頭もあった。彼にとってなにより重要なのは名声だった。自分の命より大切なのは。秘密を守り、自分の名誉を守るために彼は自ら命を絶った、古代ローマの政治家さながら。ただ思うに、彼にはこういう危機がいずれ来ることがまえからわかってたんじゃないだろうか。そのときまでにどれだけのことができるか、ということが彼にとっては一番の問題だったんじゃないかな。いずれにしろ、そのときが来たときにはもう、心の準備はできていた。だから、自分に有利に働くよう、おたくの脅迫状を利用することとさえ考えた。実に巧みな戦略だよ。私を雇ったのもそのためだ。彼は誰かに命を狙われているという事実を確たるものにしたかった。私はその証人に選ばれたというわけだ。死ぬと決めたら、彼はジュディも道づれにしようと思った。で、自分の自殺をジュディが第一容疑者となる他殺に見せかけようとした。あれほどむごい死に方を選んだのも復讐《ふくしゅう》のためだ――それほど彼女のことを憎んでいたということだ。その計画には相当自信があったんだろう。うまくいくかどうかかまえもって確かめもしなかった。彼にはうまくいくことがわかっていた。実際うまくいった

——完璧に。自分の名声は無傷のまま死ぬことができ、殺人の罪をジュディに負わせることができたんだから」

「ジョージは頭がいかれていた」とブライルズは言った。「私があの脅迫状を送らなかったら、きっとジュディを殺していただろう。それぐらいきみにもわかるはずだ。私は彼から彼女を守るためにああいうことをしたんだ。ジュディの命を救うために」

「しかし、ピグナートを殺す必要などなかった。彼はまさになんの罪もない傍観者だった。五年まえの事故で自分が演じた不作為という役割りを隠し通したかったのなら、どうして親分——コンティニ——のところに行かなかったんだ？」

「コンティニは絶対に口を割らない。でも、ピグナートはきみに話した。この眼で見たんだよ、きみが彼と話しているところを。きみのあとをニュージャージーまで尾《つ》けたら、きみはあのバーで彼と話していた。だから彼には死んでもらうしかなかった。彼の知っていることを誰かに話させるわけにはいかなかった。そんな事件にからんで私の名が出ることも避けなければならなかった。私の名が出ると、警察はジュディにも眼を向ける。彼女をそんな危険な目に遭わせるわけにはいかなかった。彼女に残りの人生を刑務所で送らせるなどありえない」

「実際のところ、このままだと彼女はそうなるかもしれない」

「いや、そんなことにはならない。きみが彼女を救うんじゃないのか」

「おたくがその銃で私を殺したあとじゃ、私にはそういう芸当はあまりうまくできないと思うが」

ブライルズはそれまで忘れていたかのように手の中の銃を見た。とことん憔悴していた。疲労から心身ともに麻痺《まひ》したようになっていた。私と向かい合って椅子に坐《すわ》ると言った。「きみを殺したりはしないよ、クライン。昨日は殺そうとしたけど、あれはきみにものすごく腹が立ったからだ。今はもう殺したくない。きみはジュディを助けることができるただひとりの人間だ。私はきみにそうしてほしい」

彼の醸《かも》す雰囲気がいつのまにかがらりと変わっていた。今その顔に見られるのは深い後悔の念だった。時間が彼の中で逆行しているようだった。まず若者に戻り、さらに子供に戻っていた。大人のゲームにつきあえるほど自分は強くないことを悟った子供に。

「これからどうする？」と私は尋ねた。

「どうするかな。しばらくこうして坐っていようとは思うが」両脚のあいだの床を見つめた。

「その銃は私が持っていたほうがよくはないか？　暴発したりするとよくないから

ね」

彼はまた銃を見た。そして、手の中でまわしはじめた。何かを手にした乳児がよくやるように。「この銃をきみに渡すわけにはいかないよ、クライン。こいつは私の親友なんだから。持っていたい」

私にはひとことも言う間《ま》がなかった。ブライルズは銃を眼の高さまで持ち上げた。一瞬、彼の顔からあらゆる表情が消えた。そのあと眼が見開かれた。宇宙ほどにも大きく。もはや彼には恐怖しか残っていなかった。ただトラックを見ていた。自分に向かって突進してくるトラックを。突進してきていることに気づいたときには遅すぎ、もはや避けられないトラックを。銃身を口にくわえると、彼は引き金を引《スクイズ》いた。

21

グライムズ刑事がやってきた。スミス兄弟もやってきた。鑑識班も。ブライルズの死体は死体袋に入れられ、運び出された。また口が利《き》けるようになるのに一時間かかった。人が死ぬところはこれまでにも見ている。人を殺したことさえある。が、ブライルズの死はそんな中でも最悪だった。彼の死は渾身《こんしん》の力で私にしがみつき、容易に放してくれなかった。

モーニングサイド・ドライヴから警察署のあるダウンタウンに向かった。グライムズは私を自分のオフィスに案内すると、テープレコーダーのスウィッチを入れて机につき、話すように私に言った。私はほぼ四十分話した。話しおえると、グライムズは私のために巡査部長にサンドウィッチとコーヒーを持ってこさせた。私はサンドウィッチを一口食べただけで、残りは脇《わき》にやった。コーヒーはなんとか飲めた。グライムズは机の引き出しを開けると、ジャック・ダニエルのボトルを取り出して、コーヒーがはいっていた発砲スチロールのカップに注いだ。私はそれも飲んだ。グライムズは私にまた話させた。最初からすべて。今度は一時間ぐらいかかった。私の言うことにグライムズはほとんど反応を示さなかった。椅子の背にもたれ、半分眼を閉じて、時々うなずいたり、低いうめき声を洩らすだけだった。私はなんだか部族の族長たちに神話を語って聞かせる太古の語り部みたいな気分になった。どれほど些細《ささい》な点も最初に話したことと変わらなかった。どんな変更もないことは彼にも私にもわかっていた。話の中身が重要なわけではなかった。同じ話を繰り返すこと自体に意味があるのだった。しかし、そういうことをしてもグライムズは幸せにはなれなかった。私の話を受け入れたのはわかったが。受け入れる以外、彼にはそもそも選択肢がないわけだ。事件が終わったことは彼にももうわかっていた。

私がまったく同じ話を二度しおえると、彼は言った。「知ってると思うが、コンティニは死んだ。今日の午後病院で」そのことについて私に言うべきことはなかった。だから黙っていた。グライムズは身を乗り出すと、腕を机に平らについて顔をしかめ、苛立《いらだ》たしげに言った。「おまえさんが今週出会った人間はほぼ全員が舞台からすみやかに退場してる。おれにはそんなふうに見えるんだが、クライン。おまえさんはなんか魔法でも使うのか？　おまえさんが近づくものはなんであれ、転がって死んじまうみたいだな」私はやはり何も言わなかった。グライムズが言ったことは私自身、この数時間のあいだに何度か考えたことだった。この事実を甘美なものとする方法はまだ見つかっていなかった。状況が仕向けたことにしろ、私はいつのまにか死の伝達者になっていて、今では自分がつくり出した幽霊に取り囲まれていた。「みんな逝《い》っちまった」とグライムズは続けた。「チャップマンもピグナートもコンティニもブライルズも。だから、おれにはおまえさんの話がほんとうだろうと嘘《うそ》だろうとどうでもいいのさ。みんな死んじまって話せるやつはひとりも残されてないんだから。何を証明するにしろ、それはもう無理なんだから」

「あんたは何も証明しなくていいのさ」と私は言った。「ジュディ・チャップマンにかけられている容疑には立件できるだけの根拠がないことを地方検事に説明すればいいだけの話だ」

「おまえさんは今、自分が働いていた頃の地方検察局を思い浮かべて言ったのかもしれないが、新検事のシモンズはその頃の検事とはちがうんだよ。チャップマンの件にはすでに深入りしすぎるほど深入りしてる。今さらまちがいだったなんて言えやしない。行けるところまでは行こうとするだろうよ」

「そんなことをして裁判になったら、バーリソンはそもそも穴だらけのボートみたいな起訴だと公判で訴えるだろう。でもって、そっちはさらに赤っ恥をかくことになる」と私は言った。「事件の全容が明らかになって、チャップマンの正体が明らかになれば、ジュディを有罪にしようなどと思う陪審員はひとりも現われないだろう。シモンズはクソ野郎だとしても、それでも馬鹿《ばか》じゃあるまい。世間に向けて自分から自分をヌケ作に見せるような馬鹿な真似《まね》はしないと思うがね。彼は今窮地に立たされてる。立たせたのはあんただ。だけど、新たな証拠が見つかったとはっきり言って起訴するのをやめたら、今からでも窮地から逃れられる。おまけに、その証拠を見つけたのがあんたということになれば、きっと向こうから握手を求めてくるよ。税金を無駄づかいせずにすみ、裁判にするまでもなくこの面倒な事件を解決できたということで。あんた自身の見栄えもよくなる。世間は世間でなんのわだかまりもなくジョージ・チャップマンの悲劇的な自殺を悼《いた》み、誰もがハンカチで涙を拭いながら劇場から出てこられる」

「おまえさんはどうする、クライン？　愛馬にまたがって、夕陽に向かって走り去るのか？」

「そうだ。ＢＧＭのハーモニカの音《ね》とともにね」

何本か必要な電話がかけられた。グライムズはまず署長に電話した。署長は自分で処理しろとグライムズに命じた。グライムズはシモンズの自宅に電話した。シモンズ地方検事は風邪気味で早い時間からベッドにはいっていたので、十一時にグライムズのしゃがれ声を電話で聞かされ、嬉しそうな声はあげなかった。それでも電話に出て、事情を説明されると、一時間で署に行くと言った。私はバーリソンのウェストチェスターの自宅に電話し、新たな知らせを伝えた。彼のほうは一時間半以内で市内に着くと言った。そのあと私は地方検察局のデイヴ・マクベルに電話した。いなかった。私は、来週彼にランチを奢《おご》ること、と頭の中のメモに書きとめた。シモンズもバーリソンもビジネススーツ姿で現われた。遅い時間だったが、あくまで仕事ということで、ふたりとも制服を着ているほうが落ち着くのだろう。私はその日の朝身につけたブルージーンズだったので、なんだか男性服飾業者の年次総会にまちがって招かれた溝掘り作業員みたいな気分になった。グライムズは私と似たり寄ったりだったが。ネクタイの結び目はあさってのほうを向いていて、着ているシャツは何度も洗われてよれよれで、上着はくしゃくしゃに丸めたアルミホイルぐらい皺《しわ》だらけだった。なんとも不ぞろいな四人組だった。それでも四人ともするべき仕事をした。

話すのはほとんどグライムズに任せた。彼のショーにしたかった。話がチャップマンの自殺の詳細に移ると、シモンズはむずかしい顔をして注意深く耳を傾け、公判でバーリソンとやり合わずにすむ情勢になったことを徐々に理解した。細かいことが決まるまでには三時間を要した。が、結局のところ、私が求めていたものは得られた。ジュディが起訴されることはなくなった。

署を出て、階段を降りていると、バーリソンが立ち止まり、私に握手を求め、私のしたことを賞賛してくれた。が、そのときには私はもうどうでもよくなっていた。自分のしたことに満足を覚えるには、私のせいで壊れたものが多すぎた。ただ早くその場から去りたかった。

「ジュディに電話して」と私はバーリソンに言った。「いい知らせを伝えてあげてください」

「ああ、そうするよ」と彼は言った。「明日の朝一番に」

「今じゃどうです？　とてもすやすや寝てるとは思えませんからね。もう心配は要らなくなったって言ったら、彼女もゆっくり休めるでしょう。このところ大変な思いをしていたはずだから」

バーリソンは相手が誰であれ、夜中の三時に電話をすることを嫌がったが、私が固執すると、最後には折れてくれた。私たちは署の建物に戻った。彼は受付エリアにある公衆電話でかけた。私は私も一緒だとは彼女に言わないようにとバーリソンに頼み、外に出て彼を待った。十分後、彼は出てくると、笑みを浮かべて言った。

「きみは正しかったよ。彼女は起きてた」

「彼女の反応はどんなでした？」

「とことん安堵《あんど》してたよ。終わったことが信じられないって言ってた」

「ブライルズのことは話しました？」

「いい知らせを伝えたあとにね」

「彼女、なんて言ってました？」

「何も。一度にすべてを受け入れるのは彼女にしても大変なことだよ」

「私と代わってくれとは言われませんでした？」

「もちろん、言われたよ。でも、どこにいるかわからないと答えておいた」

バーリソンは通りの反対側に停まっているライトブルーのキャディラックを指差し、どこにでも送るけど、と言った。私はそれには及ばないと答えた。実際、少し歩きたい気分だった。私たちはまた握手し、彼はまた私がしたことを誉《ほ》め、私は礼を言った。私は彼が通りを渡り、大型のキャディラックに乗り込み、エンジンをかけるところまで見ていた。車が走り去ると、ひとりになれてほっとした。が、その感覚は長くは続かなかった。彼の車の音が聞こえなくなったときにはもう、自らの想念の荒野にまた戻っていた。

そのあと頭をぼうっとさせたまま数時間歩いた。家に帰って眠るかわりに、ひたすら歩くことでどこか麻痺したような感覚を振り払おうとした。自分の足音だけを道づれに閑散とした通りを歩いた。土曜の夜、羽目をはずしすぎたのだろう、よろよろと家に向かう酔っぱらい何人かと、ゴミの缶に首を突っ込んでいるホームレスをひとり見かけた以外、誰にも会わなかった。ニューヨークが動きを止めるいっとき。もはや夜ではなく、さりとて朝でもない。天国と地獄のあいだのような時間帯。自分はそこに属している。なんだかそんな気がした。

日の出のすぐあとヴィレッジの終夜営業のレストランにはいって、朝食をとった。カウンターについていた客のひとりが〈ニューヨーク・タイムズ〉の日曜版を読んでいた。ヴィクター・コンティニの死を告げる記事が一面に載っていた。五年まえのチャップマンの事故に関する記事にも同じぐらいのスペースが割かれていた。ふたりとも死んでしまった。まるでお互いを消し合ったように。月曜日にチャップマンの死に関する真相が明らかにされても、彼の名声に傷がつくことはないだろう。もっとも、彼にはもうどうでもいいことだが。今どこにいようと、彼はより大きな夢を見つづけることができる。それがどこであれ、残された時間、彼もブライルズもコンティニも、それぞれの夢を見つづけることができる。

朝食を食べている途中、水曜日にチャップマンから受け取った金をどうにかしなければと思った。彼の小切手をこのあと数週間の食事代や煙草《たばこ》代に使う気にはなれなかった。彼の小切手は彼と私とのつながりが今もまだあるような気分にさせる。彼に何かしらの借りがあるような気分にも。チャップマンは自分自身を消し去る策略の駒《こま》として私を利用した。そんな役まわりからは早く逃れ、もとに戻りたかった。その金で、ニューハンプシャーで新たな暮らしを始めるリッチーに橇《そり》をいくつも買ってやれなくもない。それがどんな金かリッチーが知る必要はない。私は朝食代を払うと、小切手を取りにオフィスまで長い道のりを歩きはじめた。自分が何をしようとしているのか自分でわかっているのが嬉しかった。目的を持って歩いていることが。朝日がビルの上に昇りはじめた。血を流すひとつ眼巨人の眼を連想させた。

オフィスに着くと、ジュディが椅子に坐っていた。白いスラックスを穿《は》き、プリント柄の明るい青緑のブラウスを着て、煤《すす》のこびりついた飾り気のない窓をぼんやりと見ながら、ライターを漫然とつけたり消したりしていた。会うたびちがう服を着ていた。何を着ても似合って見えた。似合わなく見えるというのは彼女にはありえないことなのかもしれない。

私がはいってきたことに気づいて振り向くと、自分の人生にはこのあと一度も雨は降らないと思わせてくれるような笑みを向けてきた。お互い昨日体験しそこねた二日酔いみたいな感じだった。私も笑みを返すと、机について坐った。疲労困憊《こんぱい》しており、自分がほんとうにそこにいるのかどうか、それさえ定かではなかった。実際に眼のまえで起きていることなのに、過去の一場面を体験しているような気がした。過去にすでに一度起きていることを再体験しているような。

「全部終わった」と私は言った。「もう警察に煩《わずら》わされることも、弁護士が必要になることもないよ。すべて終わった」

「わかってる」と彼女は言った。「夜中にバーリソンが電話で教えてくれた。あなたのアパートメントに電話したんだけど、誰も出なかったから、ここにいるんじゃないかと思って来たの。あなたに会うのが待ちきれなかった」

「ブライルズは死んだ」

「知ってる。バーリソンが教えてくれた」

「自分を銃で撃った。そのとき私と彼とは一メートルと離れていなかった」

彼女は震えてみせた。「あなたがそこにいたことは知らなかった」自殺という行為そのものより人が自殺するところを見ることのほうが彼女には恐ろしいようだった。

「そう、いたんだよ。そういうことになるまえに彼と私は長いこと話した。わかってると思うが、彼は今でもきみを愛していた。それはもう狂おしいほどに」

「それはわたしが望んだことじゃなかった。わかってると思うけど」

「彼は嫉妬《しっと》するタイプじゃないときみは言ったけど、それはまちがいだったね。彼は嫉妬に気も狂わんばかりになっていた。その結果、自分を犯罪者にも人殺しにもしてしまった。そういうことをすればきみを取り戻せると思って」

「もうその話はしたくないわ、マックス。恐ろしすぎる。もう考えたくもないわ」

「私のほうは話したいね」と私は言った。「最後に一度、われわれが今度のことを振り返るというのは大いに意味のあることだよ」

彼女は怯《おび》えたような顔をして私を見た。私の台詞《せりふ》は彼女の予測に反するものだった。だから、どうして私が彼女を威圧するような物言いをしているのか、皆目理解できないのだろう。私は彼女を傷つけようとしていた。彼女にしてみれば、やっと傷が癒《い》えかけたところだというのに。傷ついたことがありありとわかる顔で彼女は言った。

「お願いよ、マックス。わたしは話したくない。わたしはあなたと計画を立てたい。この市《まち》を離れてどこかへ行く計画。ふたりだけでどこかに行く計画よ。わたしはこのことから……こんな辛《つら》い体験からは少しでも早く立ち直りたい」

「まずはっきりさせておきたいことがいくつかある。私にはどうしてもこんなふうに思えてならないんだよ、ジュディ、ブライルズはすべて正直に語ったわけじゃないって。だから私としてはどこかに行くまえに確かめなきゃならない。自分はどういうことをしようとしてるのか。はっきり言うが、きみの人生に関わった男がみんな自殺をしているというのはいささか奇妙じゃないか？」

彼女は長いことじっと私を見た。私が今言ったことが信じられないといった顔をして。そのうち泣きだした。声のない涙が眼のふちに溜《た》まり、頬を伝った。涙のすじが枝分かれして、それが部屋の明かりに反射してプリズムのように光った。

「どうしたらそんな残酷なことが言えるの、マックス？　わたしには感情がないとでも思ってるの？」

「いや、もちろんあるよ。でも、それはすべて自分のためのものだ」

「だったら金曜の夜はなんだったの？　金曜の夜のことはあなたにはなんの意味もないことだったの？」

「それはもう大昔の話で、恐竜がタールの池に沈みかけて最後に考えたこと程度の意味しかない」

その私の辛辣《しんらつ》なことばがまた彼女を黙らせた。そのあとまた泣きだした。今度はさらに激しく。私から隠さなければならないものはもうなくなった。そのことをついに悟ったかのように。「マックス」と彼女は言った。「わたしはあなたを幸せにすることもできたのに。なのに、あなたはすべてを壊してしまった」

「きみは最初から企んでいた、ちがうかね？」と私は言った。「ジョージを自分の人生から取り除くのにブライルズを利用した。ブライルズは捕まってもきみの関与を絶対明かさない。きみはそのことを知っていた。そう、確信していた、ちがうかね？それほど彼はきみに夢中になっていた。きみが飛べと言えば彼はためらいもせず飛んだ。きみたちはそんな関係だった。きみを守るために彼が自殺してまだ十二時間も経ってない。なのに、そのことに対するきみの唯一の反応は、そのことは話したくない、だ。私は大いに話したい。だからきみは大いに聞いてくれ。ブライルズはきみにそうするように言われて、調査員のスマートをチャールズ・ライトのところに遣《や》ったんだよ。さらに、ジョージに脅迫状を送るようブライルズをそそのかしたのもきみだ。ことが思うように早く進まないのにじれて。きみはそのときブライルズに、彼のところに必ず戻ると約束した。彼はそのきみのことばを信じた。ブライルズはきみにとって消耗品だった、言うまでもない。きみにとってなにより重要だったのはジョージをきみの人生から消滅させることだった。永遠に。きみはその企みをジョージ本人に明かしさえした。実のところ、それがきみの企みの一番のキーポイントだった。きみはそれをとことんやった。その結果、ジョージにはふたつの選択肢しか残らなくなった。きみを殺すか、自分を殺すか。私がジョージだったら、まちがいなくこの手できみを絞め殺していただろう。しかし、ジョージはそんなことをするには紳士すぎた。そして、きみはそのことを知っていた。何を試みても、身の破滅しかないことが彼にはわかっていた。それはもう大変な神経戦だったんじゃないのかい、ちがうかね？　きみは彼の秘密を公にさらすと言って彼を脅しつづけた。だから、手遅れになるまえにこのわたしを殺しなさいとそそのかしさえしたんじゃないのか？　そんな中、ブライルズが書いた脅迫状が届いた。ジョージはもはやこれまでと思い、自分が何をするつもりかきみに告げた。自分は自殺し、それを他殺に見せかけ、きみが第一容疑者になるように仕組むと。そう言われて、きみはたぶんこう言ったはずだ、やれるならやればいいと。ちがうかね？　きみはキッチンの椅子に坐り、彼が毒薬を飲むのを見届けた。そのあと涼しい顔でアパートメントを出て、陽の燦々《さんさん》と降り注ぐレキシントン・アヴエニューで買いものをした。そのあとはさすがに辛い毎日だったかもしれない。が、それも終わった。きみにはいかなる嫌疑もかからない。ジョージは死んだ。ブライルズも死んだ。今やきみはなんでも好きなことができる。教えてくれないか？　きみはジョージが毒を飲むのをどんなふうに見届けたのか。どんな気持ちになったのか。そのときさみの心にはどんなことが浮かんだのか」

私が話しているあいだ、彼女は身も世もなく泣きながら、ずっと頭を前後に揺らしていた。私の怒りと難詰《なんきつ》のことばを否定しようとするかのように。ただ、否定しようとしているのは彼女の一部だった。別の一部は、それはもう叶《かな》わないとわかるがために泣いていた。自らの悲哀の波に溺《おぼ》れていた。自分が自分の人生にしたことを呑《の》み込み、それには毒の味しかしないことを思い知らされていた。彼女はその毒を死ぬまで味わうことになるのだろう。私はそんな彼女をじっと見つめた。眼が離せなかった。私はことのそもそもの始まりから取り憑かれた死の顔を見ていたのだった。その顔はあらゆる想像を超えて美しかった。彼女の身に今後何が起ころうと、彼女はずっと美しくありつづけるのだろう。

「あなたには何もわかっていない」私が話しおえると彼女は言った。「マックス、あなたには何もわかっていない。それはそれは恐ろしいことだった。わたしには彼がやるのを見ていられなかった。だから逃げださなくちゃならなかった。まさに悪夢だった」

　彼女は両手で顔を覆《おお》い、さらに泣きつづけた。それでも波が収まると、徐々に自分を取り戻し、ハンドバッグからハンカチを取り出して顔を拭《ふ》いた。

「わたしの側からの話なんかあなたには聞く気もない。ちがう？」と彼女は低い声で言った。

「ああ。このことに関してはきみからはもうひとことも聞きたくない」

「あなたはこのあいだの夜まちがいを犯した。とんでもないまちがいを犯した。でも、そんなことはあなたにはどうでもいいことなのよね？」

「ああ、どうでもいいことだ」

　彼女は椅子から立ち上がると、抑制されたビジネスライクの声音で言った。「請求書を送ってください、ミスター・クライン。小切手を送るから」

「きみは私に一セントの借りもないよ」と私は言った。「われわれは貸し借りなしだ」

　彼女は私を凝視した。意を決したような眼で。私の顔のどこかに彼女を勇気づけるような気配がないかどうか探るような眼で。そんなものを彼女に与える気は私にはなかった。

「もし真実が知りたいのなら」と彼女は言った。「知らせて。喜んで教えてあげるから」

そう言って出ていった。私はしばらくドアを見つめていた。椅子から立ち上がる気さえしなかった。息をする気さえ。そのあと机に眼をやり、彼女がライターを忘れていったことに気づいた。彼女の一部がまだそこにあった。私がその気になればいつでも火をつけられるかのように。私はライターを取り上げ、火をつけた。早朝の陽射しが注ぐ部屋に小さな黄色い炎が淡く輝いた。私はその炎を長いこと見つめた。見つめすぎて最後には何も見えなくなるまで。そのうち金属が熱せられて手が熱くなった。持っていられなくなるまで持ちつづけ、最後に机に落とした。

それが彼女を見た最後だった。

解説

池上冬樹

純文学作家が、別の筆名を使ってミステリを書くというのは、昔からある。日本では福永武彦《ふくながたけひこ》が加田伶太郎《かだれいたろう》名義で『完全犯罪』(一九五七年)、中井英夫《なかいひでお》が塔晶夫《とうあきお》名義で『虚無への供物《くもつ》』(一九六四年)を書いたのが有名だろう。海外でいちばん有名なのはアメリカ文学の重鎮でノーベル文学賞候補も噂《うわさ》されているジョイス・キャロル・オーツで、ロザモンド・スミスやローレン・ケリーなどの筆名でミステリやホラーをたくさん書いていて、ミステリ関係の文学賞も受賞しているほどだ。

ただし、日本と海外の純文学作家が書くミステリには、ひとつの傾向がある。日本の純文学作家が書くのは本格ミステリであるのに(それは別の筆名を使わずに純文学を書く奥泉光《おくいずみひかる》の『「吾輩《わがはい》は猫である」殺人事件』『神器　軍艦「橿原《かしはら》」殺人事件』などもそう)、海外の純文学作家の場合は、ハードボイルドが多いということである。筆名は使っていないが、リチャード・ブローティガンの『バビロンを夢見て―私立探偵小説1942年』(一九七七年)、チャールズ・ブコウスキーの『パルプ』(九四年)、トマス・ピンチョンの『LAヴァイス』(二〇〇九年)などはみな私立探偵小説である。この三人はアメリカの作家だが、イギリス、アイルランドの純文学作家たちも熱心で、とくに二〇〇五年、『海に帰る日』でブッカー賞を受賞したジョン・バンヴィルは、同じ時代にベンジャミン・ブラック名義でハードボイルド・ミステリ『ダブリンで死んだ娘』(〇六年)『溺《おぼ》れる白鳥』(〇七年)などを書いている。巧緻《こうち》なプロットもさることながら、ロス・マクドナルドを思わせる静謐《せいひつ》で悲痛な小説で忘れがたく(本当に素晴しいのだ)、そのハードボイルド的文体を買われてか、レイモンド・チャンドラーの『長いお別れ』の正統的な(遺族公認の)続篇『黒い瞳《ひとみ》のブロンド』(二〇一四年)も上梓《じょうし》している。

もうひとり、『終わりの感覚』で二〇一一年、ブッカー賞を受賞したジュリアン・バーンズは、一九八〇年代に『フロベールの鸚鵡《おうむ》』(一九八四年)を書く一方で、ダン・キャヴァナー名義で『顔役を撃て』(八〇年)『愚か者の街』(八一年) *Putting the Boot In* (1985)、*Going to the Dogs* (1987) などのハードボイルドを書いていた(余談になるが、『終わりの感覚』も精緻な構成と巧みに張られた伏線が効果をあげるミステリ的な内容で、僕は翻訳が出た二〇一二年の個人的ミステリベスト1にしたほど)。

さて、本書である。本書もまた純文学作家が書いたハードボイルドである。あのポール・オースターがポール・ベンジャミン名義で書いた初めての小説である。詳しくふれる前にまずは、いささか古い話になるが、一九八九年七月号の「ミステリマガジン」（早川書房）の書評欄の冒頭に書いた文章を引用しよう。

「ポール・ベンジャミンの *Squeeze Play*（Avon, 1984）を読んだとき、ああ、いい作家が出てきたなと思った。大リーグを舞台にした私立探偵小説だが、プロット、性格描写、会話、いずれも（ポール・）エンゲルマンの『死球』より上で、何より別れた妻と息子との交流を優しく描いた筆致がたまらなくて、二作目が待ち遠しくなった。ところがなかなか二作目が出ない。いったいどうしたのだろうと思っていたら、実はこのベンジャミン、ある純文学作家の筆名という噂を聞いた。（略）その名はポール・オースター。そう、ＭＷＡ賞候補作『シティ・オヴ・グラス』の作者だ」

このあとにちょうど新刊として翻訳されたばかりの『シティ・オヴ・グラス』（後に柴田《しばた》元幸《もとゆき》訳で新潮社より刊行されたときに『ガラスの街』と改題）の書評が続くのだが、当時、ポール・オースターのニューヨーク三部作（『シティ・オヴ・グラス』『幽霊たち』『鍵《かぎ》のかかった部屋』）は完全にミステリとして受容された。純文学雑誌でとりあげられた記憶がない。少なくとも純文学作家たちも評論家たちもあまり読んでいなかったのではないか。唯一、英文学者の若島正《わかしまただし》氏が一九九二年、「ミステリマガジン」の連載「殺しの時間」で『ガラスの街』とともに『スクイズ・プレー』をとりあげて、こんな風に書いている。「『スクイズ・プレー』は、ある意味でショッキングな作品である。つまり、これをあのオースターが書いたとはなかなか信じられないくらい、完璧《かんぺき》なハードボイルドなのだ」と。

そう、今回実に久々に翻訳で読んで、〝完璧なハードボイルド〟ぶりに驚き、昂奮《こうふん》した。実によく出来ているのだ。

主人公は、検事補の仕事に嫌気がさして私立探偵になった三十三歳のマックス・クライン。クラインがメジャーリーグでMVPを獲得したことがある元野球選手ジョージ・チャップマンから電話をもらい、仕事の依頼を受ける場面から始まる。

チャップマンは五年前、野球選手として絶頂期を迎えた。華々しい活躍をなしとげたのに、交通事故で片脚を失い、引退を余儀なくされた。だが彼の名声は衰えず、今度は政界をめざし、上院議員選挙に出馬する準備を進めていた。そのチャップマンのもとに脅迫状が届いたのだ。見ると、命を狙《ねら》う内容だったが、しかし全体的に抽象的で、五年前の約束をもちだして翻意を促すものだった。

五年前の約束とは何なのか？　だが、チャップマンには全く心当たりがないという。いったい誰が何の意図で脅迫文を送ってよこしたのか？　私立探偵マックス・クラインは、チャップマンの関係者を訪ね歩いて調査を進めていくのだが、さっそくそれを妨害するやくざたちがあらわれる。いったい何者なのか？　やがてチャップマンが毒殺され、さらにもうひとり五年前の関係者が殺され、事件は意外な展開をたどることになる。

およそ三十年ぶりに読み返して、懐《なつ》かしさ以上に全編ハードボイルド・スタイルに貫かれていることに、あらためて驚いた。ポール・オースターとしてデビューする前にポール・ベンジャミンの名前で書かれた私立探偵小説だが、おそろしいくらいにレベルが高い。エンターテインメントの作家としても十二分に活躍できたのではないかと思えるほど、語りはなめらかだし、キャラクターも秀逸だし、先を読ませないプロットもいい。

何よりも生き生きとしたワイズクラック（へらず口もしくは軽口）、ユーモラスな警句、皮肉な眼差《まなざ》し、誇張した卓抜な比喩《ひゆ》など、ハメット、チャンドラー、ロス・マクドナルド、さらにはミッキー・スピレインなどの伝統的なハードボイルドでお馴染《なじ》みの特徴が至るところで味わえて愉《たの》しいのである。これがポール・オースターのもうひとつの原点といえば、ますます興味がわこうというものだし、オースターのファンでなくても、何か文章で読ませる面白いハードボイルド・ミステリを求めるなら、本書は買いである。読んで損はしないと最初にいっておこう。

これは僕だけの感想ではなく、さきほどの若島正氏も「いわゆるワイズクラックが休むことなく連発される、古典的なハードボイルドの文体」、事件関係者との情事や、「犯行の動機となる復讐《ふくしゅう》、そして予想どおりのエンディングのひねりなどの典型的なハードボイルドの小説作法」と述べたあとに、「ここでは、独自の文体で新鮮な反探偵小説を書いたオースターの姿を発見するのは難しい」(「ミステリマガジン」一九九二年八月号所収「殺しの時間 ⑲=野球が殺す」より)とも付け加えているのだが、たしかに『ガラスの街』がもつ抽象的で象徴的な作風とは異なるが、ただ、オースターのその後の三十年間の業績と照らし合わせると、また別の感想が生まれてくる。

というのも、今回いちばん印象に残ったのは、三十年前にも書いたことだが、やはりむかしと同じく、息子と元妻との関係である。特に息子と野球場に行って野球を見る場面(第十九章)が繊細でリリカルで、とても美しい。「メジャーリーグのスタジアムに足を踏み入れる」という文章から、二頁後の「……カメラのフラッシュバルブの閃光《せんこう》が眼にしばらく残りつづけるように」までの文章は、後年のオースターの回想録『冬の日誌』『内面からの報告書』と同じものを読んでいる気持ちになる。それは本書の女性関係の面にもいえる。とくに『冬の日誌』は様々な女性たちとの性的体験が赤裸々に（でもユーモラスで、憎めず）語られているが、本書ではきわめて抑制的に語られる。抑制的とは言いながらも、マックス・クラインは高揚した気分を抱えながら、元妻と会い、二人の関係を探り合うのも忘れがたい。

忘れがたいといえば、本書で重要な脇役《わきやく》をになうチャップマン夫人も、さりげなく強い印象を残す。時代が一九八〇年前後なので、人物たちが欲望の発展と消費に似た行動をとることに違和感を覚える向きもあるかもしれないが、人と人との距離がきわめて近く、性的な関係をもつことが自然に思われた時代においては、マックス・クラインの性的行動は特殊ではないし、むしろ誰もがしていた時代の雰囲気が伝わってくる。だが大事なのは、自由な性的行動を捉《とら》えても、「肉体は解決にはならない。かぎりない悲しみの在処《ありか》にはなっても」（124頁）と感慨を覚えるように、性なるものの悲しさや空《むな》しさを忘れない。「かぎりない悲しみの在処」などという感慨も、後年のオースターの小説や回想録でもお馴染みのものだろう。

なお、余談になるが、ポール・オースターの作品が少しずつ人気がではじめた一九九五年に映画『スモーク』(監督ウェイン・ワン)が公開された。オースターの短篇「オーギー・レンのクリスマス・ストーリー」の映画化で、オースター自身が脚本も担当しているのだが、そこに出てくる主人公オーギー・レン(ハーヴェイ・カイテル)の友人の作家(ウィリアム・ハート)の名前が「ポール・ベンジャミン」であることも記しておく。映画館で見たとき思わずニヤリとしたが、同時に全編に漂う優しさと温かさと懐かしさに魅せられた。それもいま振りかえれば、本書の第十九章がもつ艶《つや》やかな郷愁と同質のものではないかと思えてくる。オースターのファンならいくらでも思いにふけることのできる作品ではないかと思う。もちろんハードボイルドファンが本書を読み、ポール・オースターの文学を読み耽《ふけ》ることもありうるかもしれない。幸福な読書体験となるのではないか。

(令和四年七月、文芸評論家)

ポール・オースター主要著作リスト

【小説】

Squeeze Play（1982）本書　＊ポール・ベンジャミン名義

City of Glass（1985）『シティ・オヴ・グラス』山本楡美子・郷原宏訳（角川書店→角川文庫→二〇〇九年に『ガラスの街』と改題・柴田元幸改訳、新潮社→新潮文庫）

Ghosts（1986）『幽霊たち』柴田元幸訳（新潮社→新潮文庫）

The Locked Room（1986）『鍵のかかった部屋』柴田元幸訳（白水社→白水Uブックス）

The New York Trilogy（1987）＊『ガラスの街』『幽霊たち』『鍵のかかった部屋』のニューヨーク三部作を合本にしたもの

In the Country of Last Things（1987）『最後の物たちの国で』柴田元幸訳（白水社→白水Uブックス）

Moon Palace（1989）『ムーン・パレス』柴田元幸訳（新潮社→新潮文庫）

The Music of Chance（1990）『偶然の音楽』柴田元幸訳（新潮社→新潮文庫）＊一九九三年に映画化、オースター本人も出演

Leviathan（1992）『リヴァイアサン』柴田元幸訳（新潮社→新潮文庫）
Mr. Vertigo（1994）『ミスター・ヴァーティゴ』柴田元幸訳（新潮社→新潮文庫）
Timbuktu（1999）『ティンブクトゥ』柴田元幸訳（新潮社→新潮文庫）
The Book of Illusions（2002）『幻影の書』柴田元幸訳（新潮社→新潮文庫）
Oracle Night（2003）『オラクル・ナイト』柴田元幸訳（新潮社→新潮文庫）
The Brooklyn Follies（2005）『ブルックリン・フォリーズ』柴田元幸訳（新潮社→新潮文庫）
Travels in the Scriptorium（2006）『写字室の旅』柴田元幸訳（新潮社）
Man in the Dark（2008）『闇の中の男』柴田元幸訳（新潮社）
Invisible（2009）『インヴィジブル』柴田元幸訳（新潮社）
Sunset Park（2010）『サンセット・パーク』柴田元幸訳（新潮社）
Day/Night: Two Novels（2013）『写字室の旅／闇の中の男』（新潮文庫）＊*Travels in the Scriptorium* と *Man in the Dark* の二作を合本にして再刊
4 3 2 1（2017）

【ノンフィクション】

The Invention of Solitude（1982）『孤独の発明』柴田元幸訳（新潮社→新潮文庫）
The Art of Hunger: Essays, Prefaces, Interviews（1992）『空腹の技法』柴田元幸・畔

柳和代訳（新潮社→新潮文庫）

The Red Notebook（1995）

Hand to Mouth: A Chronicle of Early Failure（1997）『トゥルー・ストーリーズ』柴田元幸訳（新潮社→新潮文庫、日本独自編集版）

Collected Prose（2003）

Winter Journal（2012）『冬の日誌』柴田元幸訳（新潮社）

Here and Now: Letters, 2008–2011（2013）『ヒア・アンド・ナウ 往復書簡 2008–2011』くぼたのぞみ・山崎暁子訳（岩波書店）＊J・M・クッツェーと共著

Report from the Interior（2013）『内面からの報告書』柴田元幸訳（新潮社）

A Life in Words: Conversations with I. B. Siegumfeldt（2017）

Groundwork: Autobiographical Writings, 1979–2012（2020）

Burning Boy: The Life and Work of Stephen Crane（2021）＊作家スティーヴン・クレインの評伝

【詩集】

Unearth（1974）

Wall Writing（1976）

Effigies（1977）

Fragments from Cold（1977）

Facing the Music（1980）

White Spaces（1980）

Disappearances: Selected Poems（1988）『消失 ポール・オースター詩集』飯野友幸訳（思潮社）

Ground Work: Selected Poems and Essays 1970-1979（1990）

Collected Poems（2004）『壁の文字 ポール・オースター全詩集』飯野友幸訳（TOブックス）

【映画脚本】

Smoke & Blue in the Face: Two Films（1995）『スモーク&ブルー・イン・ザ・フェイス』柴田元幸ほか訳（新潮文庫）

Lulu on the Bridge（1998）『ルル・オン・ザ・ブリッジ』畔柳和代訳（新潮文庫）＊初監督作品

The Inner Life of Martin Frost（2007）＊自身監督を手掛けた第二作

【編纂】

The Random House Book of Twentieth-Century French Poetry（1982）

I Thought My Father Was God, and Other True Tales from NPR's National Story Project（2001）『ナショナル・ストーリー・プロジェクト』柴田元幸ほか訳（新潮社→新潮文庫、I、IIに分冊→アルク、CD付き対訳版全五巻）＊ラジオ番組で一般リスナーに募った物語をポール・オースターが編纂したもの。

【翻訳】

Fits and Starts: Selected Poems of Jacques Dupin（1973）

The Uninhabited: Selected Poems of André du Bouchet（1976）

Life/Situations（1977）＊ジャン＝ポール・サルトルの著作、リディア・デイヴィスとの共訳

The Notebooks of Joseph Joubert（1983）

A Tomb for Anatole（1983）＊ステファヌ・マラルメの著作

Vicious Circles: Two Fictions & "After the Fact"（1985）＊モーリス・ブランショの著作

Chronicle of the Guayaki Indians（1998）＊ピエール・クラストルの民俗学論 *Chronique des indiens Guayaki*（『グアヤキ年代記　遊動狩人アチェの世界』）の翻訳、序文（秋元孝文訳）のみ『ユリイカ一九九九年一月号　特集＝ポール・オースター』（青土社）に掲載

【その他】

"Invasions"（1967）「侵略」柴田元幸訳（スイッチ・パブリッシング『MONKEY vol.1』掲載）

"Moon Burial"（1967–68）「月の埋葬」柴田元幸訳（『MONKEY vol.1』掲載）

"The Hlumes"（1967–68）「フルーム族」柴田元幸訳（『MONKEY vol.1』掲載）

"No Title"（1968）「（無題）」柴田元幸訳（『MONKEY vol.1』掲載）

"Last Legs"（1968–69）「最後の脚」柴田元幸訳（『MONKEY vol.1』掲載）

"Alone"（1969）「Alone」柴田元幸訳（『MONKEY vol.1』掲載）

"Letters from the City"（1969）「都市からの手紙」柴田元幸訳（『MONKEY vol.1』掲載）

"No Title"（1970）「（無題）」柴田元幸訳（『MONKEY vol.1』掲載）

"No Title"（1970）「（無題）」柴田元幸訳（『MONKEY vol.1』掲載）

"Auggie Wren's Christmas Story"（1990）「オーギー・レンのクリスマス・ストーリー」柴田元幸訳（新潮文庫『スモーク&ブルー・イン・ザ・フェイス』所収→スイッチ・パブリッシング『オーギー・レンのクリスマス・ストーリー』として単独刊行）

The Story of My Typewriter（2002）『わがタイプライターの物語』柴田元幸訳（新潮社）
　＊サム・メッサー画による絵本

"The Accidental Rebel"＊『ニューヨーク・タイムズ』二〇〇八年四月二十三日号掲載記事

ALONE (2015) ＊一九六九年作の散文「Alone」に、妻シリ・ハストヴェットによる"Becoming the Other in Translation" (2014) を併録し、デンマークの小出版社 Ark Editions から六部のみ出版された限定本

It Don't Mean a Thing (2017)『スイングしなけりゃ意味がない』柴田元幸訳 (The Gould Collection) ＊ソール・ライターによる写真とオースターの短篇から構成された写真集で、小説は日英併記

本書は、本邦初訳です。

本作品中には、今日の観点からは差別的表現ともとれる箇所がありますが、作品の時代背景に鑑み、原書に忠実な翻訳をしたことをお断りいたします。

（新潮文庫編集部）

ガラスの街
P・オースター
柴田元幸訳

透明感あふれる音楽的な文章と意表をつくストーリー――オースター翻訳の第一人者によるデビュー小説の新訳、待望の文庫化！

幽霊たち
P・オースター
柴田元幸訳

探偵ブルーが、ホワイトから依頼された、ブラックという男の、奇妙な見張り。探偵小説？ 哲学小説？ '80年代アメリカ文学の代表作。

孤独の発明
P・オースター
柴田元幸訳

父が遺した夥しい写真に導かれ、私は曖昧な記憶を探り始めた。見えない父の実像を求めて……。父子関係をめぐる著者の原点的作品。

偶然の音楽
P・オースター
柴田元幸訳

〈望みのないものにしか興味の持てない〉ナッシュと、博打の天才が辿る数奇な運命。現代米文学の旗手が送る理不尽な衝撃と虚脱感。

リヴァイアサン
P・オースター
柴田元幸訳

全米各地の自由の女神を爆破したテロリストは、何に絶望し何を破壊したかったのか。そして彼が追い続けた怪物リヴァイアサンとは。

ナショナル・ストーリー・プロジェクト（Ⅰ・Ⅱ）
P・オースター編
柴田元幸他訳

全米から募り、精選した「普通」の人々のちょっと不思議で胸を打つ実話180篇。『トゥルー・ストーリーズ』と対をなすアメリカの声。

P・オースター
柴田元幸訳
幻影の書

妻と子を喪った男の元に届いた死者からの手紙。伝説の映画監督が生きている？　その探索行の果てとは――。著者の新たなる代表作。

P・オースター
柴田元幸訳
オラクル・ナイト

ブルックリンで買った不思議な青いノートに作家が物語を書き出すと……美しい弦楽四重奏のように複数の物語が響きあう長編小説！

P・オースター
柴田元幸訳
ブルックリン・フォリーズ

「愚行《フォリーズ》の書」を綴り、静かに人生を終えるはずだった主人公ネイサンの思いもかけない冒険の日々――愛すべき再生の物語。

L・ホワイト
矢口　誠訳
気狂いピエロ

運命の女にとり憑かれ転落していく一人の男の妄執を描いた傑作犯罪ノワール。あまりに有名なゴダール監督映画の原作、本邦初訳。

D・E・ウェストレイク
木村二郎訳
ギャンブラーが多すぎる

ギャンブル好きのタクシー運転手が殺人の容疑者に。ギャングにまで追われながら美女とともに奔走する犯人探し――巨匠幻の逸品。

J・M・ケイン
田口俊樹訳
郵便配達は二度ベルを鳴らす

豊満な人妻といい仲になったフランクは、彼女と組んで亭主を殺害する完全犯罪を計画するが……。あの不朽の名作が新訳で登場。

堕落刑事
―マンチェスター市警 エイダン・ウェイツ―
J・ノックス 池田真紀子訳
ドラッグで停職になった刑事が麻薬組織に潜入捜査。悲劇の連鎖の果てに炙りだした悪の正体とは……大型新人衝撃のデビュー作！

笑う死体
―マンチェスター市警 エイダン・ウェイツ―
J・ノックス 池田真紀子訳
身元不明、指紋無し、なぜか笑顔――謎の死体〈笑う男《スマイリー》〉事件を追うエイダンに迫る狂気の罠。読者を底無き闇に誘《いざな》うシリーズ第二弾！

スリープウォーカー
―マンチェスター市警 エイダン・ウェイツ―
J・ノックス 池田真紀子訳
癌で余命宣告された一家惨殺事件の犯人が病室内で殺害された……。ついに本格ミステリーの謎解きを超えた警察ノワールの完成型。

チャイルド44（上・下）
CWA賞最優秀スリラー賞受賞
T・R・スミス 田口俊樹訳
連続殺人の存在を認めない国家。ゆえに自由に凶行を重ねる犯人。それに独り立ち向かう男――。世界を震撼させた戦慄のデビュー作。

羊たちの沈黙（上・下）
T・ハリス 高見浩訳
FBI訓練生クラリスは、連続女性誘拐殺人犯を特定すべく稀代の連続殺人犯レクター博士に助言を請う。歴史に輝く〝悪の金字塔〟。

ハンニバル（上・下）
T・ハリス 高見浩訳
怪物は「沈黙」を破る……。血みどろの逃亡劇から7年。FBI特別捜査官となったクラリスとレクター博士の運命が凄絶に交錯する！

Title : SQUEEZE PLAY
Author : Paul Benjamin (a.k.a. Paul Auster)
Copyright © 1982 by Paul Benjamin
Japanese translation and electronic rights arranged
with Paul Auster c/o Carol Mann Literary Agency, New York
through Tuttle-Mori Agency, Inc., Tokyo

スクイズ・プレー

新潮文庫　オ－9－101

Published 2022 in Japan
by Shinchosha Company

令和四年九月一日発行

訳者　田《た》口《ぐち》俊《とし》樹《き》

発行者　佐藤隆信

発行所　株式会社　新潮社

郵便番号　一六二―八七一一
東京都新宿区矢来町七一
電話　編集部(〇三)三二六六―五四四〇
　　　読者係(〇三)三二六六―五一一一
https://www.shinchosha.co.jp

価格はカバーに表示してあります。

乱丁・落丁本は、ご面倒ですが小社読者係宛ご送付ください。送料小社負担にてお取替えいたします。

印刷・株式会社光邦　製本・加藤製本株式会社
© Toshiki Taguchi 2022　Printed in Japan

ISBN978-4-10-245119-9 C0197